EIN HELD ZU WEIHNACHTEN

WEIHNACHTEN IN HEART FALLS
BUCH 3

VIVIAN AREND

VORWORT

Dieses Buch entstand während einer herausfordernden Zeit unserer gemeinsamen Geschichte. Lockdowns, Proteste, Familien, die aus einer Vielzahl an Gründen getrennt waren.

Das Leben ist nicht mehr wie früher ... doch wir schaffen es da durch.

Vielleicht wurden eure Weihnachtstraditionen auf den Kopf gestellt. Und noch während wir unser Bedauern darüber zur Kenntnis nehmen, feiern wir doch die Gelegenheit, neue Traditionen zu schaffen, die sogar besser sind. Lasst los, was euch und euren Liebsten nicht guttut. Findet neue Wege, um die Freude zu teilen.

Die Weihnachtsmagie kann Wunderbares geschehen lassen.

1

1. Dezember, irgendwo auf dem Highway 22x, Alberta

Madison Joy drehte die Lautstärke genau dann auf, als das Schlagzeugsolo kam, der tiefe Bass waberte durch das Innere ihres Autos. Sie wippte entschieden mit dem Kopf, tanzte auf dem Sitz, noch während sie dem Drang widerstand, in der Luft Schlagzeug zu spielen.

Soviel Spaß es auch gemacht hätte, unsichtbare Drumsticks zu schwingen, vor ein paar Stunden war es schon dunkel geworden, und da die Straßenbedingungen im Winter schlecht waren, war es sehr viel klüger, beide Hände am Lenkrad zu haben.

Während sie ihren Bewegungsdrang dadurch zufriedenstellte, dass sie weiter herumzappelte, warf sie einen Blick auf die errechnete Ankunftszeit auf dem Navi.

„Oho! Sieh mal einer an. Weniger als zwanzig Minuten vom Ziel entfernt."

Scheinwerferlicht erschien über dem Hügel, als ein Truck auf sie zu raste. Das Fernlicht wurde eine Sekunde später als nötig abgeschaltet, und Madisons Augen tränten, während sie den Blick abwandte, um nicht geblendet zu werden.

Sie war noch niemals gern bei Nacht gefahren. Oder vielleicht kam sie für diesen Tag allmählich an ihre Grenze. Unter Anbetracht der Tatsache, dass es eine dreizehnstündige Fahrt von Vancouver nach Heart Falls war, war sie schon seit früh am Morgen auf der Straße.

Trotzdem, ein ganzes Hörbuch und jede Menge Musik hatten ihr geholfen, sich die Zeit vertreiben, und jetzt kam sie dem nächsten wichtigen Teil ihres neuen Abenteuers näher.

Madison drehte die Musik zurück und seufzte glücklich, während sie sich auf dem Sitz entspannte. Vor zehn Jahren war ihre Collegeausbildung abgekürzt worden, als ihr Dad in einem Unfall ums Leben gekommen und ihre Mutter in eine tiefe, dunkle Depression gefallen war. Da sie zwei sehr viel jüngere Brüder gehabt hatte, die dadurch womöglich ein Fall fürs Jugendamt geworden wären, war Madison eingesprungen und hatte es übernommen, sie aufzuziehen.

Das hatte sie nie bedauert, aber jetzt, da sie erwachsen waren, und es ihrer Mom wieder gut ging, war es Zeit, weiterzuziehen.

Ihr Handy ging los, und sie ging über Bluetooth ran. „Vermisst du mich?", fragte sie ihren kleinen Bruder Nummer 1.

„Niemals." Mit achtzehn Jahren klang Joes Stimme manchmal immer noch nach jugendlicher Unschuld. „Da du gesagt hast, ich soll keine Nachrichten schreiben, während du fährst, musste ich anrufen. Wo hast du denn die Popcornmaschine versteckt?"

„Ach, also kannst du ohne mich leben, aber nicht ohne dein Popcorn?"

„Verdammt richtig", stimmte er zu.

„Joseph Maxwell Joy, im Haus wird nicht geflucht."

Madison kicherte, als die Stimme ihrer Mutter im Hintergrund erklang. „Genau, Joseph. Kein Fluchen“, scherzte Madison.

Er lachte. „Irgendeine Ahnung, wo die Maschine ist, Mad?“

„Versuche es mit dem Schrank im Eingangsbereich“, schlug sie vor. „Was seht ihr euch den heute Abend an?“

„Kyle will einen Herr-der-Ringe-Marathon anfangen.“

„Schon wieder? An einem Dienstagabend?“ Große Güte. „Na ja, zum Glück bin ich nicht da und muss mich euch anschließen.“

„Aber das hättest du doch voll getan, und am Ende hättest du jede Gandalf-Ansprache wortwörtlich mitgesprochen, also danke, dass du nicht da bist und wir das miterleben müssen. Schon *wieder*.“

„Rotzbengel.“

„Ich habe die Maschine. Im Schrank vorne.“ Joe senkte die Stimme. „Und sag es niemandem sonst, aber ich vermisse dich schon. Aber wir sind alle froh, dass du weg bist – nicht nur, weil ich dein Zimmer übernehme, sondern weil du es verdient hast, ein bisschen Spaß zu haben.“

„Ja, das wird der totale Hit, quer durch Kanada zu fahren“, sagte sie träge. „Saskatchewan hat bestimmt jede Minute was zu bieten.“

„Wer ist jetzt hier eine Rotzgöre?“

Sie lachte. „Umarme Mom für mich, gib Kyle einen Knuff von mir, und ruf mich wieder an, aber erst morgen. Himmel, du hast es so nötig.“

„Ich liebe dich, Mad.“ Er legte auf, sodass sie mit einem warmen, glücklichen Glühen im Inneren zurückblieb.

Sie konnte sich vorstellen, was zu Hause los war. Ihre Mom hatte offensichtlich den zweiten ihrer achtzehnjährigen Zwillinge herangezogen, um nach dem Abendessen aufzuräumen. Joe machte dann eine riesige Menge Popcorn, und sie würden sich alle um den Fernseher scharen. Unmöglich lange Teenager-Beine würden auf dem Beistelltisch liegen. Es hing der Geruch nach Butter und Salz in der Luft, und der Film war laut genug aufgedreht, dass die Wände wackelten.

Heimat.

Madison hatte ja vielleicht Joe geärgert, weil er sie schon vermisste, aber in Wahrheit war es die Anspannung in ihrem Bauch, die sagte, dass sie das Gefühl hatte, außen vor zu sein. Das war furchtbar und komisch, denn sie fühlte sich auch glücklich und aufgeregt.

Gefühle waren so verdammt kompliziert.

Während sie mit Joe gesprochen hatte, hatte sich der leichte Hauch Schnee verdichtet. Er peitschte am Fenster vorbei, große Flocken, die in den Scheinwerfern aufleuchteten und die Straße weiter vorne verschwimmen ließen.

Sie erwischte sich bei einem Seufzen, und das Geräusch wurde zu etwas zwischen einem Schluckauf und einem Lachen. Zeit, sich Mut zuzusprechen.

„Du bist unterwegs, um einen deiner besten Freunde auf der ganzen großen Welt zu sehen, und du hast noch einen ganzen Monat, bevor du den neuen Job anfängst. Von deinem Standpunkt aus sieht das Leben doch toll aus.“

Bonus: Ihr Navi kündigte an, dass sie ihrem Ziel näher kam.

Sie war noch nie in Ryans Haus in Heart Falls gewesen, aber sie machte sich keine Sorgen, dass sie nicht willkommen war. In den letzten paar Jahren hatten sie ja vielleicht nicht mehr so viel miteinander zu tun gehabt, aber ihre Freundschaft war felsenfest. Ewige Freunde, das waren sie.

Das hatten sie sich geschworen, damals, als sie zwölf gewesen waren.

Trotzdem hatte sie ein paar Wochen lang ein Motel gebucht, damit sie ihn in den freien Augenblicken besuchen konnte, die er für sie hatte. Sie hatte nicht ankündigen wollen, dass sie kam, nur für den Fall, dass sie es in letzter Minute abblasen musste.

Etwas auf dem Rücksitz begann zu summen. Oder vielmehr etwas in einer der Schachteln, die auf ihrem Rücksitz aufgestapelt waren. Sie hatte noch niemals viel Gepäck gehabt. Sie hatte nicht lange gebraucht, um alles, was sie hatte, in das Auto zu packen, und es war noch Platz geblieben. Und eines dieser Dinge machte jetzt aufgeregte Geräusche.

Madison griff zurück, um blind nach dem Karton zu schlagen, weil sie hoffte, es würde aufhören.

Natürlich, gerade, als ihre Aufmerksamkeit nicht ganz auf der Straße lag, verpasste sie einen Hinweis zum Rechtsabbiegen, dem sie hätte folgen sollen.

Heart Falls war klein genug, dass es keine Straßenbeleuchtung so weit vom Stadtzentrum entfernt gab. Sie stand auf einem dunklen, schmalen Stück Seitenstreifen, der sich um die schattigen Silhouetten von Gebäuden rechts von ihr zu krümmen schien. Links von ihr war nichts sichtbar bis auf die weit offenen Felder und in der weiten Ferne die schattigen Umrisse der Rocky Mountains.

„Wenden du musst", verlangte ihr Navi im vertrauten nasalen Tonfall.

Sonst amüsierte sie Yoda als Co-Pilot immer, aber gerade jetzt hätte Madison gern den schnellsten Weg zum Ziel genommen, vielen Dank aber auch.

Sie wurde langsamer, suchte nach einer Stelle, an der sie legal wenden konnte, und sie kam ins Schleudern. Dass sie fester nach dem Lenkrad griff, hatte keine Wirkung auf ihr Fahrzeug. Sie tippte auf die Bremsen, aber nichts.

Sie rutschte weiter, ihr Auto geriet weiter nach rechts, und

Madison fluchte. Das würde sie diesmal nicht hinkriegen können. Madison stemmte beide Hände ans Lenkrad, als ihr Vorderreifen auf der Beifahrerseite in den Graben geriet, und ihr Fahrzeug verließ den Highway.

Während das Auto wie verrückt über den unebenen Boden holperte, riss sie das Lenkrad von einer Seite zur anderen, versuchte ihre Fahrt nach unten so gut zu steuern, wie sie konnte. Ein sanftes Gleiten, anstatt eines direkten Sturzes, wirkte wie eine gute Idee. Zum Glück gab es keine Bäume oder riesige Felsen in ihrem Weg. Zumindest keine, die sie mit der begrenzten Beleuchtung durch ihre Scheinwerfer sehen konnte.

Ein Stacheldrahtzaun kam in Sicht, und er bot kaum einen Widerstand, als ihr Honda Civic durchkrachte. Drähte rissen, die losen Enden kratzten über den Lack ihres Autos wie Fingernägel auf einer Kreidetafel.

Als das Fahrzeug ruckelnd zum Stillstand kam, schnappte Madison nach Luft. Bis auf ihr rasendes Herz und das Hämmern in ihren Ohren, das laut genug war, um sie taub zu machen, schien alles, darunter auch sie, noch heil zu sein.

Sie lehnte sich in ihrem Sitz zurück und versuchte, sich zu beruhigen ...

Der Airbag im Lenkrad ging los, krachte mit halsbrecherischer Geschwindigkeit in sie hinein, strahl ihr den Schrei von den Lippen, als der Schmerz hochschoss.

So viel dazu, dass ihr Glück anhielt.

OBEN auf dem Highway parkte Ryan Zhao seinen Truck so nah am Rand des Asphalts wie möglich und schaltete die Warnblinkanlage ein. Der Wind riss ihm fast die Tür aus den Rahmen, Schneekristalle trafen auf seine Haut, während er rasch, aber vorsichtig über die Straße und in den Graben hinab ging.

Vor seiner Taschenlampe fiel glitzernder Schnee. Der eiskalte Dezemberwind raubte ihm den Atem, während er durch das hohe, trockene Gras watete, das von den letzten Zentimetern Schnee kaum berührt worden war.

Was für ein Kontrast. Noch nicht einmal vor einer halben Stunde war es völlig ruhig gewesen, und er hatte ernst und nachdenklich auf dem Friedhof von Heart Falls gesessen. Da seine zehnjährige Tochter Talia heute Nacht bei einer Freundin war, hatte er sich den Abend freigenommen, um ein wenig zu grübeln.

Und obwohl seine Frau Justina nicht auf dem kleinen Gemeindefriedhof beerdigt lag, hatte Ryan sich angewöhnt, dort hinzugehen, wenn er sich an sie erinnern wollte. Wenn er nachdenken musste.

Wenn er Entscheidungen zu treffen hatte.

Er hatte den Friedhof mit einem neuen Ziel in Gedanken verlassen, aber das alles war weggewischt worden, als er sich auf das mögliche Desaster vorbereitete, auf das er zuging.

Die roten Heckscheinwerfer des Autos vor ihm wurden düster, als der Motor ausging, und Ryan wurde schneller. Er tippte sich an die Tasche, um sicherzustellen, dass sein Handy noch da war. Als Koordinator bei der Freiwilligen Feuerwehr von Heart Falls war er einer der Besten, um als Ersthelfer vor Ort zum Einsatz zu kommen.

Doch ganz gleich, wie gut er ausgebildet war, der Anblick eines blutigen Handabdrucks auf dem Fahrerfenster ließ Adrenalin durch seinen Körper schießen. Er schaute hinein und sah eine einzelne Gestalt, die hinter dem Lenkrad bewegungslos zusammengesunken war. „Hey. Ich bin hier, um zu helfen. Ich öffne jetzt die Tür – bewegen Sie sich nicht."

Eine Frau stöhnte laut, dann fluchte sie, als der kalte Wind ins Wageninnere fuhr. „Verdammt, das hat furchtbar wehgetan.“

Der offene Airbag war ein Hinweis, aber Ryan wollte keine voreiligen Schlüsse ziehen. Er drückte ihr eine Hand auf die Schulter, um sie festzuhalten. „Bewegen Sie sich erstmal nicht. Stellen wir vorher sicher, dass es nicht gefährlich ist, Sie da rauszuholen.“

„Ryan?“

Ihre Stimme klang viel zu vertraut, und die Tatsache, dass sie seinen Namen kannte, bedeutete, dass er mal näher hinschauen musste. Aber erst – „Keine Bewegung betrifft auch Ihren Kopf. Sie hatten einen Autounfall. Sie könnten eine Halsverletzung haben.“

„Ich hatte keinen Unfall“, behauptete sie. „Aber heilige Scheiße, der Airbag schlägt ziemlich zu. Fühlt sich an, als wären meine Zähne locker. Ist mein Handgelenk noch am Arm? Meine Finger sind taub.“

Er stellte sicher, dass im Auto alles in Ordnung war, bevor er sonst etwas tat. Es stand stabil, darum beugte er sich vor, um sich rasch den Hals und die Schultern der Frau anzuschauen. Dadurch kam er von Angesicht zu Angesicht vor ihre blutende Nase, ihr rötlichbraunes Haar und zwei vertraute leuchtend grüne Augen.

„Was machst du denn nur, Madison Joy?“, fragte Ryan, ohne wirklich eine Antwort zu erwarten, aber sie gab ihm trotzdem eine.

„Bluten?“ Sie fuhr sich mit der Zunge über die Zähne. „*Hurra* Sicherheitssysteme, aber verdammt, mir tut die Nase weh.“

Ihre Stimme klang ganz verschnupft, da die Nase weiter zuschwoll. Ryan beäugte das Innere des Fahrzeugs, aber das Fehlen irgendwelcher weiteren Schäden und der Standort des Autos schien zu ihrer Behauptung zu passen, dass sie keine

Aufprallverletzungen hatte. „Lösen wir doch mal den Sicherheitsgurt holen dich da raus."

„Mein Held", murmelte Madison. „Geh mal ein bisschen zurück, damit ich die Beine rausschwingen kann. Dann kannst du mir helfen, so viel du willst."

Die zerknitterten Überreste des Airbags wurden zur Seite geschoben, und Madison drehte sich mit einem Stöhnen zu ihm. Sie bot ihm ihre rechte Hand, die linke hatte sie an der Brust zusammengekrümmt, und einen Augenblick später stand sie, Ryans Arm lag um ihren Rücken.

Sie schwankte kurz, aber er hielt sie fest, bis sie ihm den Arm tätschelte. „Mir ist nur ein bisschen schwindlig geworden. Ehrlich, nichts tut allzu schlimm weh, nur dass ich nicht richtig tief Luft holen kann. Und mein Handgelenk fühlt sich an, als wäre ein Elefant draufgelatscht. Das war keine Lüge, als ich gehört habe, dass diese verdammten Airbags fast genauso gefährlich sein können, wie wenn man ohne sie in einen Unfall gerät."

„Ich glaube nicht, dass deine Nase gebrochen ist", sagte Ryan zu ihr. „Aber wir lassen sie in der Notaufnahme mal anschauen. Dein Handgelenk auch. Arme und Handgelenke sind das andere, das normalerweise was abbekommt."

Sie schnaubte, dann stöhnte sie. „Autsch. Erinnere mich daran, dass ich das nicht noch mal mache." Sie berührte vorsichtig ihre Nase, dann versuchte sie noch einmal, zögerlich ihren Körper zu winden. „Ich glaube, meine Rippen sind in Ordnung. Die Brüste andererseits fühlen sich ziemlich empfindlich an. Als hätte man sie mal gut durchgeknautscht."

Nun war es an Ryan, zu schnauben, während er sie zurück hinauf zur Straße und zu seinem Truck führte. „Da nehme ich dich beim Wort."

„Hey, so richtig durchknautschen kann viel Spaß machen",

beharrte Maddy. „Rummachen mit einem Airbag etwas weniger."

Der Wind heulte inzwischen, aber Ryan ließ sich Zeit. Er brachte sie sicher auf die Seite seines Trucks und auf den Beifahrersitz. Schnallte sie an, bevor er die Tür schloss.

Bis er hinterm Lenkrad saß, hatte Madison die Sonnenblende heruntergeklappt und den Spiegel geöffnet, um sich im Licht ihr Gesicht anzusehen. „Na, Scheiße." Sie drehte sich zu ihm um, ihre blasse Haut war fast grau unter dem schwachen Innenlicht. Blut aus ihrer Nase war über die Wangen verschmiert, sodass sie ziemlich schrecklich aussah. Trotzdem schaffte sie es noch, zu lächeln, und mit fröhlicher Stimme kündigte sie an: „Hi, Ryan. Ich komme auf einen Besuch vorbei."

„Wirklich?"

„Ich hätte ja angerufen, aber dann wäre es keine Überraschung gewesen." Sie verzog schrecklich das Gesicht, bewegte das Kinn hin und her, bevor sie hochgriff, um noch einmal ihre Schneidezähne zu begutachten. Sie warf einen Blick zu ihm. „Bist du überrascht?"

„Ein bisschen. So ziemlich." Ryan fuhr vorsichtig hinaus auf den Highway. „Krankenhaus?"

Sie holte tief Luft, dann wand sie sich noch einmal auf ihrem Sitz. „Ich nehme an, du hast immer noch den Erste-Hilfe-Schein. Ich auch. Ich habe *keine* gebrochenen Rippen. Die Nase vermutlich auch nicht. Alles andere sind nur blaue Flecken und viel zu viel Adrenalin im Moment. Verdammter Airbag", grollte sie, bevor sie zu ihm hinübersah. „Lass das Krankenhaus sein. Bring mich einfach nur in mein Motel. Ich kann mich sauber machen, damit ich deiner Tochter keinen Schrecken einjage."

„Du übernachtest nicht in einem Motel." Das war keine Frage. „Ich habe ein Gästezimmer. Du wirst Talia keinen

Schrecken einjagen, sobald du nicht mehr aussiehst, als hättest du zehn Runden im Ring gestanden. Außerdem ist sie heute Abend nicht zu Hause, also hast du Zeit, um dich zu duschen."

„Also gut. Das bedeutet, dass ich endlich mal dein trautes Heim hier in Heart Falls sehe."

Sie entspannte sich wieder in ihrem Sitz, machte immer noch leichtes Stretching und stöhnte, während sie sich bewegte. „Ich war so kurz davor, heil anzukommen."

„Morgen kümmern wir uns um dein Auto", versprach er, bevor er zur Seite schaute. „Ist alles sonst okay? Ich meine, gibt es einen Grund für den Überraschungsbesuch, außer Neugier oder um der alten Zeiten willen?"

Sie atmete tief ein und stieß die Luft langsam aus. „Zum Großteil ist es ein Besuch, weil du mein Freund bist, und ich dich vermisst habe. Und wir haben gesagt, dass wir jederzeit, egal an welchem Ort, beieinander vorbeischauen können."

Sie hatte auf jeden Fall etwas vor. „Das haben wir gesagt", stimmte Ryan zu. „Jetzt rück raus, Maddy. Was hat dich zu mir gebracht, mit dem Auto voll mit allem, was dir gehört?"

„Veränderte Umstände", gab sie zu. „Ich erzähle dir den Rest, nachdem ich mir das Blut abgewaschen habe. Aber es ist nichts Furchtbares, das verspreche ich dir."

Das bedeutete, Ryan konnte sich ein bisschen entspannen, denn das eine, was Madison nie getan hatte, war, ihn anzulügen. Also, was immer für seltsamer Kram passiert war, dass sie aus dem Nichts zurück in seine Welt gekommen war, es war nichts Schlimmes.

Das bedeutete, er konnte sich darauf konzentrieren, das kurze Stück bis nach Hause im Außenbezirk von Heart Falls zu fahren.

Madison Joy. Seine beste Freundin während der Highschool. Zum Teufel, seine beste Freundin in den ersten drei Jahren am College, bevor sie plötzlich die Schule hatte verlassen müssen. Sie war diejenige, die ihm seine Frau vorgestellt hatte, Justina.

Madison mochte ja in den letzten zehn Jahren nicht oft da gewesen sein, aber sie hatten immer wieder mal Kontakt aufgenommen. Sie zurückzuhaben, wirkte seltsam richtig.

Ryan fuhr in seine Einfahrt.

Sie beugte sich vor, um auf den zum Großteil verdunkelten Umriss des Hauses zu schauen. „Süße Bleibe, soweit ich es sehe."

Er parkte den Truck vor der Garage und deutete auf den Eingang. „Komm schon. Sehen wir uns mal an, wie schlimm es ist, damit du dich sauber machen kannst."

2

Ryan führte sie in einen sehr aufgeräumten Küchenbereich mit einer kleinen Insel gegenüber des Herdes, und das Fenster über der Spüle schaute auf die Dunkelheit hinaus. Ein paar Schritte nach rechts waren vier Stühle um einen kleinen Holztisch geschoben, und die ganze Küche war ein weichgezeichnetes Bild aus honigfarbenem Holz.

Er blieb an der Spüle stehen und befeuchtete einen Waschlappen, bevor er ihn ihr reichte. „Hier. Das sollte sich gut anfühlen, bevor ich anfange, herum zu stochern, um zu bestätigen, dass der Rest von dir nur verbogen ist, nicht gebrochen."

Sie stöhnte, als die Wärme des weichen Tuchs ihre Nerven anregte. „Nicht nur gut, sogar fantastisch."

Er ließ ihr einen Augenblick, um sich sauber zu machen. Sobald sie mit dem Lappen ein halbes Dutzend Mal herum getupft hatte, wobei sie ihn jedes Mal wieder sauber ausdrückte, schaute Ryan sie sich einmal rasch und effizient an. Er bewegte ihre Finger, Schultern und Arme, betrachtete ihre

Beine und Hüften, ohne auch nur einmal zu lächeln. Seine konzentrierte Untersuchung verschaffte ihr Zeit, sich ihn anzuschauen, und dann noch einmal, um zu staunen, wie herrlich gut aussehend er war.

Dass sie ihn die ganzen Jahre lang als besten Freund gehabt hatte, war immer gewesen, als würde sie mit einem Filmstar herumhängen. Die Mädchen beobachteten ihn, starrten oder flirteten wie verrückt, wenn sie die Gelegenheit erhielten. Madison machte es ihnen nicht zum Vorwurf.

Seine dunklen Haare waren nur ein wenig länger, als sie sie in Erinnerung hatte, die blauschwarzen Strähnen lockten sich leicht hinter den Ohren. Seine dunkelbraunen Augen konzentrierten sich fest, als er sich ihre Pupillen anschaute, die Taschenlampe in seiner Hand ließ ihre Augen tränen, bis sie blinzeln musste.

„Danke. Jetzt sehe ich Sterne", sagte Madison, während sie sich gespielt beschwerte.

„Morgen siehst du vielleicht Sterne durch zwei blaue Augen", warnte er sie. „Aber deine Nase ist nicht gebrochen, und genauso wenig dein Handgelenk."

Er zog seinen Pulli aus, legte ihn über die Lehne des Küchenstuhls neben ihm. Er machte damit weiter, sich die Ärmel hochzurollen, und Madison hielt inne, während sie sich gerade das letzte bisschen Blut mit dem warmen Waschlappen vom Handrücken wischte.

Seine Unterarme bewegten sich in einem faszinierenden Tanz, die Muskeln darunter wölbten sich unter fester, kupferbrauner Haut. Gegen die Schmerzen, die immer noch durch etliche ihrer Körperteile huschten, war der Anblick dieser Unterarme besser als jegliche Medikamente.

„Ich seh mir jetzt mal deine Rippen an", warnte Ryan sie, während er hinter sie trat. „Ist das für dich in Ordnung?"

Sie warf den Waschlappen in die Spüle, dann streckte sie die Arme seitlich aus. „Leg schon los."

„Sag mir, ob etwas wehtut." Er legte beide Hände auf ihre Hüften. Langsam arbeitete er sich nach oben, drückte sanft zu, während er über die Taille ging, an den Rippenansatz, dann höher.

Seine Daumen streifen die Unterseite ihres Arms, und sie kämpfte darum, dass sie sich nicht wand.

Ryan erstarrte. „Hat das wehgetan?"

„Ich bin kitzlig", sagte sie atemlos. Sie würde nicht die Tatsache erwähnen, dass sie in Flammen stand, weil seine Hände auf ihr waren. So sehr sehnte sie sich auch wieder nicht nach Berührung ...

Wem machte sie da etwas vor? Es war so lange her, seit sonst jemand sie berührt hatte, abgesehen von platonischen Familienumarmungen.

Ryan hinter ihr war ein Wall aus Wärme, eine Hand vorne auf ihren Rippen, die andere hinten. „Hol tief Luft", befahl er.

Sie atmete ein, und er drückte fester. Es zog leicht, aber nicht auch nur annähernd besorgniserregend.

„Mir geht's gut", sagte sie. „Was ich spüre, sind verletzte Muskeln. Ich habe auf jeden Fall Prellungen."

„Eins noch."

Er richtete sie neu aus, um ihre andere Seite zu prüfen, aber Madison war nur zu gerne bereit, den gleichen Bericht abzugeben. „Die Rippen sind in Ordnung. Aber ich wette, wir können bei meinen blauen Flecken morgen oder übermorgen die Punkte verbinden, um ganz neue Sternbilder zu entdecken."

„Irgendwo habe ich Arnikasalbe", versprach er. „Okay, du bist klar zum Duschen. Komm schon. Du wirst dich besser fühlen, sobald das Blut mal weg ist."

Sie gingen zu schnell, als dass sie den Rest des Hauses

hätte bewundern können, aber das Bad, in das er sie führte, hatte mehr als genug, was dafür sprach. Ryan deutete auf den Schrank auf der gegenüberliegenden Seite des Raums.

„Da drin sind Sachen, die du nehmen kannst. Du findest eine Zahnbürste, und was immer du sonst noch brauchst. Ach, warte kurz."

Er verließ das Zimmer, war aber zurück, bevor sie Zeit gehabt hatte, mehr als nur das Wasser in der Dusche aufzudrehen, damit es sich erhitzte. Er legte einen Stapel Kleidung neben das Waschbecken, dann grinste er sie an. „Den Rest deines Zeugs holen wir später, aber vorerst wird es das tun müssen."

„Vielen Dank", sagte sie ernst. „Für alles. Das war nicht der große Auftritt, den ich gehofft hatte, hinzulegen."

„Freunde sind immer willkommen", versicherte ihr Ryan. „Und alte Freunde sieht man besonders gern, ob sie nun einen Auftritt hinlegen oder nicht." Er deutete auf die Dusche, wo bereits Dampf herausquoll. „Hab viel Spaß. Ich mache das Essen fertig, bis du fertig geduscht hast, und dann können wir uns auf den neuesten Stand bringen."

Madison stellte sich unter das brühend heiße Wasser und ließ es über ihr Gesicht laufen. Ihre Nase pochte in einem dumpfen Rhythmus, und sie würde vermutlich zumindest ansatzweise blaue Augen haben, aber ansonsten war sie ziemlich unbeschadet.

Sie war ja vielleicht ungeschoren davongekommen, aber alles in allem war sie nur dankbar, dass sie so viel Glück gehabt hatte.

Und nun war sie hier. Drang bei Ryan ein, während ihr alle möglichen Gedanken durch den Kopf gingen. Gedanken, von denen sie nicht wusste, ob sie das Recht hatte, sie zu denken.

Er war sogar noch attraktiver, als sie ihn Erinnerung hatte.

Während sie sich mit Shampoo und Seife ablenkte,

schrubbte Madison sich rein, ehe sie sich mit dem sündhaft weichen Handtuch abtrocknete, das Ryan für sie herausgelegt hatte.

Zu der Kleidung, die er da gelassen hatte, gehörten ein Tanktop, ein Hemd zum Drüberziehen und eine Jogginghose, die sie an den Knöcheln ein paarmal umschlagen musste, damit sie nicht darüber stolperte.

Ein rascher Blick in den Spiegel, während sie sich mit dem Kamm durch die Haare fuhr, sagte ihr, dass sie weniger geschädigt war, als sie erwartet hatte. Ihre Nase war nur ungefähr ein Drittel größer als normal. Auf ihrem Gesicht gab es keine weiteren blauen Flecken, obwohl sich auf der Brust bereits einige breitzumachen begannen, wo der Sicherheitsgurt über ihrem Körper gelegen hatte.

Der Geruch nach etwas Salzigem und Deftigem lockte sie aus dem Bad und zurück in die Küche. „O Gott. Hast du Ramen gemacht?"

Ryan grinste ihr über die Schulter zu, während er Brühe in zwei Schalen löffelte. „Was für ein Freund wäre ich denn, wenn ich dir nicht dein Lieblingsessen machen würde?"

„Einer, der nicht damit gerechnet hat, dass die besagte Freundin buchstäblich bei ihm einfällt." Sie kam zu ihm an den Tisch, der bereits für zwei gedeckt war. „Vielen Dank."

Neben ihr senkte Ryan das Kinn, und dann wurden sie beide einen Moment still, die schmackhafte Brühe nahm ihre ganze Aufmerksamkeit ein. Sie war mehr als halb fertig, bis ihr klar wurde, dass sie das Essen inhaliert hatte wie einer ihrer Teenager-Brüder.

Ryans Augen glitzerten vor Erheiterung, als sie seinem Blick begegnete, und leise sagte: „Ups?"

Er hob seine eigenen Nudeln, während er ihr versicherte: „Ich bin genauso hungrig. Und Suppe ist toll, wenn man innerlich ausgekühlt ist."

„Danke, dass du mich gerettet hast", sagte sie aufrichtig. „Ich bin äußerst froh, dass du zufällig auf diesem Teil des Highways warst."

Ryan wedelte mit der Hand. „Ich bin sehr froh, dass zur Rettung nicht mehr nötig war, als einmal rasch den Hügel runterzugehen und eine heiße Dusche." Er schaute auf die Uhr. „Weißt du, es ist früh genug, dass wir vielleicht dein Zeug noch heute Abend aus dem Graben bekommen."

„Das wäre praktisch. Ich mach mir nicht so sehr Sorgen, dass irgendwas Wertvolles verloren geht, aber es wäre schön, meine Sachen zu haben." Sie erinnerte sich an etwas anderes. „Bist du sicher, dass ich heute Nacht hierbleiben kann?"

„Heute Nacht und, wenn du willst, auch länger. Ich habe ein Gästezimmer." Ryan hielt einen Augenblick inne. „Du musst ..."

„Ich sollte mein Motel absagen", sagte Madison im gleichen Augenblick, und sie lächelten einander an. „Zwei Dumme, ein Gedanke?"

„So sieht es aus. Hast du dein Handy?"

„Ja, gib mir nur mal kurz." Sie zog es heraus und drückte ein paar Knöpfe. „Es ist spät, also werde ich die heutige Nacht wohl zahlen müssen, aber zumindest werden sie nicht erwarten, dass ich auftauche."

Ryan stand auf, um ihnen mehr Brühe zu holen, während Madison mit der Frau im Motel redete. Bis er ihre Schalen aufgefüllt hatte, hatte sie eine volle Erstattung erhalten und konnte mit ihm lachen.

Sie deutete auf ihn. „Also. Erzähl mir, wie das Daten läuft."

Er hielt mitten im Verspeisen einer Nudel inne und verschluckte sich leicht, bevor er wieder reden konnte. „Wie bitte?"

Dem unschuldigen Auszug des Schocks auf seinem

Gesicht nach zu urteilen, war es eindeutig wieder wie in der Highschool oder auf dem College. Der Mann hatte gar keine Ahnung, wie attraktiv er war.

Madison lehnte sich in ihrem Sessel zurück und grinste. „Darla unten im Heart Falls Motel sagt, dass es kein Problem wäre, abzusagen, aber könnte ich doch bitte unbedingt Ryan sagen, dass sie so viel Spaß beim Squaredance letzten Monat hatte."

Ryan sprach leise den Namen nach, Verwirrung machte sich auf seiner Stirn breit. „Ich habe keine Ahnung, wer das – oh. Oh. Oh, *sie*."

„Das Rätsel wird interessanter." Madison wollte alles wissen, was im Leben ihres Freundes vorgefallen war. Was, wie sie angenommen hatte, nach all den Jahren bestimmt eine besondere Frau beinhaltet hatte. „Dieser Antwort entnehme ich, dass sie keine ist, mit der du dich regelmäßig triffst?"

Ryan hob eine Augenbraue. „Ach, ich sehe sie schon regelmäßig. Meine Bar, das Rough Cut, ist der Treffpunkt für die Singles in Heart Falls. Das bedeutet, alle von den Helfern auf den Ranchen vor Ort, den Bauarbeitern von der Highway-Wartung und den neuen Ölfeldern im Süden, und eine ganze Menge Damen – darunter ein paar in den späten Fünfzigern und frühen Sechzigern."

„Ah, so ein bisschen Mrs. Robinson."

Er beugte sich auf den Ellbogen vor und schaute ihr direkt in die Augen. „Ich mache es mir zur Regel, nicht mit jemandem auszugehen, der alt genug ist, um meine Mutter zu sein."

Während ihr Bauch sich mit gutem Essen füllte und ihr ganzer Körper sich aufwärmte, gab Madison ihrer Neugier nach und begutachtete, was sie vom Haus sehen konnte.

Die Küche und der Essbereich wurden von einem schmalen Gang flankiert, der zum Bereich mit den

Schlafzimmern und einem Wohnzimmer mit einer Couch und zwei Sesseln führte. Ein großer Seitentisch stand mitten in dem gemütlichen Raum. Die Wand gegenüber der Eingangstür enthielt einen Computertisch und zwei hohe Buchregale, eines mit gerahmten Bildern vollgestellt, das andere mit Büchern, Zeitschriften und ordentlichen Aufbewahrungskisten.

Zwei Kartons, auf denen *Weihnachtsschmuck* stand, waren auf einer Seite gestapelt. Vermutlich bereit, um aufgehängt zu werden.

Sie sprang zurück in die Unterhaltung. „Ich will mich mit allem auf den neuesten Stand bringen, aber wir können ja gleich mal mit diesem Thema loslegen. Bist du mit jemanden zusammen?"

Ryan verzog das Gesicht. „Ehrlich? Noch nicht. Aber ..." Er schob ein paar übrige Nudeln in der Schale mit seinen Essstäbchen herum und starrte in die Brühe. „Bevor ich in diesem Graben auf dich gestoßen bin, war ich unten am Friedhof. Ich gehe dahin, wenn ich Zeit zum Nachdenken will. Ich habe gerade heute Abend beschlossen, dass ich womöglich bereit bin, es wieder zu versuchen."

Er sagte das so widerstrebend, dass Madison sich nicht davon abhalten konnte. Sie legte ihm eine Hand auf den Arm. „Schön für dich. Und du brauchst meine Erlaubnis nicht, aber ich sage es trotzdem. Ich weiß, wie sehr du Justina geliebt hast, aber ich bin ziemlich sicher, sie würde das für dich wollen."

Ein riesiges Seufzen kam von ihm. „Ich vermisse sie noch immer."

„Aber natürlich, sicher", sagte Madison aufrichtig. „Ich auch, und ich war nur eine Freundin. Sie war etwas sehr Besonderes."

Madison hatte es im Kopf durchgerechnet, bevor sie hier rausgekommen war. Es war ein Schock gewesen, als ihr klar geworden war, dass es fast acht Jahre her war, seit Ryans Frau unerwartet verstorben war. Ein Aneurysma im Gehirn war aus dem Nichts gekommen und hatte sie rasch umgebracht.

Einen Augenblick lang saßen sie beide schweigend da, bevor Ryan eine Hand auf die von Madison legte und ihre Knöchel drückte. Er lächelte sie sanft an. „Tut mir leid, das war ziemlich ernüchternd."

Madison streckte ihm die Zunge heraus, weil er sich so sehr entschuldigte. „Hey, Überflieger, es spielt doch keine Rolle, dass es Jahre her ist, seit ich dich zum letzten Mal persönlich gesehen habe. Wir sind Freunde für die Ewigkeit. Freunde für die Ewigkeit entschuldigen sich nie."

Es war leicht, im Beisein von Madison zu lächeln. Sie war offen, geerdet. So ziemlich genau dasselbe Mädchen, das er an diesem ersten Sommertag getroffen hatte, als sie über den hinteren Zaun zwischen ihren Gärten geklettert und sofort in Schwierigkeiten geraten waren.

Nur dass er jetzt die Augen verdrehen musste. „Lieber Gott, diesen Spitznamen habe ich ja schon ewig nicht mehr gehört."

„Überflieger?" Madisons Lächeln wurde richtig fies. „Echt? Niemand hier weiß, was für ein wilder Mann du bist?"

Ryan richtete sich leicht auf, betont kühl und gefasst. „Ich möchte dich wissen lassen, dass ich ein edles, aufrechtes Mitglied der Gemeinschaft bin. Ein Mitglied der Handelskammer, und ein Teamleiter der Freiwilligen Feuerwehr von Heart Falls."

„Barbesitzer." Sie zwinkerte ihm zu. „Nicht, dass ich dir das übel nehme, aber ich wette, die konservativeren Leute raffen schon ihre Handtasche an sich, wenn du da bist."

„Ich bin auch der stellvertretende Leiter der örtlichen

Tafel. Wir haben das von der Kirche vor Ort übernommen, weil sie nicht genug Freiwillige hatten", entgegnete Ryan trocken. „In dieser Stadt vertragen wir uns ziemlich. Es gibt immer wieder Augenblicke, in denen es echt rustikal zugeht, und eine Menge Abmachungen werden mit nichts mehr als einem Handschlag und einem Nicken getroffen. Aber die Geschwindigkeit im Leben fühlt sich ziemlich gut an."

Madison wirkte einen Augenblick lang nachdenklich, dann neigte sie entschieden das Kinn. „Schön für dich. Klingt idyllisch, ist ein toller Ort, um ein Kind aufzuziehen." Dann wurde ihre Miene aufgeregt. „Erzähl mir von Talia. Die muss doch inzwischen so groß sein."

„Sie wächst zu schnell. Sie ist toll. Zehn, in ein paar Wochen wird sie elf. In der vierten Klasse, also kann ich immer noch mit ihren Hausaufgaben helfen." Allein der Gedanke an seine Tochter rührte an dieser Stelle in seinem Herzen, die mit Freude und Vorahnung gefüllt war. Alles, was er machte, drehte sich um sie – um zu sehen, wie sie aufblühte und auf die Art groß wurde, die er und Justina sich erträumt hatten, seit vor ihrer Geburt.

Der Gedanke, seine Tochter zu enttäuschen, machte ihm Angst, obwohl es ihn motivierte, sich noch mehr anzustrengen. In jüngster Zeit war klar geworden, dass Talia kurz davor stand, sich von einem kleinen Mädchen in eine junge Frau zu verwandeln, und es gab auf dem Weg vor ihnen so viele mögliche Schlaglöcher, dass er keine Ahnung hatte, wie er es schaffen wollte.

Ihm war nicht klar gewesen, dass er in seinen Gedanken versunken war, bis ihm die Schale und die Essstäbchen aus der Hand genommen wurden. Madison zwinkerte, während sie zur Spüle ging und das Geschirr machte.

Er schloss sich ihr an. „Tut mir leid. Ich bin offensichtlich nicht mehr daran gewöhnt, mit einer Freundin zu reden."

„Na ja, dann üben wir weiter, damit du dich dran erinnerst, wie es geht." Madison schob ihn zur Seite und trat vor die Spüle. „Du weißt, wo die Dinge hinkommen. Trockne sie ab und bring sie weg."

„Ja, Ma'am."

Sie kicherte, während sie sich mit dem Spülen an die Arbeit machte. „Du bist jetzt seit fünf Jahren in Heart Falls?"

Er dachte rasch zurück. „Fast schon sieben. Nachdem Justina gestorben ist, sind Talia und ich zu meinen Eltern gezogen, weißt du noch? Nach meinem Abschluss bin ich mit allen hier raus gezogen. Es gibt im Anbau eine Schwiegereltern-Einliegerwohnung."

Madison schaute über die Schulter nach hinten, lehnte sich in die Richtung, in die er zeigte. „Ich freue mich so, dass du ihre Hilfe hast."

„Ich auch. Anders hätte ich es nicht überlebt. Sie sind aber nicht mehr da."

„Was?" Maddy hielt sich an der Keramikschale fest, die sie ihm reichte, Sorge trat in ihre grünen Augen. „Sie sind ausgezogen? Das letzte, was ich gehört habe, war, dass sie bei dir wohnen. Geht es ihnen noch gut?"

„Ja. Dad hat aber Zucker, und er muss regelmäßig immer wieder kontrolliert werden. Mom hat nie fahren gelernt, und da Dads Augen immer schlechter werden, haben sie beschlossen, es ist besser, näher am Krankenhaus zu wohnen und dem Arzt, der ihn behandelt, damit sie zu Terminen mit dem Bus oder dem Taxi kommen können." Ryan schüttelte den Kopf. „Ich habe darüber nachgedacht, mit ihnen nach Black Diamond zu ziehen – das ist nur eine Stunde von hier entfernt – aber Talia hat gute Freundinnen, von denen ich sie nicht wegholen wollte. Außerdem habe ich den Teilzeitjob bei der Feuerwehr und die Bar ..."

Manchmal dachte er trotzdem noch, dass er die falsche

Entscheidung getroffen hatte, weil er nicht so für seine Eltern da war, wie er es sein sollte. Aber er konnte Talia einfach nicht von den Leuten wegbringen, mit denen sie aufgewachsen war. Nicht, nachdem sie schon so früh ihre Mom verloren hatte.

Ryan brachte Maddy auf eine kurze Tour durchs Haus, blieb stehen, um die Tür in der Wand ganz rechts aufzuschwingen. In dem schmalen Gang stand eine Waschmaschine mit Trockner, und eine Tür auf der anderen Seite war die Verbindung zwischen dem Haupthaus und der Einliegerwohnung. „Meine Babysitterin hat die Einliegerwohnung gemietet. Laura hat einen ganz normalen Bürojob bei einem Anwalt, aber da sie hier vor Ort ist, kann sie zu Hause schlafen und die ganze Nacht die Tür offen haben, wenn ich Dienst bei der Feuerwache habe."

„Ich habe erwartet, du sagst, sie ist an den Abenden hier, an denen du in der Bar bist", gab Madison zu.

Er hatte jede Menge jonglieren müssen, um die Dinge an diesen Punkt zu bringen, aber bis jetzt funktionierte es. „Ein paar Tage arbeite ich im Rough Cut, außerdem Freitag und Samstagnacht, wenn Talia übers Wochenende bei meinen Eltern ist. Ich gehe da nach dem Prinzip, dass mir der Laden zwar gehört, aber ich sollte nicht unersetzlich sein. Ich habe eine echt gute stellvertretende Geschäftsführerin, die ich vor ein paar Monaten dazugeholt habe. Die Dinge sind endlich da, wo ich, falls einer meiner Jobs einen Notfall hat, einspringen kann oder nicht, je nachdem, wie die Dinge mit Talia aussehen."

„Das klingt nach einem Balanceakt, den du gewinnst."

Es war verführerisch, es dabei zu belassen, aber Ryan musste es sie wissen lassen. „Ich liebe es, die Bar zu betreiben, aber du hast mir immer gesagt, ich sollte das tun, was mich glücklich macht. Und die Feuerwehr, zum Teil des Teams zu gehören, das tut es. Also hat es sich gelohnt, das dazu zu nehmen."

Sie hielt inne, den Kopf zur Seite geneigt. „Ich habe das gesagt?"

„Sehr oft. Bis es in meinen Gedanken immer wieder aufgeploppt ist", entgegnete er trocken, bevor er mit dem Kopf zum Gang wies. „Komm schon, schauen wir es uns an."

Als sie einen Blick in Talias Zimmer warf, machte Madison ein angemessen aufgeregtes Geräusch, als sie das Hochbett sah, aber Ryan bemerkte, je länger die Tour ging, desto genauer wurde *er* unter die Lupe genommen.

„Was?", wollte er wissen, halb lachte er.

Madison zuckte mit den Schultern. „Ich versuche, höflich zu sein."

„Ach, bitte. Als ob du nicht einfach damit herausplatzen würdest, was genau dir durch die Gedanken geht." Es mochte ja Jahre her sein, aber das war Maddy durch und durch.

Sie schob sich an ihm vorbei ins große Schlafzimmer und deutete jetzt auf sein Bett. „Du verarschst mich doch. Was zum Teufel ist das?"

Ryan seufzte. „Es ist ein Bett, Maddy."

„Für ein Kind." Sie wirbelte zu ihm herum. „Lass mich raten. Als du bei deinen Eltern eingezogen bist, hast du im selben Zimmer wie Talia gewohnt, also passten maximal zwei Einzelbetten hinein."

„Genau." Er sagte nichts davon, dass er es nicht über sich gebracht hatte, das Doppelbett zu behalten, das er sich mit Justina geteilt hatte.

Madison schnaubte in die Richtung seines ordentlich gemachten Einzelbetts, das an der gegenüberliegenden Wand unters Fenster geschoben war, sodass viel Platz für einen Teppich blieb. „Ich schätze, wenn du es so einrichtest, hast du Platz, um zu Hause zu trainieren, oder irgend so ein Unsinn."

„Ja.“

Sie marschierte durch zu seinem Bad und spähte hinein, ihre Miene hellte sich etwas auf. „Zumindest konntest du diesen Raum nicht vermasseln. Schöne große Dusche, mein Lieber. Und diese riesige Badewanne ist vermutlich toll, wenn du einen Einsatz hattest.“

„Jetzt weiß ich es wieder. Warte kurz mal, während ich einen Anruf mache.“

„Beachte mich gar nicht. Ich werde mich durch deine Schränke wühlen und nach weiteren Skeletten suchen.“ Madison warf seinem Bett einen letzten empörten Blick zu, schüttelte den Kopf und ging dann aus dem Zimmer.

Es sollte nicht lange dauern, dafür zu sorgen, dass ihr Auto aus dem Graben gezogen wurde. „Hey, Mack. Hast du mal kurz?“

Einen besten Freund zu haben, der mit einer Mechanikerin verheiratet war, war schon praktisch.

„Hänge nur so rum. Was ist los?“, fragte Mack.

„Hat deine wunderbare Frau Zeit, um ein Auto aus dem Graben zu ziehen?“, fragte Ryan. „Bei mir ist eine Freundin auf Besuch, die an der nächsten Ecke ein wenig Pech hatte. Wenn Brooke es heute Abend nicht schafft, passt es auch morgen.“

„Warte mal, ich reiche dich weiter.“ Mack sprach im Hintergrund, und dann war plötzlich eine Frauenstimme in der Leitung.

„Willst du, dass ich das Auto zur Werkstatt bringe oder deinem Haus?“, fragte Brooke.

„Falls es fährt, zum Haus. Es wird einen neuen Airbag brauchen, aber vorerst wäre es gut, wenn Madison sich holen kann, was sie braucht. Ich bin ziemlich sicher, die Schlüssel stecken im Zündschloss.“

Brooke lachte. „Du glaubst echt, so eine Kleinigkeit wie kein Schlüssel würde mich aufhalten? Bitte.“

Ryan erwischte sich dabei, wie er grinste, während er zurück ins Wohnzimmer ging. „Ich weiß, dass Mack heute Abend frei hat, also solltet ihr zwei vielleicht ein bisschen bleiben. Ich werde euch Madison vorstellen."

„Abgemacht. Sollte nicht länger dauern als eine Stunde", versprach Brooke.

Maddy war vor dem Kühlschrank und beäugte den Kalender, der mit bunten Magneten aufgehängt war, als er die Neuigkeiten erzählte.

Ihre Augen funkelten. „Danke, dass du dich um mich kümmerst."

„Das machen Freunde so", beharrte Ryan.

Sie nickte, dann verzog sie das Gesicht. „Kriege ich eine Umarmung?"

Verdammt. Es war von Anfang an keine normale Begrüßung gewesen, aber er war schockiert, dass es so lange gedauert hatte, bis sie fragte.

Madison war ganz groß im Umarmen.

Ryan antwortete nicht, er öffnete nur die Arme.

Sie trat an ihn und legte ihm die Arme um den Oberkörper, schmiegte sich an, als wäre es Jahre her und ganz weit weg. Ein Ort, an dem sie einander den Rücken gestärkt und genau das gegeben hatten, was sie brauchten. Freunde, die sich um die Kleinigkeiten kümmerten und um die großen Dinge.

Er hielt sie behutsam fest, hatte Angst, er würde ihre blauen Flecken zu sehr drücken, aber als sich ihre Atmung einander anpasste, sich Wärme um sie legte wie eine kuschelige Decke, war es nicht nur mehr er, der ihr etwas gab.

Seine Seele fühlte sich leichter an, mit dem Wissen, dass Maddy hier war. Dass sie sich genug kümmerte, um nach seiner Tochter zu fragen, seinen Eltern, dass ihr das Einzelbett auffiel.

In so kurzer Zeit überließ sie sich ihm so mühelos – das war wohl diese Freundschaft auf alle Ewigkeit, die sie erwähnt hatte, und er war so dankbar, dass sie aus dem Nichts hereingeschneit war.

Schließlich klopfte ihm Maddy auf den Rücken. „Danke. Das habe ich gebraucht.“

„Ich auch“, gab Ryan zu. Er küsste sie auf die Stirn, genauso, wie er es bei Talia getan hätte, dann wies er Maddy Richtung Wohnzimmer. „Entspannen wir uns, bis dein Auto ankommt.“

„Klaro.“ Maddy nahm sich den Kalender vom Kühlschrank, dann ließ sie sich auf dem Sofa nieder, winkte ihn herüber. „*Entspannen* bedeutet, dass Ryan Maddy erzählen wird, wie lange sie hier rumhängen und ihn nerven darf. Denn ich will die Einladung nicht überstrapazieren.“

Ryan setzte sich auf den Sessel ihr gegenüber. Nicht, weil es ihm unbehaglich war, neben ihr zu sitzen, sondern weil er das immer machte. Was für eine Magie Madison Joy auch besaß, sie verwandelte Leute in Plappermäuler.

Sie hatten es im Scherz das Barkeeper-Gen genannt.

Es stimmte auch, dass viele in ihrem Tätigkeitsbereich die Fähigkeit hatten, komplett Fremde dazu zu bringen, sich zu öffnen und die innersten Geheimnisse innerhalb schockierend kurzer Zeit preiszugeben. Nur dass es zwischen *ihnen* nicht so hätte sein sollen.

Beste Freunde, doch irgendwie war die ganze Unterhaltung in der letzten guten Stunde neunzig Prozent über ihn gegangen. Sein Leben, seine Tochter und seine Eltern. Seine Geschichte.

Er schaute sie direkt an. „Leg den Kalender weg, Maddy.“

„Wir müssen planen“, behauptete sie.

„Wir müssen reden“, erwiderte er, bevor er sich verbesserte. „*Du* musst reden. Du hast mir gar nichts erzählt, bis auf die

Tatsache, dass du beschlossen hast, zu einem Besuch vorbeizukommen."

Sie zögerte. „Ach, stimmt." Ein entschiedenes Nicken folgte. „Es ist ja nicht, dass ich versuche, irgendwas zu verstecken", sagte sie aufrichtig, „aber ich bin unangekündigt reingeschneit. Du bist einfach zu nett, um mir zu sagen, ich soll abhauen, also machen wir jetzt die Einzelheiten fest, und dann kann ich mich entspannen."

Das ergab Sinn. „Du hast all dein Zeug im Auto." Er hob eine Augenbraue, während er sie beobachtete, sie stillschweigend ermutigte, die Lücken zu füllen.

Madison seufzte. „Ich habe einen Job in Toronto, der am 5. Januar beginnt. Also muss ich früh genug aufbrechen, um sicherzustellen, dass ich es schaffe, ohne dass ich fahre, als würde ich einen Unfall provozieren wollen. Ich habe mir gedacht, ich würde zwei Wochen lang hier rund um Heart Falls bleiben, in einem Motel übernachten, und dann vor den Weihnachtsfeiertagen aufbrechen, damit ich dir nicht im Weg bin."

„Hübscher Versuch." Einen kurzen Augenblick wurde Ryan wütend. Wo hatte sie denn vor, die Weihnachtstage zu verbringen? Allein in irgendeinem Motelzimmer? „Vergiss die Sache mit den zwei Wochen. Vergiss außerdem auch diesen Schwachsinn mit dem Motel. Du bleibst bei mir und Talia, die ganze Zeit, und das ist mein letztes Wort."

„Aber ich ..." Sie presste die Lippen aufeinander, holte tief Luft, dann neigte sie das Kinn. „Also gut. Nein, nicht gut. *Wunderbar.* Danke dir, und das ist toll, ich freue mich so darauf. Aber nur, damit du's weißt ... Wenn ich bleibe, habe ich ein paar Dinge auf der To-do-Liste, die ich gern hinbiegen würde. Sag bloß nicht Nein."

3

———

Ryans Gesicht war in diesem Ausblick unbezahlbar. Madison lehnte sich auf dem Sofa zurück und schlug einen Knöchel über den anderen. „Ist es abgemacht?"

Er verschränkte die Arme. „Ist diese Hinbiege-Angewohnheit von dir immer noch so nervig wie damals in der Highschool?"

„Sie ist sogar noch besser", erklärte Madison. „Oder schlimmer, schätze ich, je nachdem."

Von ihm kam ein Schnauben. „Ach, toll. Das war total sinnvoll."

„Es muss nicht sinnvoll sein", erklärte sie. „Du musst nur zustimmen, die Sachen zu tun, die ich vorschlage."

Ryan schüttelte den Kopf, aber er war durchaus ihrer Meinung. „Lass mich dir was zu trinken holen. Wenn du vorhast, mein Leben neu zu gestalten, muss ich das ein wenig abfedern." Er stand auf. „Was willst du?"

„Gingerale."

Er nickte, ohne ihre Entscheidung infrage zu stellen, und ging in die Küche.

In ihrer Tasche summte ihr Handy, und sie zog es heraus, um zu sehen, dass es ihr Bruder war.

„Hey, Rotzbengel", sagte sie locker und beobachtete, wie Ryan in die Küche ging. „Ich dachte, du wärst heute Abend auf Besuch in Mittelerde."

„Kurze Pause", sagte Kyle mit einem leisen Flüstern. „Hi, ich wollte dich nur wissen lassen, dass alles in Ordnung ist."

Ein tiefes Gefühl der Erleichterung kam auf, aber Madison kämpfte darum, es aus ihrer Stimme fernzuhalten. „Aber sicher doch. Du weißt doch, zwischen Aragorn und Gandalf kommt immer alles in Ordnung. Und unterschätze bloß nicht Samwise ..."

„Ich weiß, ich weiß. Ich muss das Buch lesen, denn Samwise ist niemals ein Arschloch oder gemein zu Smeagol. Das Buch ist besser als der Film, und so weiter und sofort." Er würgte gespielt.

„Tatsächlich sind das Buch und der Film genauso toll und schrecklich, aus völlig unterschiedlichen Gründen. Nimm das, was dir am besten gefällt." Madison bedankte sich stumm bei Ryan, während er ein Glas vor ihr auf den Tisch stellte. „Danke für das Update, Kumpel. Brauchst du sonst noch was?"

„Nö. Ich bin froh, dass du weg bist. Ich übernehme morgen dein Zimmer", teilte ihr Kyle mit.

Das war eine Katastrophe, die sie glücklicherweise verpassen würde – wie die Zwillinge um ihr winziges Zimmer stritten. „Dir ist schon klar, dass dein derzeitiges Zimmer viel größer ist als meins, besonders, wenn Joe auszieht."

„Deins hat ein Fenster, das nicht nach hinten rausgeht."

„Dann viel Spaß beim Streiten", sagte Madison. „Ich bin bei Ryan. Ich muss jetzt los, klar?"

„Okay. Kann ich dich morgen anrufen?" Kyle fragte es ganz leise und schnell.

Ihre Brüder würden ihr noch ihr verdammtes Herz

brechen. Sie antwortete ihm grummelig, damit sie ihn nicht noch weiter zu Tränen rührte, was ihm total peinlich sein würde, selbst wenn so viele Meilen zwischen ihnen lagen. „Ich denke schon. Jetzt verschwinde.“

„Ich hab dich lieb.“ Er war weg, noch während sie *ich hab dich lieb* zurückflüsterte.

Ryan beobachtete sie schweigend. Sie wedelte mit dem Handy, dann ließ sie es auf den Tisch fallen und schnappte sich ihr Glas. „Meine Brüder kümmern sich darum, dass ich in den paar Stunden, seit ich aufgebrochen bin, nicht vergesse, wie man Technik benutzt.“

Sein Gesicht wurde weich. „Wie geht es ihnen?“

„Toll“, sagte sie fröhlich. „Sie sind beide an der Uni, wenn du das glauben magst.“

„Verdammt, schon?“

„Die Zeit vergeht. Genauso wie Talia auf magische Art zehn geworden ist, sind die Jungs achtzehn geworden. Als Bonus haben sie in den letzten paar Jahren tatsächlich rausgefunden, wie man Arbeiten pünktlich abgibt. Das wird sich in Zukunft als hilfreich erweisen.“

Es klingelte. Ryan runzelte die Stirn, aber ging, um nachzusehen.

Sie folgte ihm und spähte über seine Schulter, um einen äußerst muskulös gebauten Mann mit dunklen Haaren auf den Vorderstufen stehen zu sehen. Eine hochgewachsene Frau mit Pferdeschwanz stieg aus dem Abschleppwagen, der auf der Straße vor Ryans Haus geparkt war.

„Hey, Mack. Brooke.“ Ein Hauch Schock klang in Ryans Stimme an. Sie beugte sich ein wenig weiter hinaus und sah ihr Auto, der Lack ein wenig mitgenommen, das immer noch hinten am Truck hing. „Wie habt ihr es so schnell aus dem Graben raus gebracht?“

Die Braunhaarige stellte sich neben dem Mann auf die

Veranda. „Ich bin in Heart Falls aufgewachsen, also kenne ich alte Schleichwege. Es gab eine alte Schotterstraße etwa fünf Meter von dort entfernt, wo das Auto gelandet war. Sobald ich es mal am Haken hatte, war es einfach, es rauszuziehen." Brookes Blick hob sich vorbei an Ryan, um Madison anzusehen. „Hallo auch."

„Hi."

Ryan ging zurück, um das andere Paar vorbei zu lassen. „Kommt rein, und ich stelle euch ordentlich vor."

Sowohl Brooke als auch Mack musterten Madison genau, während sie ihre Schuhe an der Tür stehen ließen und in den vorderen Eingangsbereich kamen.

„Oh, stimmt. Mein Gesicht. Der Airbag", bot Madison als Erklärung an.

Auf Brookes Gesicht kam Verständnis auf. „Jetzt fällt es mir wieder ein. Da der Airbag losging, muss ich das Fahrzeug in die Werkstatt bringen. Es ist nicht legal, dass du es selbst hinfährst."

Mack trat tatsächlich vor, beugte sich etwas näher heran, während er sie sorgsam beäugte. „Sieht aus, als hättest du Glück gehabt. Und Pech, dass der Airbag ausgelöst hat. Du bist doch bestimmt nicht sonderlich schnell gefahren, als du auf dem Hügel warst, außer du hast auf dem Highway echt richtig aufs Gas gedrückt. Das bezweifle ich, wenn man die Straßenbedingungen betrachtet."

Ryan legte Mack eine Hand auf die Schulter und schob ihn zur Seite. „Ich hab sie bereits untersucht, also lass ihr mal Platz."

„Tut mir leid, das ist ein Berufsrisiko", erwiderte Mack locker, hielt Madison eine Hand hin. „Mack Klassen. Kanadische Air Force, im Ruhestand, und jetzt bei der Feuerwehr von Heart Falls."

Während Madison den Handschlag erwiderte, machte sie

sich nicht die Mühe, ihr Lächeln zu verbergen. „Ah. Du gehörst zu Ryan. Es macht mir nichts aus. Ich bin überrascht, dass du nicht versucht hast, ganz verstohlen meine Pupillen zu checken oder den Puls zu messen."

„Lass ihm nur Zeit", sagte Brooke, die selbst eine Hand ausstreckte. „Brooke Klassen. Und Mack gehört zu Ryan, aber zum Großteil gehört er zu mir. Seit letztem März sind wir verheiratet."

„Ich gratuliere, ein paar Monate zu spät", sagte Madison mit einem Grinsen. Sie schaute nach unten und beschloss, was sie anhatte, würde gehen müssen.

Ryan deutete ihre Bewegung falsch. „Soll ich deinen Koffer aus dem Auto holen?"

„Kein Problem, das schaffe ich." Sie drehte sich zur Tür.

Zwei männliche Körper verstellten ihr den Weg.

„Geh. Setz dich", befahl Ryan. „Mack und ich holen dein Zeug, während du und Brooke einander kennenlernt."

„Testosteron wurde aktiviert. Es ist sinnlos, mit ihnen zu streiten", versicherte ihr Brooke. „Komm und setz dich hin, damit ich dich fragen kann, was du an dem Fahrzeug erledigt haben willst. Für den Anfang werde ich gleich mal einen Ersatz-Airbag bestellen, was mindestens einen Tag dauern wird."

Madison nickte Brooke zu, bevor sie sich umdrehte, um Ryan in die Augen zu schauen. „Bring nicht alles rein. Nur den Koffer auf dem Rücksitz. Oh, und die Kiste auf dem Beifahrersitz, auf der steht *Schabernack*. Mehr brauche ich nicht."

Die beiden Kerle gingen hinaus in das stürmische Wetter. Madison war froh, im warmen Haus bleiben zu können.

„Ich habe mir schon was zu trinken geholt", erklärte ihr Brooke, die ins Wohnzimmer kam.

Was bedeutete, dass Madison keine Schuldgefühle hatte,

als sie auf ihren vorherigen Platz auf dem Sofa zurückkehrte. Sie schnappte sich eine kuschelige Decke, die über die Rückseite gelegt war, legte sie sich über die Beine, dann nahm sie ihr Gingerale. „Danke, dass du mein Auto geholt hast."

„Echt, das war kein Problem. Ich bin froh, dass du nicht noch mehr verletzt wurdest. Du hast wohl die Sensoren der Airbags gerade so weit genervt, dass sie eine Fehlfunktion hatten, als du von der Straße abgekommen bist."

„Ich habe mich schon gefragt, was passiert ist. Ich meine, es war holprig, aber ich bin nicht in irgendwas reingefahren", erklärte ihr Madison.

Brooke wedelte mit der Hand. „Ach, an der Art, wie das Auto dastand, habe ich gesehen, dass du es gut gemacht hast, als du in den Graben gefahren bist. Nein, manchmal haben Airbags eben eine Fehlfunktion. Ich bin Mechanikerin, also ist es mir zwar persönlich noch nicht passiert, aber ich habe die Geschichte schon mehrfach gehört."

Die Vordertür öffnete sich. Die Männer hatten ihre zwei Boxen dabei und gingen in das Gästezimmer, während sie locker plauderten.

Madison konzentrierte sich auf Brooke. „Wenn du den neuen Airbag einbaust, würdest du irgendwelche weiteren Maßnahmen empfehlen? Ich muss in ein paar Wochen quer durchs Land fahren, also will ich schon, dass das Auto flott ist."

„Ich mache mal einen Komplettcheck", versicherte ihr Brooke. „Und überprüfe die anderen Airbags noch mal. Aber ernsthaft, denk bloß nicht, du hättest was falsch gemacht. Mir ist einmal ein Airbag losgegangen, als ich gerade unter dem Armaturenbrett gearbeitet habe. Das verdammte Ding hat mich so hart in die Magengrube getroffen, ich konnte gar nicht atmen. Das war ein Spaß. Halb ins Auto gewunden, halb draußen hängend, und nach Luft schnappend wie ein Fisch auf dem Trockenen."

Mack und Ryan waren wieder zu ihnen gekommen. „Wann war denn das?", fragte Mack.

Brooke rümpfte die Nase. „Vor etwa drei Jahren. Du hättest die blauen Flecken sehen sollen."

„Ich glaube, ich sehe sie", sagte Madison trocken, aber sie zwinkerte. „Also, erzählt mir von Heart Falls. Was muss ich machen, während ich hier bin?"

„Das kommt darauf an, woher du kommst", sagte Brooke trocken.

„Surrey", erwiderten Mack und Ryan gleichzeitig.

Brookes Mann grinste Madison an. „Wenn man auf der Feuerwache rumhängt, hat man oft lange Nächte und lange Unterhaltungen. Ryan hat deinen Namen oft erwähnt."

„Jedes Mal, wenn ich ihm eine Geschichte aus der Highschool erzähle, wie ich in Schwierigkeiten geraten bin. Es wäre mir echt schwergefallen, dich da rauszuhalten", gab Ryan zu.

Madison drückte sich eine Hand auf die Brust. „Mich? Ich bin sicher, du verwechselst mich mit irgendeiner anderen Person, die immer Ärger macht."

Brookes Augen leuchteten, während sie lächelte. „Ah. Du bist diejenige, mit der Ryan immer zusammen nachsitzen musste."

„Es hat echt keinen Sinn, es zu leugnen", sagte Ryan. „Allerdings ist Maddy auch der Grund, weshalb ich den Algebrakurs überlebt habe. Also sollte ich ihr schon die Ehre zukommen lassen, die ihr gebührt."

„Es ist toll, dass ihr beiden euch schon so lange kennt", sagte Brooke.

„Beste Freunde über viele Jahre hinweg", erwiderte Madison zufrieden. „Außerdem habe ich ihm Justina vorgestellt. Dafür kann ich auch die Lorbeeren einheimsen."

Ryan grinste. „Du hast uns voll verkuppelt."

Brooke nippte an ihrem Getränk, ihr Blick huschte zwischen Ryan und Madison auf eine Art und Weise hinten hin und her, die besagte, dass ihre Gedanken wirbelten. Aber anstatt eine persönliche Frage zu stellen, beantworte Brooke diejenige, die Madison ursprünglich gestellt hatte. „Du solltest eine Tour mit allen wichtigen Orten der Stadt unternehmen. Meine Werkstatt, die Feuerwache."

„Auf jeden Fall die Feuerwache", sagte Mack rasch. „Morgen ist ein Teambildungsabend. Wir haben ein Abendessen, zu dem alle was mitbringen, und einen Film – einen für die Kinder und einen für Leute, die nicht zum zwölfmillionsten Mal *Die Eiskönigin* sehen wollen."

„Ein paar Leute haben eben keinen Sinn für Humor", scherzte Brooke. „Du kennst ihn doch immer noch nicht auswendig."

Mack funkelte sie an.

„Ernsthaft, lass jetzt los ..."

Er kitzelte sie.

Sie wich aus, kämpfte darum, dass ihr Getränk nicht überschwappte. „Hör auf." Brooke stellte das Glas ab und wandte sich dann zurück an Madison. „Andere Orte sind das Café *Buns and Roses*, ein Ausflug zu Fallen Books – das ist unser unabhängiger Spezial-Bücherladen in der Stadt. Die Tierrettung ist auch toll geeignet für einen Besuch, wenn du überhaupt ein Interesse an Hunden, Katzen und anderen Tieren hast."

„Falls du mal ausreiten willst, haben wir verschiedene Optionen, die sich einrichten lassen", schlug Ryan vor. „Ach, und du weißt schon, wenn dir danach ist, schätze ich, ich könnte dich mal ins Rough Cut mitnehmen."

„Eine Bar? Das ist doch schon etwas wild, oder?" Madison grinste ihn an. „Ehrlich? Ich kann es gar nicht erwarten, den Laden zu sehen."

MIT SEINEN FREUNDEN hier zu sitzen, mit Madison dabei, und über die witzigen Aktivitäten zu reden, die sie genießen sollten, während sie da war, gab dem Dezember irgendwie das Gefühl, sehr viel festlicher zu sein, als es früher am Tag der Fall gewesen war.

Ryan musste zugeben – irgendwas stimmte dieses Jahr nicht. Sogar Talia schien es zu widerstreben, die Festtagsstimmung zuzulassen.

Er hatte vor ein paar Tagen den Schmuck rausgeholt, und normalerweise hätte das bei seiner Tochter ausgelöst, dass sie sich darauf stützte und forderte, dass sie alles sofort aufhängten.

Dieses Mal hatte sie kaum einen Blick darauf geworfen.

Jetzt allerdings, da Madison da war, konnte er das ändern. Sobald Talia morgen zu Hause war, konnten sie die Köpfe zusammenstecken und sich Ideen einfallen lassen, wie sie die Feiertage besonders gestalteten, darunter ein Plan für Talias Geburtstagsparty.

Ein weiteres Gesprächsthema – die Ankunft seiner Freunde hatte das Gespräch darüber abgekürzt, was genau Madison hinbiegen wollte. Darauf mussten sie beide zurückkommen. Es war immer interessant, wenn sie sich einmischte, um es gelinde auszudrücken.

Er hat allerdings nie erlebt, dass sie falsch mit dem lag, worin sie sich einmischen wollte ...

Ryan richtete seine Aufmerksamkeit wieder auf das Gespräch vor ihm. „Wir werden Donnerstagnachmittag im Pub sein und Freitagabend, da ist geöffnet."

„Packen wir immer noch die Weihnachtskörbe am Samstagnachmittag?", fragte Brooke.

„Ja", bestätigte Ryan. „Wollt ihr beiden immer noch helfen?"

„Natürlich." Mack nickte, dann beugte er sich vor, Sorge auf seinem wettergegerbten Gesicht. „Hast du es geschafft, die ganzen Vorräte zu kriegen, die gebraucht werden?"

Ein Augenblick des Unbehagens schlich sich ein, aber Ryan konnte ehrlich antworten. „Für Samstag kommen wir klar. Es war allerdings ein schlimmes Jahr für Spenden. Die Körbe zusammenzustellen und ein paar Geschenkkarten für die Familien, die sie brauchen, wird den Heart Falls Hope Fund mehr oder weniger leer zurücklassen."

„Wir brauchen eine weitere Spendenaktion", sagte Brooke langsam.

Ryan nickte. „Es ist eine schreckliche Jahreszeit dafür." Er warf einen Blick auf Madison. „Diese Sache mit der Tafel, die wir übernommen haben. Letztes Jahr haben meine Mitkoordinatorin und ich uns um die richtige Arbeit gekümmert, aber noch nichts, was die Finanzen angeht. Dieses Jahr haben die alten Koordinatoren uns im Oktober alles überlassen, und es war nicht mal annähernd genug im Spendentopf, um den ganzen Winter zu halten."

„Das ist heftig", sagte Madison. „Dezember ist keine leichte Jahreszeit, um die Leute dazu zu kriegen, ihre Geldbörsen zu öffnen."

Mack stellte eine Frage zu etwas anderem, und die Unterhaltung trieb eine Weile dahin. Brooke erzählte eine Geschichte, wie sie eine Feldmauskolonie auf dem Rücksitz eines SUV gefunden hatte. Mack erzählte ihnen von dem einen Mal, als ein Stinktier in die Feuerwache gelaufen war. Es war gemütlich und locker.

Bis Madison gähnte.

Sie legte rasch die Hand darüber, aber Brooke und Mack grinsten, während sie aufstanden.

„Wir werden in den nächsten Tagen mehr Zeit für Besuche haben“, sagte Brooke. „Wir hätten merken müssen, dass du müde bist von der langen Fahrt und der Aufregung.“

„Es war echt toll, euch zu treffen“, sagte Madison. „Ich freue mich auf die Zeit, die ich hier in Heart Falls verbringen darf.“

„Schlaf ein bisschen“, befahl Mack, der einmal mehr ihr Gesicht mit den blauen Flecken musterte. Er warf einen Blick zu Ryan. „Wenn du irgendwas brauchst, lass es mich wissen.“

„Sie kommt klar, aber danke“, sagte Ryan aufrichtig, während er seine Freunde an die Tür brachte.

Madison ging mit ihnen, doch sie wankte mehr oder weniger, sobald sie weggefahren waren.

Er schüttelte den Kopf, während er sie an den Schultern nahm und zum Gästezimmer lotste. „Man möchte glauben, inzwischen hättest du gelernt, wie man sagt, ich bin müde.“

„Aber ich hatte Spaß“, beharrte Madison, die den Kopf an seine Schulter legte, während sie langsam gingen. „Das Bett wird sich toll anfühlen.“

Er drückte ihre Schultern und ließ sie dann los. Sie winkte leicht mit dem kleinen Finger, während sie die Tür zwischen ihnen schloss.

Es war definitiv nicht der freie Abend, den er erwartet hatte. Überhaupt nicht.

Es war noch nicht mal zehn, also ging Ryan, um sich eine Tasse Tee zu machen, setzte sich dann in seinen Sessel und drehte sich, um aus dem Fenster auf den Schnee zu starren, der inzwischen in riesigen, lockeren Flocken fiel.

Was für ein Abend.

Er hatte angefangen mit seiner Rastlosigkeit, die so weit gegangen war, dass er nachdenklich Zeit am Friedhof verbrachte. Solarbetriebene Lichter hingen an winzigen S-Haken und waren zwischen den alten und neuen Grabsteinen verteilt. Er war eine Weile spazieren gegangen, hatte sauber gemacht, während er herumging, hatte seine rasenden Gedanken beruhigt.

Es war die Art nächtliches geistiges Umherwandern gewesen, die ihm noch stärker bewusst gemacht hatte, dass er Justinas Gesellschaft vermisste. Die Gesellschaft eines anderen Erwachsenen, um Dinge zu teilen, über die er mit Talia nicht reden konnte. Dinge, über die sich gut reden ließ, aber nicht mit Mack oder Alex oder Brad auf der Feuerwache.

Dinge, die er mit einer Frau besprechen wollte.

Außerdem noch Zeit, die er mit einer Frau verbringen wollte, bei der nicht gesprochen wurde. Auf gar keinen Fall sprechen.

Dass Madison aus dem Nichts aufgetaucht war, war ein leichtes Wunder. Ein verfrühtes Weihnachtsgeschenk, zumindest, was die Frage anging, ob man jemanden zum Reden hatte.

Der körperliche Teil, von dem er nun bereit war, zuzugeben, dass er nach ihm verlangte, würde behandelt werden, nachdem seine Freundin gegangen war. Zwischen ihnen war noch nie etwas Sexuelles gewesen. Es war nicht so, dass er Madison nicht attraktiv fand, aber sie war seine beste Freundin. Das würde er auf keinen Fall vermasseln, indem er sie anmachte. Und Madison schien es genau so gegangen zu sein. Sie war ja sogar diejenige gewesen, die ihn mit Justina verkoppelt hatte.

Ryan trank seinen Tee aus und ging dann ins Bett.

Er wachte überraschend spät zum Geruch nach Kaffee und gebuttertem Toast auf.

In der Küche fand er Madison, die auf einem der Barhocker an der Insel saß, die Beine hochgezogen.

Sie hatte ein blau-rot-kariertes Flanellhemd über ein blassblaues Top gezogen. Ausgewaschene Jeans, die ihr sehr gut passten, bedeckten ihre Oberschenkel, aber es waren die leuchtend orangen Socken, die unter ihr herauslugten, die Ryan heftig zum Grinsen brachten.

„Sind das Warnleuchten, Maddy?"

Sie schaute von der Zeitung auf, die sie las. „Hey. Habe ich dich geweckt?"

Er schüttelte den Kopf, während er näher trat, schob ihr die Finger unters Kinn und hob ihr Gesicht, damit er ihre Augen genauer betrachten konnte. „Ich habe echt fest geschlafen. Deine blauen Flecken sind gar nicht mal so schlimm."

„Sie fühlen sich auch ganz okay an." Sie hob ihre Taste und deutete auf die Arbeitsfläche. „Ich habe eine ganze Kanne Kaffee gemacht. Ich wusste nicht, wie heute dein Terminplan aussieht. Wir haben diese Unterhaltung nie zu Ende geführt, aber ich habe gesehen, dass die Abholzeit für Talia auf dem Kühlschrank neun Uhr morgens ist."

Was ihnen eine Stunde gab. Sie nutzten sie, um den Rest des Frühstücks zusammen zu machen und über den Tag vor ihnen zu reden.

Darunter fielen auch Ryans gewissermaßen gescheiterte Versuche, ihr klarzumachen, dass er nicht erwartete, dass sie auf Besuch hier etwas erledigte. „Du kannst gern im Haus rumhängen und dich entspannen, so viel du magst. Oder falls du Informationen über Orte brauchst, an denen du einkaufen gehen kannst, oder sonst was, sind wir ein paar Stunden von Calgary entfernt."

„Ich bin doch nicht zum Einkaufen gekommen", sagte Madison, die den Kopf schüttelte. „Ich bin gekommen, um *dich* zu treffen. Außerdem bin ich gerade erst aus einer großen Stadt gekommen – ich suche nicht nach den leuchtenden Lichtern. Ich will helfen, wie immer ich kann. Vielleicht kann ich mir eine Spendenaktion einfallen lassen, um mit deinem Hope-Fund-Problem zu helfen."

Ryan schaute auf die Uhr. „Na ja, vorerst kannst du helfen kommen, Talia abzuholen."

Madison war fasziniert, die ganze Fahrt hinauf zur Lone Pine Ranch, wo Ryans Freund Brad und seine Frau Hanna ihre Familie aufzogen. Maddy spähte aus dem Fenster und pfiff leise, als das Ranchhaus oben auf der langen Zufahrt in Sicht kam. Es war ein hübscher Bungalow mit einer ordentlichen Scheune daneben. Ein halbes Dutzend Pferde lief über die Koppel.

Die zwei Zentimeter frischen Schnees, die gestern Nacht gefallen waren, machten alles weiß und leuchtend, und warme, gelbe Lichter schienen durch die Fenster.

„Das ist irgendwie wie eine Weihnachtskarte, oder nicht?", fragte Madison, während sie zu ihm schaute.

„Brads Familie wohnt da schon seit Jahren. Er ist ein guter Kerl, und seine Frau wirst du lieben." Ryan blieb an der Seite des Hauses stehen, schaute hinüber zu ihr, während sie ohne Erfolg an die Tür drückte. „Warte mal. Manchmal klemmt die. Ich lass dich raus."

Sie spähte immer noch hinauf zum Haus, während er herumkam und die Tür mit einem heftigen Ruck öffnete. Sie nahm seine Hand, aber als ihre Beine auf dem Boden aufkamen, stand er dicht genug bei ihr, um das leise gequälte Knurren zu hören.

Er hielt sie noch einen Augenblick länger fest, bis sie aufschaute. „Alles okay?"

Madison zuckte mit den Schultern. „Schon gut. Ich bin nur an einen der blauen Flecken auf meinem Rücken gekommen."

Verdammt. Er fühlte sich beschissen, weil er daran nicht früher gedacht hatte. „Wenn wir nach Hause kommen, suche ich dir eine Salbe."

Noch bevor Ryan auf die Klingel drückte, trieb das Gelächter kleiner Mädchen aus dem fröhlichen Haus heraus.

Einen Augenblick später öffnete sich die Tür, um Hanna zu enthüllen, eine zierliche, dunkelhaarige Frau, ihren kleinen Babyjungen trug sie auf der Hüfte. Sie hatte eine erstaunlich friedliche Miene auf, wenn man die Intensität des Lärms bedachte, der hinter ihr tönte.

Sie lächelte Ryan zu, dann warf sie einen Blick auf Madison, ihre Stirn leicht gerunzelt. „Hi, Ryan. Talia ist fast schon fertig."

Ryan deutete auf seine Freundin. „Hanna, das ist Madison. Wir kennen uns schon ewig. Sie ist zu Besuch gekommen." Er drehte sich zu Madison. „Hanna Ford. Und der kleine Kerl ist Drew."

„Schön, dich kennenzulernen, Hanna." Madison räusperte sich. „Und nur für den Fall, dass du dir Sorgen machst, diese dunklen Augen liegen daran, dass ich einen leichten Unfall mit meinem Fahrzeug hatte. Mir geht's gut."

Hanna musterte sie noch einen Augenblick, dann neigte sie das Kinn. „Gut zu wissen."

Im Gang gleich hinter dem Windfang konnte Ryan seine Tochter sehen, außerdem Hannas dunkelhaarige Crissy und ein drittes kleines Mädchen, Emma Stone, deren blonde Locken bei jeder Bewegung hüpften.

Crissy, Emma und Talia drehten sich abwechselnd in Pirouetten, zwei Arme ausgestreckt um die in der Mitte, die herumwirbelte. Es schien wie eine gute Idee, zwei Spotterinnen für eine Tänzerin zu haben, denn keine von ihnen hielt sich sonderlich gut auf den Beinen.

Hanna verlegte das Baby von einer Hüfte auf die andere. „Die waren die ganze Nacht aufgeregt und völlig besessen von dieser Ballettaufführung, die ihre Lehrerin auf die Beine stellen möchte."

Ryan dachte zurück, weil er sich sorgte, ihm wäre etwas während der Abholung vom Unterricht am Montagabend entgangen. „Ich erinnere mich nicht, dass ein Auftritt im Kalender war."

Hanna wedelte mit der Hand. „Es gibt auch keinen. Nicht wirklich, und falls es passiert, wird es nichts Großes. Charity hat angefangen, gestern Abend alle von uns einzeln anzurufen, um herauszufinden, wie viel Energie wir da reingeben können. Talia *Zhao* heißt, dass du vermutlich als letztes auf der Liste stehst." Hanna schaute zurück zu Crissy, dann hinab auf den sechs Monate alten Drew. „Ich will, dass sie den Spaß hat, aber ich kann nicht versprechen, dass ich eine Menge Extrazeit reinstecken kann. Nicht jetzt."

„Vielleicht ist das etwas, womit ich helfen kann", bot Madison an. Sie wandte sich an Ryan. „Das liegt natürlich auf jeden Fall auch an dir, und nur, wenn es funktioniert, nachdem ich mit der Tanzlehrerin geredet habe."

„Du bist doch hier, um Ferien zu haben", protestierte Ryan.

Madison hob die Augenbrauen. „Wenn ich rumhänge, kann ich auch gleich was Produktives machen. Also, du hast erwähnt, dass du eine Spendenaktion brauchst. Ich sollte mir doch wohl eine Idee einfallen lassen können, die sowohl die Mädchen glücklich macht, als auch ein bisschen Geld in den Topf bringt."

Ryan drehte sich zu ihr. „Warum habe ich plötzlich Angst?"

„Weil du eine viel zu lebendige Vorstellungskraft besitzt", schlug Madison vor, die Hanna zuzwinkerte. „Keine Sorge. So gefährlich bin ich nicht."

„Eine kleine Gefahr ist manchmal gut", sagte Hanna leise. „Ruf an, wenn du Hilfe brauchst. Ich weiß nicht, wie viel ich dir direkt zur Seite stehen kann, aber ein Brainstorming schaffe ich schon."

Dann war Talia da, zog ihre Jacke an und winkte ihren Freundinnen zum Abschied. Einen Augenblick später hatte

Ryan sie auf ihren Kindersitz hinten im Truck verfrachtet. Talia sprach in Rekordgeschwindigkeit über alles, was sie während der Übernachtung getan hatten. „... die Kätzchen haben mir echt gefallen. Ich glaube, wir sollten auch eins haben, Daddy."

„Hol mal Luft, Kleine. Ich will, dass du meine Freundin Madison begrüßt."

Talia erstarrte. Sie beugte sich zur Seite und spähte mit großem Interesse die fremde Frau neben ihm an. „Hi. Deine Augen sind ganz blau."

4

Die letzten paar Minuten waren ein solcher Wirbelwind gewesen. Madison hatte allerdings ernsthaft Spaß, und dazu gehörte auch, Ryans Tochter mit einem Hauch Nostalgie zu betrachten.

Talia war ein hübsches kleines Ding, mit langen schwarzen Haaren, die derzeit in einem etwas schiefen Pferdeschwanz zusammengefasst waren. Ihre großen, dunklen Augen und die gerade Nase kamen von Ryan, doch ihre Lippen und ihr Kinn entsprachen eher ihrer Mutter. Justina war eine Fee gewesen, mit Lippen, die immer leicht geschürzt wirkten, als würden sie auf einen Kuss warten.

Madison lehnte sich an die Tür und bot Talia die Hand. „Gerade jetzt habe ich blaue Augen. Möchtest du mir die Hand schütteln und Hallo sagen?"

Talia blinzelte, dann grinste sie und nahm Madisons Finger. Sie hielt sie fest und schüttelte sie ein paar Mal, bevor sie losließ, ihr Blick wanderte immer noch über Madisons Gesicht. „Daddy hat mir beigebracht, wie das geht."

„Das war ein sehr höfliches Händeschütteln", bestätigte ihr Ryan. „Ist es euch Mädels recht, wenn wir nach Hause fahren? Talia hat heute Nachmittag immer noch Schule, also sollten wir uns bereit machen."

„Ich durfte gestern zur Übernachtung, obwohl heute noch Schule ist." Talia fing in dem Augenblick wieder zu reden an, als Madison vorne eingestiegen war und sich angeschnallt hatte. „Das kommt nicht oft vor. Die Lehrer hatten heute Vormittag ein ganz besonderes Event, also müssen wir erst nach dem Essen in die Schule. Crissy hat gefragt, ob Emma und ich zum Übernachten rüberkommen können, und Mrs. Ford hat gesagt, das geht."

Madison drehte sich weit genug, um einen Arm auf die Rückenlehne zu legen und sich halb zu Talia zu wenden. „Das klingt, als wäre das ein echtes Highlight gewesen."

„Wir hatten so viel Spaß. Nur ihr kleiner Bruder schreit manchmal, und er hat mich geweckt." Talia verzog das Gesicht. „Emma hat gesagt, ihr kleiner Bruder schreit auch. Ich glaube, ich will keinen kleinen Bruder."

Ryan hustete leicht, hielt die Aufmerksamkeit auf die Straße vor sich gerichtet. „Gut zu wissen."

„Arbeitest du mit meinem Daddy?", fragte Talia. „Denn ich weiß, er arbeitet mit Grace. Er arbeitet mit Charity. Und er arbeitet mit Rose."

Madison warf einen Blick zu Ryan, hielt die Erheiterung aus ihrem Gesicht fern, so gut sie konnte. „Klingt, als hätte dein Daddy eine Menge Freundinnen."

Kurz sah er sie schief von der Seite an, und sie grinste.

„Daddy hat echt eine Menge Freundinnen", stimmte Talia zu. „Wie kommt es, dass ich dir noch nie begegnet bin?"

„Aber das bist du doch schon", erklärte ihr Madison. „Du warst sehr viel kleiner beim letzten Mal, als ich dich gesehen habe. Beim ersten Mal, als ich dich gesehen habe, warst du ganz klein, das war ein paar Tage, nachdem du geboren wurdest."

Talias Augen wurden noch größer, und ihr Mund stand leicht überrascht offen. „Du hast mich gesehen, als ich ein Baby war?"

„Genau. Ich habe sogar ein paar Bilder dabei. Ich kann sie dir zeigen, wenn wir mehr Zeit haben." Madison beobachtete, wie sich das kleine Mädchen im Sitz zurücklehnte und diese schockierenden Neuigkeiten verarbeitete.

Und dann zählte das kleine schlaue Ding eins und eins zusammen. „Das bedeutet, du hast meine Mommy gekannt."

Dieses Pulsieren der Traurigkeit trat ein, das sie immer erwischte, wenn Madison an die Tragödie dachte, Justina so jung verloren zu haben. „Ich kannte deine Mommy sehr gut. Sie und ich waren Freundinnen, genauso wie dein Daddy und ich Freunde waren."

Talia schien etwas länger zu brauchen, um das zu verarbeiten, und sie wurde still, bis sie in die Zufahrt vor dem Haus fuhren.

Sie waren alle ausgestiegen, unterwegs zur Eingangstür, als Talia innehielt. „Wie bist du hergekommen?"

„Ich bin gefahren."

Talia schaute hinab auf die Straße, bevor sie zur Garage lief und hineinspähte. Sie drehte sich mit einem Stirnrunzeln um. „Wo ist dein Auto?"

„In der Werkstatt. Ich habe ein paar Reparaturen machen müssen."

„Oh." Talia dachte darüber nach. „Ist es ein großes Auto?"

„Schon ganz groß. Ich habe mein Fahrrad und meine Klamotten und Bücher und ein bisschen Küchenzeug bei mir."

Talias Augen wurden groß. „Warum?"

„Ich ziehe um", erklärte Madison. „Ich habe mitnehmen müssen, was ich an meinem neuen Wohnort brauche."

Talia lief voraus und huschte durch die Tür, die Ryan geöffnet hatte, nahm ihre Stiefel ab und hängte ihre Jacke an den Haken beim Eingang, aber als sie sich umdrehte, war ihr Gesicht finster. „Wie kommt es, dass du umziehen musst?"

„Weil ich einen Job in einer anderen Stadt habe, und das bedeutet, ich kann nicht mehr bei meiner Familie wohnen."

„Wie kommt es ...?"

Ryan unterbrach sie. „Talia, ich weiß, dass es Madison nichts ausmacht, so viele Fragen zu beantworten, aber *du* musst heute Vormittag ein paar Dinge erledigen. Und wir müssen ein paar Lebensmittel einkaufen."

Madison dachte rasch nach. Sie wartete, bis Talia am Küchentisch mit etwas beschäftigt war, das offensichtlich ihr Schulrucksack war, dann sprach sie leise mit Ryan, damit sie sich nicht übernahm oder Schwierigkeiten mit ihrem Vorschlag herbeiführte. „Muss denn Talia mit dir einkaufen, oder kann ich hierbleiben und auf sie aufpassen, während du allein einkaufen gehst?"

Einen Augenblick lang wirkte er, als würde er protestieren. Vermutlich wollte er etwas darüber sagen, dass sie hier war, um sich zu entspannen, und nicht, um Babysitterin zu spielen.

„Ich hätte es nicht angeboten, wenn ich es nicht ernst meine", fügte Madison rasch hinzu. „Nur, wenn für sie der Gedanke okay ist natürlich."

Aber als ihr die Frage vorgelegt wurde, während Ryan leise am Küchentisch mit ihr sprach, schien Talia äußerst gespannt wegen dieses Vorschlags. „Ich kann dir beim Auspacken helfen. Daddy sagt, du bleibst über die Weihnachtstage."

„Dein Daddy schafft gern an, was andere Leute zu tun haben", sagte Madison, ohne nachzudenken, sodass Talia einen kindischen Lachanfall bekam.

„Ja, ja, das tue ich", sagte Ryan mit äußerst elegantem und ernstem Unterton. „Und jetzt werde ich die ganzen Lebensmittel anschaffen, die wir brauchen. Irgendwelche Wünsche, Maddy?"

„Ich esse alles, und vor allem liebe ich alles mit Schokolade."

Talia stellte sich neben sie und nickte heftig. „Ich auch."

Ryan sorgte dafür, dass Madison seine derzeitige Handynummer hatte, und dann verschwand er und ließ sie mit seiner Tochter zurück.

Wie ihre Mutter vor so vielen Jahren war Talia nicht schüchtern. Sie schnappte sich Madison an der Hand und zog sie mehr oder weniger zum Gästezimmer. „Meine Freundin Crissy hat ständig Leute, die bei ihr zu Hause übernachten. Und Emma auch, obwohl es normalerweise ihr Onkel Dustin ist, oder ihr Opa oder einer ihrer Schwippschwager. Emmas Mommy hat erklärt, was das heißt, aber ich glaube, das ist ein witziges Wort, das bedeutet, man hat zu viel Familie."

Das war doch wirklich urkomisch. Madison war so begeistert von Kindern und ihren aufrichtigen, ungebremsten Wahrheiten.

Aber der andere Teil von Talias Anmerkung war jetzt das Wichtigste. Das erklärte, weshalb der Gedanke, dass jemand bei ihnen wohnte, sehr viel aufregender war, als Madison erwartet hatte.

Sie freute sich. Sie hätte nicht gewollt, dass es Ryans Tochter unbehaglich war.

„Es kann sehr viel Spaß machen, Besuch zu haben", stimmte Madison zu. „Ich freue mich drauf, Zeit mit dir zu verbringen, aber du musst mich wissen lassen, wenn du Zeit allein brauchst. Das gehört dazu, ein guter Gast zu sein."

Talia stieg auf das Fußende des Gästebettes – eine überbreite Matratze – und schaute erwartungsvoll in den

Raum. Ihr Blick fiel auf den einzelnen Koffer und die einsame Kiste, und kurz sah sie enttäuscht aus. „Willst du, dass ich dir noch ein paar Sachen aus deinem Auto hole?"

„Das reicht. Als erstes sollten wir das da auspacken."

Talia schoss hoch und ging hinüber zu dem Karton, auf den Madison gezeigt hatte. Sie starrte ihn an, bevor sie einen Finger über die Buchstaben gleiten ließ, die Madison mit einem fetten Filzstift drauf geschrieben hatte.

„Schabernack." Talia warf einen Blick auf Madison. „Was heißt denn das?"

„Es heißt, jedes Mal, wenn ich etwas finde, das für jemanden, den ich kenne, ein gutes Geschenk abgibt, lege ich es in die Kiste. Und normalerweise, wenn es Weihnachten wird, oder jemand Geburtstag hat, habe ich genau das Richtige dort versteckt."

Das kleine Mädchen hatte ein so ausdrucksvolles Gesicht. Sie schien Madisons Geschenkekiste für die tollste Idee aller Zeiten zu halten. „Die ist voller Geschenke?"

„Ein bisschen weniger voll als vorher. Ich habe die Dinge rausgenommen, die ich für meine zwei Brüder und meine Mom gekauft habe, bevor ich von zu Hause aufgebrochen bin. Aber es gibt einige Dinge da drin für Weihnachten hier in Heart Falls. Vor den Geschenken brauche ich allerdings Hilfe, um etwas für deinen Daddy zu verstecken."

Zum ersten Mal beäugte Talia sie mit etwas weniger als Anerkennung. „Geheimnisse?"

Madison dachte einen Augenblick nach, dann schüttelte sie den Kopf. „Nicht wirklich ein Geheimnis. Eine Überraschung. Sieh mal, als dein Dad und ich in der Schule befreundet waren, hatten wir eine Tradition, die uns immer glücklich gemacht hat."

Sie griff an Talia vorbei und öffnete den Deckel der Kiste.

Ganz oben lag ein Gegenstand in all seiner glitzernden Pracht. Madison hob ihn vorsichtig heraus und legte ihn auf das Bett.

Talia war sprachlos. Dann wollte sie losprusten, legte sich kurz die Hand über den Mund. „Das ist für *Daddy*?"

„Irgendwie schon. Er darf ihn eine Weile behalten. Das gehört zu der witzigen Tradition." Madison breitete den roten, glitzernd verzierten Pulli etwas weiter aus und grinste Talia an. „Das ist ein hässlicher Pulli."

„Er *ist* hässlich", stimmte Talia zu, „aber der Glitzer gefällt mir."

„Er ist hässlich *und* er hat Glitzer, und dadurch wird er perfekt", erklärte Madison. „Also, so funktioniert die Tradition. Sobald wir den Pulli finden, müssen wir ihn tragen. Und nicht nur zu Hause, sondern draußen der Öffentlichkeit, wo uns Leute sehen. Dann verstecken wir ihn wieder, und der andere wird ihn unerwarteter Weise finden, und so weiter."

Talia kicherte wieder. „Ich kann dir helfen, ihn zu verstecken."

„Irgendwo, wo dein Daddy ihn erst morgen Vormittag findet." Ryan hatte gesagt, auf der Feuerwache wäre heute Abend eine Feier, und Madison sollte wohl nicht gleich von Anfang an fies zu ihm sein.

Ihre Mitverschwörerin schien genau den richtigen Platz zu kennen, denn ihre Augen wurden groß, und ihr Mund bildete ein aufgeregtes O. „Ich weiß was."

Sie flitzte los wie eine Rakete. Madison folgte ihr, wollte nicht unbedingt in Ryans Privatsphäre eindringen, musste aber sicherstellen, dass Talia nichts tat, wie etwa auf ein Bücherregal zu klettern, um zu einem Versteck zu gelangen.

Sobald der Pulli erfolgreich versteckt war, krümmte Madison den Finger, winkte Talia zu sich her. „Jetzt müssen wir so tun, als hätten wir es nicht getan, und deinem Daddy nichts verraten, damit es eine Überraschung ist. Willst mit dem Rest meiner Sachen helfen? Dann kann ich das Fotoalbum rausholen."

Talia huschte durch das Zimmer, nahm Madison an der Hand und zog sie zurück zu ihrem Zimmer. „Du solltest die Bilder vorzeigen, wenn Daddy zu Hause ist. Er will sie bestimmt auch sehen."

In der nächsten halben Stunde zog Madison Dinge aus ihrem Koffer und ließ sie Talia in die Schubladen stecken, die sie für gut hielt. Dann arrangierte Talia die kleine Auswahl an Make-up und persönlichen Gegenständen, die Maddy hatte, auf dem Tresen im Bad.

Danach waren sie bereit, sich um die Schulsachen zu kümmern, mit denen Talia noch zurechtkommen musste, aber insgesamt hatte Madison das Gefühl, als hätten sie einen wunderbaren Vormittag erlebt.

Sie konnte auch gar nicht erwarten, Ryans Gesicht zu sehen, wenn er den Pulli entdeckte.

RYAN FUHR RÜCKWÄRTS in seine Einfahrt und blieb stehen, beäugte den Weihnachtskranz, der an der Eingangstür hing. Ein großes, übertriebenes Ding mit riesigen goldenen Glocken und einem dicken, roten Samtband, das in riesigen Schleifen herausragte.

Madison hatte den Schmuck gefunden. Aber nicht seinen Schmuck, denn er erinnerte sich gar nicht, dass er jemals eine solche Monstrosität besessen hätte.

„Daddy", rief Talia, während er mit der ersten Ladung Lebensmittel durch die Tür kam. „Madison macht Grillkäse zum Mittagessen."

„Hmm, lecker", verkündete Ryan wie erwartet. „Komm und hilf mir, Zeug reinzutragen und wegzubringen."

Die vertraute Aufgabe wurde etwas unbehaglich, weil sie Publikum hatten. Madison war neben dem Herd an der Arbeitsfläche beschäftigt, was bedeutete, dass sie zum Großteil nicht im Weg war. Erst als er zum dritten Mal an ihr vorbeistreifte, wurde Ryan klar, wie eng das Arbeitsdreieck in seiner Küche war.

Aber Talia plauderte weiter. Madison antwortete, wenn sie musste, aber ansonsten machte sie nur summende Geräusche, wenn es passte. Ryan glitt wieder an ihr vorbei, um an den Schrank zu kommen, wo er den Kaffee aufbewahrte, und war sich äußerst bewusst, wie wenig Abstand zwischen ihnen war.

Er stieß an ihre weichen Kurven ...

Madison lachte über etwas, das Talia gesagt hatte, und Ryan riss sich zusammen. Offensichtlich war es zu lange her, seit er einen weiteren Erwachsenen im Haus gehabt hatte. Das war alles.

„Hast du alles bekommen, was du gebraucht hast?", fragte Madison, während sie sich zu dem Grillkäse und der Tomatensuppe setzten, die sie gemacht hatte.

„Schon, darunter auch ein paar Sachen, die du vielleicht magst."

„Schokolade", riet Talia gespannt.

„Ein wenig", sagte Ryan mit einem Nicken. „Hattet ihr einen schönen Vormittag?"

Talia schaute auf zu Madison, ihr kleines Gesicht ein leuchtendes, offenes Buch. „Madison hat echt hübsche Kleider. Dabei denke ich an Sonnenschein."

Ryan warf einen Blick auf die neonorangen Socken an den Füßen seiner Freundin. „Maddy macht gern anderen Leuten einen schönen Tag."

Die letzte Stunde, bevor sie Talia an der Schule absetzen

mussten, verging wie im Flug. Madison bot an, zu Hause zu bleiben, aber Talia hatte andere Vorstellungen.

„Du musst sehen, wo ich in die Schule gehe. Und du musst meine Lehrerin treffen", beharrte das kleine Mädchen.

Madison fragte bei Ryan nach, bevor sie zustimmte. „Denk aber dran, ich habe dir gesagt, wenn du Raum brauchst, kann ich ganz leise ein bisschen irgendwo anders zu Besuch gehen. Es kann Spaß machen, Gäste zu haben, aber manchmal braucht man eine Pause."

„Weiß ich", sagte Talia.

Ryan war nicht ganz sicher, was seine Tochter vorhatte. Er versuchte, eine Vorwarnung anzubringen, aber Madison winkte ab. „Ich habe so eine Idee, was da vorgeht. Ich sage es dir später, aber das ist schon in Ordnung."

Er war froh, dass einer von ihnen wusste, was los war, denn als sie im Schulhof ankamen, zerrte Talia Madison mit dorthin, wo eine Traube kleiner Mädchen wartete.

Maddy konzentrierte sich fest auf jede, schüttelte ihnen ernst die Hände oder gab ihnen ein High-Five, je nachdem, was sie wollten.

Ein fester Händedruck landete auf seiner Schulter, und Ryan drehte sich, um zu sehen, dass es sein Freund Brad Ford war, Hannas Mann und der Brandmeister vor Ort, der ihn angrinste. Der kahle Kopf des Mannes hob sich von dem ordentlich gestutzten Bart ab, den er sich wachsen ließ.

„Ist das deine Besucherin?", fragte Brad.

„Maddy? Ja. Eine gute Freundin aus alten Zeiten." Ryan schaute hinüber, aber Madison beugte sich nun nach unten und hörte konzentriert einer Geschichte zu, die eine von Talias Freundinnen erzählte. „Hanna hat sie heute Vormittag kennengelernt."

„Hanna mochte sie. Sie sagte, sie wirkt ziemlich geerdet."

Brad richtete sich auf und winkte Crissy zu, die wie verrückt zurückwinkte.

Ryan schnaubte, denn plötzlich winkte die ganze Gruppe kleiner Mädchen wild in ihre Richtung. Madison grinste, dann hob sie eine Hand und gab das königliche Winken zum Besten, während sie wie verrückt blinzelte. „Vielleicht ist das keine so tolle Idee. Madison wird ihnen so viele gefährliche Sachen beibringen."

„Ja, das bezweifle ich irgendwie." Brad machte einen Schritt zurück, dann nickte er rasch. „Ich sollte los. Aber ich sehe dich heute Abend in der Feuerwache."

„Wir sind dann da", versprach Ryan.

Erst als die Schulglocke läutete, konnte Madison sich aus den Fängen der vierten Klasse befreien.

Sie lachte, während sie zurück zum Truck gingen. „Deine Tochter ist echt eine Show", setzte sie ihn in Kenntnis. Ihr strahlendes Lächeln wurde etwas ernster. „Danke, dass du mir die Gelegenheit gegeben hast, sie etwas besser kennenzulernen. Und Zeit mit dir zu verbringen. Ich glaube, genau das habe ich gebraucht."

„Du hattest das heftige Bedürfnis, herzukommen und die Pflichten eines anderen einen Monat lang zu übernehmen?" Ryan konzentrierte sich auf die Straße, aber er würde sie heute nicht davonkommen lassen, ohne ein paar Informationen aus ihr herauszuholen. „Bevor ich zu weit fahre, musst du erst irgendwo in der Stadt irgendwohin?"

„Was steht denn auf deinem Plan?", fragte Madison. „Bevor du sagst, was immer ich will, denk dran, das Ganze ist dein Leben, und ich dringe ein. Was machst du denn normalerweise, nachdem du Talia an einem Mittwoch an der Schule absetzt?"

„Normalerweise wäre ich gerade erst um sieben Uhr früh

von der Nachtschicht gekommen, darum wäre ich unterwegs nach Hause, um zu schlafen. Und ich hätte eine weitere Zwölf-Stunden-Schicht am Mittwochabend, die um sieben Uhr abends anfängt, aber diese Woche ist irgendwie daneben. Da Talia diesen kurzen Schultag hatte und heute Abend in der Feuerwache dieses Teambuilding ist, hat letzte Nacht mein Freund Alex übernommen, und heute Nacht hat Mack Dienst."

„Das war nett von ihnen."

Ryan nickte. „Schon. Alex und Mack sind felsenfeste Freunde. Außerdem hat Mack mich schon gewarnt, dass irgendwann er und Brooke auch Kinder haben werden, und dann würde er erwarten, dass er mal Pause machen kann."

Madison nickte langsam. „Fahren wir zurück zu dir, und wir können darüber reden, wie die nächsten paar Wochen aussehen. Aber es ist ziemlich toll, dass du ein gut funktionierendes System mit deinen Freunden hast. Das freut mich."

„Mich auch."

Als sie nach Hause kamen, deutete er auf den übertriebenen Kranz, der an seiner Eingangstür hing. Er sagte nichts, hob nur eine Augenbraue.

Sie grinste. „Ich glaube, halb bin ich dafür verantwortlich", sagte sie rasch. „Talia hat das Band ausgesucht."

„Aber natürlich hat sie das", erwiderte Ryan, der dem Drang widerstand, die Augen zu verdrehen. „Danke dir, dass du bei mir dekoriert hast."

„Gern geschehen", sagte Madison fröhlich und grinste, während sie an ihm vorbei ins Haus ging.

Diesmal machte er sich nicht die Mühe, es abzuwehren, sondern ließ seinen Kalender einfach auf den Tisch fallen und ging ihn mit ihr durch. „Es ist ein kleiner Balanceakt, aber ich bringe Talia jeden Tag zur Schule und hole sie ab, und obwohl ich nicht jeden Abend hier bin, kann ich fast jeden Abend anrufen und gute Nacht sagen."

„Talia schadet das überhaupt nicht", versicherte ihm Madison. „Sie liebt dich abgöttisch, und sie weiß genau, wie wichtig sie dir ist. Ich weiß das, weil sie es mir erzählt hat, etliche Male."

Ryan konnte ein Grinsen nicht unterdrücken. „Echt?"

„Echt." Madison lehnte sich in ihrem Sitz zurück. „Ich glaube, dein Terminplan wird mich völlig erschöpfen, aber ich bin bereit, es zu versuchen."

Er lachte. „Mad, du musst doch nicht bei mir zur Arbeit kommen."

„Ach, ich mache auf gar keinen Fall deine Zwölf-Stunden-Schichten", versicherte sie ihm. „Aber ich werde mich um ein paar Kleinigkeiten kümmern, die unter deinem Radar durchgerutscht sind."

„Zum Beispiel?" Er fragte nur ungern, aber sobald Madison sich auf etwas eingeschossen hatte, würde es schwer werden, sie auf andere Gedanken zu bringen. Es war besser, jetzt zu erfahren, was sie vorhatte.

„Wenn du den Gedanken nicht absolut verabscheust, oder irgendeinen anderen Grund hast, weshalb du dich dagegen querstellst, willst du, dass ich mich darum kümmere, dass du ein Bett für einen großen Jungen kriegst?" Sie sagte es ganz leise, dann wartete sie, als würde sie seine Reaktion einschätzen wollen.

„Mein Bett regt dich so sehr auf?" Wenn das das Schlimmste war, das sie reparieren wollte, hatte er kein Problem, ihre Hilfe anzunehmen.

Sie zuckte mit den Schultern. „Es regt mich nicht auf, aber andererseits, wenn du keinen Grund hast, weshalb du willst, dass die Dinge bleiben, wie sie sind, werde ich ein paar

Optionen zusammenstellen, und dann musst du nur eine gutheißen. Und natürlich dafür bezahlen."

Ryan konnte überhaupt keinen Nachteil an dieser Einmischung sehen. „Leg ruhig los."

Madison grinste. „Vielen Dank. Als zweites. Willst du, dass ich eine Liste mit potenziellen Frauen anlege, mit denen du mal ausgehen kannst? Denn ich hab dich schon mal verkuppelt. Ich kann das vermutlich noch mal tun."

5

Ryans Ohren wurden heiß, denn ihre Worte wirbelten so schnell, dass sein Gehirn überhitzte. „Du willst mich verkuppeln?"

„Na ja, du hast doch gesagt, du denkst drüber nach, wieder mal zu daten. Ich habe deinen Terminplan gesehen, mein Lieber." Sie deutete auf die Kalendernotizen, die auf dem Tisch ausgebreitet lagen. „Die richtige Frau könnte unter deiner Nase vorbei marschieren, aber wenn sie nicht in Flammen steht, besteht die große Wahrscheinlichkeit, dass sie dir nicht mal auffällt."

Erheiterung machte sich heftig breit. „Ich nehme zur Kenntnis, dass du mich beim ersten Mal verkuppelt hast, aber Justina war ein Millionentreffer."

Madison neigte das Kinn. „Sehe ich auch so. Darum brauchst du eine Liste mit Möglichkeiten, denn ehrlich gesagt, es klingt, als hättest du in diesem Bereich vielleicht ein Problem."

Verstimmung kam auf. Ryan verschränkte die Arme vor der Brust. „Ein Problem in welchem Bereich genau?"

Sie prustete, dann wischte sie sich mit der Hand über den Mund. „Entschuldige mal. Nicht auf diese Art, Himmel. Du bist so ein Kerl. Gehst auf, wenn du glaubst, deine sexuelle Überlegenheit wäre beleidigt worden."

Ryan lachte inzwischen laut. „Diese Liste wird immer spannender."

„Ich glaube nur, da du so viel um die Ohren hast, solltest du jemanden, dem du vertraust, der eine neue Perspektive auf die Welt um dich herum hat, ein paar Vorschläge machen lassen." Madison sagte das, als wäre sie ein Anwalt, der eine genaue Anweisung an die ernste Jury dort draußen gab.

Ryan presste die Hände auf den Tisch, beugte sich vor und schaute ihr fest in die Augen. „Du bist zum Schreien."

Sie passte sich ihm an, Satz für Satz. „Nenn mich einfach Yenta."

Er stutzte. Dachte nach. „Das ist sicher von einem deiner alten Filme, aber Teufel, wenn ich weiß, aus welchem."

Sie lehnte sich zurück und wedelte mit der Hand. „Ach, mein junger Schüler. So bald hast du die Lektionen der Klassiker vergessen. Aus *Anatevka*. Yenta war eine Kupplerin, und das werde ich für dich sein, nur dass ich dich nicht so herumkommandiere, und du musst mich nicht mit Hühnern bezahlen."

Lieber Gott. „Das ist gut, denn mir mangelt es gerade ernsthaft an Hühnern. Ich konnte nicht rausfinden, wie man sie faltet, damit ich sie in meine Geldbörse schieben kann."

Madison lachte laut los – ein helles, glückliches Geräusch – während sie die Hände aneinander rieb. „Aber erst mal zu der echt wichtigen Sache, die ich gern machen möchte. Macht es dir was aus, wenn ich Talias Tanzlehrerin kontaktiere und herausfinde, was sie vorhat? Denn stell dich den Tatsachen, ich habe mehr Freizeit als du im derzeitigen Moment."

Irgendwas Besonderes beim Tanzen zu haben, auf das

Talia sich freuen konnte – wie um alle Welt hätte Ryan dieses Angebot ausschlagen können? „Lass mich Charity mal fragen und sehen, was sie im Sinn hat. Sie ist auch Freiwillige bei der Feuerwache, also kannst du sie heute Abend kennenlernen."

„Eine Feuerwehrballerina – so einen Anblick sieht man ja nicht alle Tage." Madison machte sich ein paar Notizen auf dem Blatt vor ihr.

Ryan tätigte seinen Anruf, während Madison ihren Laptop herausholte und sich ins WiFi einwählte. Der Nachmittag verging schnell, und sie gingen schon durch die Tür, um Talia abzuholen, als Ryan leise fluchte.

„Ich habe total vergessen, dass ich etwas machen sollte." Er warf einen Blick zu Madison. „Heute Abend muss ja jeder was zu essen mitbringen."

Madison trat zurück. „Geh los. Genau deswegen bin ich hier. Hol Talia, und ich wühle mich durch deine Schränke und denke mir was aus, was wir mitbringen können."

„Wir können am Delikatessenladen anhalten und was holen", schlug Ryan vor.

„Ich habe schon eine Idee", versicherte ihm Madison. „Geh und schnapp dir dein Kind."

Es hatte keinen Sinn, etwas dagegen zu sagen. Ryan eilte rüber zur Schule, schloss sich einer Gruppe anderer Eltern am Zaun des Schulhofs an und wartete, dass seine Tochter auftauchte.

Talia kam zum Tor gerannt, schaute eifrig an ihm vorbei. „Wo ist Madison?"

„Die macht sich für heute Abend fertig. Komm, wir müssen uns auch umziehen."

Talia wirkte total enttäuscht, ihre Schultern hingen herab, während sie sich dorthin umdrehte, wo die Schulbusse aufgereiht standen. Sie rief über den verschneiten Hof. „Sie ist nicht da."

Die kleine Emma Stone zog ein trauriges Gesicht, bevor sie winkte und sich ihrer Schwester beim Bus anschloss.

Ryan behielt seine Erheiterung für sich, bis Talia im Kindersitz angeschnallt war und sie unterwegs nach Hause waren. „Hattest du einen schönen Nachmittag in der Schule?"

„Ich hatte einen Mathetest, und der war ganz leicht. Und Emma und ich haben in der Pause Schneemänner gebaut, nur dass Darren und Josh sie umgekickt haben." Talia griff nach vorne und fasste um die Rückenlehne des Sitzes vor ihr. „Bleibt Madison wirklich über die Feiertage bei uns?"

„Das macht sie wirklich. Ist das für dich in Ordnung?"

„Ja", brüllte Talia mehr oder weniger.

Ryan beäugte sie im Rückspiegel. Talia war schon zu besten Zeiten schnell aufgeregt, aber jetzt schien sie beinahe zu vibrieren.

Es musste die Tatsache sein, dass sie zum ersten Mal seit langer Zeit einen Hausgast hatten. Madison hatte erwähnt, dass Talia erzählt hatte, alle ihre Freundinnen hätten Leute, die regelmäßig bei ihnen vorbeikamen.

Er musste dafür sorgen, dass er im neuen Jahr öfter mal seine Eltern hier raus nach Heart Falls holte. Natürlich würde das die Zukunft seines Liebeslebens noch komplizierter machen ... sobald er es mal schaffte, ein Liebesleben zu *haben*.

Lieber Gott, Madison würde ihm eine Liste möglicher Freundinnen anfertigen. Er wusste nicht, ob er lachen sollte, oder weglaufen.

Talia war ins Haus verschwunden, um sich für das Treffen am Abend bereit zu machen. Ryan ging los, um mit einer Schaufel die Gehwege zu räumen, bevor sie aufbrachen, und kam taumelnd zum Stillstand, als ihm klar wurde, dass sie bereits geräumt waren.

Madison hatte erneut zugeschlagen.

Im Inneren des Hauses fand er sie, wie sie an der Spüle

aufräumte. Sie stellte eine Rührschüssel zum Trocknen auf ein Gitter, während sie über die Schulter zu ihm zurückschaute. „Hey. Dieser Tornado namens Talia hat mir gerade mitgeteilt, dass sie in ein paar Minuten wieder da ist. Ich habe unseren Beitrag zum Essen fertig, und ich bin schon angezogen.“

Ryan nickte, während er sie rasch ansah. Sie trug immer noch diese ausgeblichene weiße Jeans und die neonorangen Socken, aber sie hatte ihr Shirt gegen einen weichen grünen Pulli eingetauscht, der vorne eine Reihe Perlknöpfe hatte. Er war leicht festlich, ein wenig aufgemotzt, aber perfekt für ein Ereignis in einer Kleinstadtgemeinde.

Sie hatte sich auch geschminkt, und die schwachen dunklen Schatten vom Unfall waren nicht mehr sofort sichtbar. Tatsächlich waren ihre Wangen rosig, und ihre Augen wirkten noch leuchtender als sonst. Die roten Strähnen in ihren Haaren wirkten heller als vorher, während sie weich um ihre Schultern fielen.

Er löste den Blick von dem leuchtenden Rot auf ihren Lippen. „Ich werde auch nicht lange brauchen. Wir sind immer noch ziemlich früh dran.“

Sie winkte ihn weiter, und Ryan ging zum großen Schlafzimmer. Er sprang rasch unter die Dusche, dachte noch mal darüber nach, was er an diesem Abend anziehen sollte. Ein einfaches altes T-Shirt war nicht gut genug, um zu Madisons Outfit zu passen, und er wollte nicht, dass sie sich unbehaglich vorkam.

Als er nach seinem Handtuch griff, war es nicht dort auf dem Handtuchhalter. Er erinnerte sich nicht daran, dass er es in die Wäsche geworfen hatte, aber das hatte er wohl. Anders ging es ja nicht. Er trat auf seine Badematte, tropfte weiter bis zu seinem Wäscheschrank, riss ihn auf, und holte ...

Direkt vor ihm lag eine Erinnerung. Der rote Pulli war in hervorragender Form, und immer noch genauso furchtbar, wie er ihn in Erinnerung hatte. „Madison, du bestehst aus hundert Prozent Schabernack", murmelte er tonlos, während er vorbei an dem Pulli nach einem Handtuch griff.

Er starrte die Monstrosität an, während er sich rasch über die Haare und den Körper rieb, dann schnappte er ihn sich und begab sich ins Schlafzimmer.

Als er ihn auf dem Bett ausbreitete, wurde nur noch deutlicher, wie schrecklich das Ding wirklich war. Trotzdem stellte Ryan fest, dass er über beide Ohren grinste und nicht mehr aufhören konnte.

Irgendwann einmal war der Pulli einfach rot kariert gewesen. Schwarze vertikale Linien und systematisch verteilte Rauten teilten ihn in ein Gittermuster auf, und er nahm an, mit einer schwarzen Jeans hätte er vielleicht ganz schick ausgesehen. Nur dass irgendwann die Weihnachtselfen – also Madison – diesen Pulli in die Finger bekommen hatten, und nun waren überall zusätzliche Taschen drauf verteilt. Sticker mit Weihnachtsthema waren künstlerisch überall angebracht. Ganz zu schweigen von den goldenen und silbernen Knöpfen, den winzigen Lichtern, grünen Perlen und hin und wieder einem Hauch Silberfaden, als hätte jemand in einem Anfall Glitzer in die Strickmaschine geworfen.

Während er den Pulli bewunderte, zog er den Rest seiner Kleider an. Schwarze Jeans und schwarzes T-Shirt, denn natürlich würde er dieses *Ding* tragen.

Es war Tradition, und auf gar keinen Fall würde er diese Regel brechen.

Er hüpfte rasch zurück ins Bad, damit er sich kämmen konnte. Ein einzelner Blick in den Spiegel reichte aus, dass er den Kopf schüttelte. Es war nicht mal der Pulli an sich, der *schlimm* aussah, aber er machte auf jeden Fall eine Aussage. Seine Freunde würden dabei absolut ausflippen.

Ryan fragte sich, wie lange er, ohne eine Miene zu

verziehen, so tun könnte, als würde er nichts Ungewöhnliches tragen.

Als er ins Wohnzimmer kam, verwandelte sich Talias ununterbrochenes Geplapper über Tanzbewegungen zu einem Kreischen. „*Daddy.*"

Madison schaffte es irgendwie, gleichzeitig schuldbewusst und äußerst erheitert zu wirken. „Ich wusste nicht, dass wir uns verkleiden sollen", sagte sie unschuldig.

Ryan wackelte mit dem Finger vor ihr. „Du hast den ersten Schuss abgefeuert. Ich sage es nur." Er wandte sich an seine Tochter und drehte sich, während er ihr sein Outfit vorführte. „Also? Wie findest du's?"

Ihr Mädchenkichern klang süß in seinen Ohren. „Du siehst glücklich aus", sagte Talia. Sie trat vor und senkte die Stimme. „Ich habe geholfen, ihn zu verstecken. Ist das okay?"

„Aber natürlich", versicherte er ihr. „Manchmal ist es witzig, sich einen hässlichen Pulli anzuziehen. Meine Freunde Brooke und Mack haben das letztes Jahr gemacht. Und ich werde dir sagen müssen, dass dieser Pulli nicht nur hässlich ist, er bringt auch Glück."

Talias Augen wurden groß. „Echt?"

Er nickte. „Ich habe diesen Pulli getragen, als ich deine Mutter kennengelernt habe", setzte er sie in Kenntnis.

Talia warf einen Blick zurück zu Madison. „Das ist *krass.*"

Aus Madison löste sich ein Lachen, während sie zustimmend nickte. „Das ist echt krass. Jetzt sollten wir vermutlich los", sagte sie und tippte auf ihre Uhr.

SIE WAREN NICHT DIE ERSTEN, die in der Feuerwache eintrafen, was bedeutete, dass die Stimmen und das Gelächter und der Lärm der Musik sie begrüßten, als sie durch die Eingangstür in das große Gebäude gingen.

Talia verschwand fast sofort, schloss sich einer Gruppe Kinder an, die sich im offenen Raum neben dem Feuerwehrauto versammelt hatten, wo sie mit Springseil und Bällen und anderen Spielsachen spielten, die in unordentlichen Haufen da lagen. Madison erkannte Crissy in der Gruppe.

Ryan deutete auf die jungen Leute. „Charity ist bei ihnen. Falls du Hallo sagen willst."

„Das klingt toll." Madison hatte die ganze Zeit nachgedacht, während sie den Salat für das Essen vorbereitet hatte. Die Inspiration wartete nur darauf, ausgelöst zu werden. Hoffentlich würde ein Gespräch mit Talias Tanzlehrerin genau das sein, was sie brauchte.

Sie waren fast neben der jungen Frau angekommen, als sie Talia auffiel, sodass sie ihr Springseil fallen ließ und sie mit sich zerrte. „Siehst du? Madison ist gekommen." Talia zerrte an Charitys Hand. „Das ist eine Freundin meines Vaters, Madison Joy."

Charity drehte sich um, ein Lächeln auf dem Gesicht, als sie zu Ryan schaute, und dann zu Madison. Sie war eine Frau in den frühen Zwanzigern mit rötlichbrauner Haut und natürlichen schwarzen Locken, die um ihr Gesicht herum wippten. „Hi, Madison. Schön, dich kennenzulernen."

„Dich auch." Madison lehnte sich leicht an ihr vorbei und flüsterte den Mädchen zu: „Ich habe noch nie eine Ballerina getroffen."

Mit glühenden Wangen wollte Charity schon antworten, als ihr stattdessen ein Keuchen entwich. „Ach du liebe Zeit."

Madison schaute neben sich. Ryan hatte seinen Wintermantel abgenommen und trug nun eine völlig unschuldige Miene, während Charity sich die Monstrosität ansah, die seinen Körper bedeckte.

Er drehte sich zu Madison. „Gib mir deine Jacke, und ich hänge sie auf. Ich sollte mich drum kümmern, dass alles vorbereitet ist, also komm nach oben, wenn du fertig bist."

„Kein Problem", sagte Madison geschmeidig und wandte sich wieder an Charity, die den Mund öffnete und schloss, ohne dass ein Geräusch herauskam. „Ich habe eine Frage an dich über diese Tanzsache, die du bei Hanna erwähnt hast."

Charity hustete kurz in ihren Ellbogen und richtete sich mit einem riesigen Grinsen auf. „Klar, aber erst mal? Sag mir, dass du dafür verantwortlich bist."

Sie wies mit dem Daumen auf Ryans verschwindenden Rücken.

Madison zuckte mit den Schultern. „Sehr unwahrscheinlich. Ich meine, wir sind lange befreundet, aber Ryan ist ziemlich für sich selbst verantwortlich."

Die Ballerina/Feuerwehrfrau kicherte. „Okay. Ich werde dafür sorgen, dass er dafür einstecken muss, wenn es passt. Also, was willst du wissen?"

Es dauerte ein paar Minuten, und dann noch ein paar Minuten mehr, da die Kinder sie immer wieder unterbrachen und wollten, dass Charity und Madison vorführten, dass sie wussten, wie man seilsprang und Bälle warf, genauso gut wie die Kinder.

Letztlich allerdings hatte Madison die Ansätze einer Idee für einen Schabernack, der nicht nur Talia und ihre Freundinnen glücklich machen würde, sondern auch mit Ryans Spendenproblemen helfen.

Charity legte die Hände aneinander. „Lass mich dir mal einen grundlegenden Plan aufschreiben."

„Wir können später reden", versicherte ihr Madison.

„Das wird bei mir nicht lange dauern. Ich melde mich,

bevor du wieder gehst. Ich weiß, dass wir ziemlich rasch arbeiten müssen, wenn wir das umsetzen wollen."

Madison betrat das erste Stockwerk der Feuerwache, und der Geruch nach süßem Schinken und etwas mit Pumpkin Spice füllte ihre Nase.

Sie stellte den Ambrosia-Obstsalat, den sie dabei hatte, auf den langen Tisch zum restlichen Essen, dann schaute sie sich um, um nach vertrauten Gesichtern zu suchen.

Als erstes sah sie Brooke. Die hochgewachsene Frau stand am Tresen im Küchenbereich, wo sie mit einer anderen dunkelhaarigen Frau redete, die ein Backblech aus dem Ofen holte.

Madison ging hinüber, um sich ihnen anzuschließen.

Brooke lächelte zur Begrüßung. „Hey. Schön dich zu sehen." Sie deutete auf die zweite Frau, die ein paar Scheiben Schinken auf verschiedene Teller aufteilte. „Das ist Yvette. Ich würde ja anbieten, das für sie zu übernehmen, aber mit meinem Glück würde ich es schaffen, was anbrennen zu lassen."

„Zumindest wären Löschfahrzeuge in der Nähe", scherzte Yvette. Sie schaute über die Schulter zu Madison. „Nur ganz kurz. Ich will da Honig drüber geben, so lange sie noch heiß sind."

„Lecker." Madison schaute zu Brooke hinüber. „Das ist ein ziemliches Talent, das du hast, wenn du Essen anbrennen lassen kannst, während du Honig drüberträufelst."

„Süße, du hast ja keine Ahnung." Brooke drückte sich den Handrücken an die Stirn, als wäre sie eine Jungfrau in Nöten. „Tja, ich werde wohl einfach mein Talent zum Aufräumen perfektionieren müssen, damit ich das Kochen anderen überlassen kann."

Yvette beendete ihre Aufgabe, wischte sich die Hände an

einem Geschirrtuch ab und wandte sich um, um Madison zu begrüßen. „Willkommen in Heart Falls."

„Danke. Bist du eine Feuerwehrfrau?"

Die Frau schüttelte den Kopf, ihr Pferdeschwanz hüpfte. „Tierärztin. Brooke hat mich eingeladen."

„Eine Freundin mitzubringen, ist die einzige Art, wie man diese Abende überlebt", sagte Brooke leise. „Versteh mich nicht falsch. Feuerwehrleute sind *wunderbar*, aber wenn sie übers Eingemachte sprechen? Ich meine, ich weiß, dass ich ziemlich erhitzt über ein neues Werkzeugset reden kann, aber ich neige nicht dazu, ununterbrochen über meine Arbeit zu sprechen."

„Ich schätze, das heißt, ich sollte mich an euch zwei halten", erwiderte Madison im selben leisen Tonfall. „Ich weiß über Feuer nur, dass man es mit Wasser ..."

Yvettes Hand lag einen Augenblick später über Madison Mund, und Brooke stellte sich vor sie, den Finger heftig an die Lippen gepresst, während sie leicht den Kopf von einer Seite zur anderen schüttelte. „*Pssst.*"

Madison kicherte, nickte aber zustimmend.

Yvettes Hand verschwand. „Das tut mir jetzt leid, aber ich wollte echt nicht, dass du dir die nächste Stunde lang die Feuerwehrgrundregeln anhören musst."

Madison dachte zurück an das, was sie gesagt hatte. „Was war denn der Auslöser?"

„Wasser", flüsterte Brooke. „Was nahelegt, dass man auf alles Wasser kippen muss, was gar nicht stimmt."

Zum Glück wurde Madison klar, worüber sie redete. Wasser auf ein Ölfeuer war keine gute Idee. „Ersticken?"

„Besser. Löschen ist vermutlich am sichersten." Yvette hob die Stimme auf normales Niveau. „Na, ich glaube, wir sind bereit zum Essen. Ryan?"

Es dauerte einen Augenblick, bis Ryan aus der Ecke erschien, in der er mit ein paar anderen Männern geredet hatte.

In dem Augenblick, in dem er vortrat, ging ein Lachen durch die Menge, als jeder, der ihn noch nicht gesehen hatte, seinen Pulli zu Gesicht bekam.

Brooke lehnte sich an Madisons Seite. „Sag mir, dass du dafür verantwortlich bist."

Wie witzig. „Weshalb glauben alle, ich könnte Ryan dazu bringen, etwas zu tun, was er nicht will?"

„Oh, das könntest du bestimmt nicht", stimmte Brooke zu, aber sie grinste breit. „Abgesehen davon hat letztes Jahr Ryan Mack und mich hereingelegt, damit wir hässliche Pullis tragen, an einem Abend, wo das keiner sonst getan hat."

Madison presste sich eine Hand auf die Brust. „Nein. Jetzt bin ich schockiert." Dann beugte sie sich vor. „Erzählt es niemandem, aber so hat die Tradition mit diesem Pulli angefangen. Außerdem sind daraus gute Dinge hervorgegangen. Ryan hat seine Frau kennengelernt, während er angezogen war wie ein betrunkener Elf. Mir sind auch gute Dinge widerfahren."

Eines davon musste sie Ryan immer noch erzählen, aber wenn man bedachte, dass sie noch nicht mal achtundvierzig Stunden da war, hatten sie noch ausreichend Zeit, um einander auf den neuesten Stand zu bringen.

Brooke führte sie an einen Tisch, und Madison setzte sich zu den beiden Frauen, schaute sich neugierig um. Bei dem Event war eine wilde Mischung von Leuten, von einigen, die jung genug waren, um Teenager zu sein, bis hin zu einer Gruppe silberhaariger Gentleman am gegenüberliegenden Ende des Raums.

Hanna schloss sich ihnen an, der kleine Drew wurde von Brad weggetragen, der sich neben Ryan und Mack setzte. Ihnen schloss sich ein Mann mit leicht olivbrauner Haut an, der seinen Cowboyhut abnahm, bevor er Ryan anstarrte.

„Man möchte meinen, Alex hat noch nie einen hässlichen Pulli gesehen", sagte Brooke trocken.

„Das ist so ein tolles Exemplar", sagte Hanna, die sich zurücklehnte, um einen weiteren Blick darauf werfen, bevor sie erschauerte. „Wow. Jeder, der das schlagen will, muss ein ziemlich überragendes Talent besitzen."

Yvette erwischte Madison, wie sie den Tisch entlang sah, während sie aßen. Bevor sie es sich versah, bekam Madison eine rasche Übersicht über die freiwilligen Feuerwehr-Teams.

„Brad arbeitet Vollzeit für den ganzen Bezirk. Mack ist Vollzeit hier in Heart Falls, und wir haben ein paar bezahlte Rettungssanitäter, die gerade dieses Jahr erst an Bord gekommen sind." Yvette deutete über den Tisch, ohne wirklich zu deuten. „Ryan, Alex und Ashton beaufsichtigen unterschiedliche Freiwilligen-Mannschaften."

„Alex und Ashton arbeiten beide Vollzeit auf der Silver Stone Ranch, aber sie machen jeder etwa zehn Stunden zusätzlich hier in der Feuerwache." Diese Information kam von Hanna dazu.

Alex war der Cowboy, und Ashton war einer der älteren Gentlemen am Ende des Tisches. Und obwohl zehn Stunden erheblich waren, waren es weniger als die dreißig, die Madison errechnet hatte, dass Ryan erledigte. Trotzdem ...

Als er ihr seinen Terminplan mitgeteilt hatte, war eindeutig ein Gefühl des Stolzes, dass er es geschafft hatte, alles unterzubringen, was wichtig war, von ihm ausgegangen.

Dieses aufgekratzte Gefühl, das sie bekam, wenn etwas nicht ganz stimmte, war allerdings wieder da. Sie würde ihre Gedanken nicht mit diesen Frauen besprechen. Bis sie wusste, was nicht stimmte und wie man es hinbog, würde sie es mit überhaupt niemandem besprechen, und selbst dann ...

Sie hatte sich bereits in Ryans Leben eingemischt, indem sie aus dem Nichts aufgetaucht war. Außerdem hatte sie ihn bedroht, dass sie ihn dazu bringen würde, ein Bett zu kaufen, und sie würde auch auf jeden Fall die Idee mit dem Tanz und der Spendenaktion durchziehen. Vielleicht machte sie irgendwie Witze wegen der Liste mit den Freundinnen.

Sie würde ihm nicht mehr weiter auf die Pelle rücken, außer es war sonnenklar, dass es das Richtige war.

Die Unterhaltungen wanderten hierhin und dorthin, entspannt und locker. Gelächter erklang weiter unten am Tisch, als noch jemand ein Kompliment für Ryans Pulli machte.

Ryan erhob sich, dann verneigte er sich leicht. „Ich bin so enttäuscht von euch übrigen. So eine verpasste Gelegenheit."

Charity lachte. „Klar. Weil wir alle irgendwas Schreckliches tragen sollten?"

„Warum nicht?" Brad stand neben Ryan auf. „Du wolltest einfach nur einen Vorsprung kriegen, damit du nächstes Jahr gewinnen kannst, aber ich sage es dir jetzt. Nächstes Jahr? Da wirst du ernsthaft Konkurrenz haben."

„Die Wette gilt", entgegnete Ryan mit gehobenen Augenbrauen.

„Das jährliche Hässliche-Pulli-Essen der Feuerwehr Heart Falls." Alex dachte nach. „Gefällt mir."

Und einfach so war Madison dabei, wie ein neues jährliches Event geschaffen wurde. Sie lehnte sich zurück und fing Ryans Blick auf.

Er zwinkerte, straffte die Schultern und tat so, als würde er sich Staub von den Ärmeln wischen, obwohl das die Glitzerknöpfe nur noch mehr glänzen ließ.

Das Essen wurde beendet, und Leute teilten sich in unterschiedliche Gruppen auf. Manchen standen auf, manche holten die Kinder, damit sie ihren Film schauen konnten.

Charity winkte sie rüber. „Okay, das hier habe ich."

Die Frau hielt ein Blatt Papier vor, auf dem eine Liste mit

Figuren war. Madison erinnerte sich nur vage an das Ballett, aber auf gewisse Weise war das gut.

Sie schaute hinab auf die Liste. Namen für „Star"-Tänzer und etwa fünf oder sechs zusätzliche kleine Gruppen. „Und deine Tänzerinnen können da auftreten? Das ist der Schlüssel zu allem."

„Auf jeden Fall. Sie sind nicht bereit für einen riesigen Auftritt, aber sie haben genug geübt, und es würde Spaß machen, sie auf die Bühne zu holen", versicherte ihr Charity. „Alles bestens."

Sie tippte auf eine der kleineren Gruppen. Madison nickte.

Ein Teil der Gleichung ging auf, und sie dankte Charity, dann ging sie hinüber zu Ryan.

Er saß bei Alex und plauderte locker mit ihm. Ryan schaute auf, als sie sich näherte. „Hast du Spaß? Ich habe gesehen, dass du bei Brooke bist, und ich dachte, das klappt schon."

„Deine Freunde sind toll, und ich habe riesigen Spaß." Madison ließ sich auf den Stuhl neben ihm fallen. Halb hörte sie seiner lockeren Unterhaltung mit dem drahtigen Cowboy zu, während ihr Ideen für die potenzielle Spendenaktion durch den Kopf gingen.

Die Inspiration, das Monster zu erschaffen, das Ryan gerade jetzt trug, war in einem Augenblick gekommen. Sie hatte von Anfang an gewusst, dass es etwas Besonderes sein und sehr viel Spaß machen würde.

Dasselbe Gefühl, das am Rand von etwas Magischem bebte, kitzelte sie jetzt.

Sie konnte nicht abwarten, zu sehen, wo die Inspiration letztlich landete.

Erheiterung machte sich breit. Sie konnte nicht erwarten, zu sehen, wie Ryan abermals durch die Reifen sprang, die sie aufgestellt hatte, wie üblich mit guter Laune und energiegeladen.

Er warf ihr einen Blick zu, hielt in seiner Unterhaltung inne, und schoss gerade hoch, bevor er verkündete: „Du grinst."

„Wirklich?"

„Du sitzt da, ganz still, und grinst bis über beide Ohren." Ryan erschauerte übertrieben, beugte sich dichter an Alex und sprach gespielt geflüstert: „Diese Miene, die sie da auf hat? Das bedeutet, wir sind in Schwierigkeiten."

„Na, das klingt vielversprechend." Alex rieb die Hände aneinander. „Eine hübsche Dame will in Schwierigkeiten geraten? Da bin ich ganz dafür." Er zwinkerte, dann stieß er ein scharfes *Autsch* aus, als Ryans Ellbogen direkt in seine Rippen krachte.

Visionen von Zuckerfeen tanzten in ihrem Kopf.

6

An ihrem zweiten Morgen in Heart Falls bot Madison an, zu Hause zu bleiben, während Ryan Talia zur Schule brachte.

Talia wollte nichts davon hören. Sie schob ihre Finger in die von Madison, schaute sie mit einem leichten Stirnrunzeln an. „Willst du mich nicht zur Schule bringen?"

Madison klappte der Mund auf. „Natürlich will ich dich zur Schule bringen, aber ich will nicht, dass du das Gefühl hast, du musst mich mitnehmen." Den letzten Teil sagte sie leiser, als würde sie ein Geheimnis teilen. „Ich werde eine Weile hier sein, und ich will nicht, dass ich dir langweilig werde."

„Du bist nicht langweilig", setzte sie Talia rasch in Kenntnis. „Mr. Marche, unser Singlehrer, der ist langweilig. Er lässt uns Tonleitern singen, bevor wir loslegen, und er geht so weit runter, dass die ganze Klasse klingt wie Kühe. Du, du, du, du ..."

Im letzten Teil dieses Satzes ließ sie den Ton sinken.

Madison lachte, während sie sich vorstellte, wie eine ganze vierte Klasse es genauso tat.

Sobald Talia in der Schule war, schaute Madison eifrig zu Ryan. „Wenn ich mich richtig an deinen Terminplan erinnere, gehst du heute Nachmittag ins Rough Cut."

Er nickte. „Es kommen einige Lieferungen rein. Und Grace wird da sein, bevor wir aufbrechen, um Talia wieder abzuholen, darum kann ich dich vorstellen."

„Okay. Ich will heute Vormittag ein bisschen Arbeit erledigen, aber heute Nachmittag gehöre ich ganz dir", erklärte ihm Madison fröhlich.

Ryan hatte eigene Arbeit zu erledigen, was ihr gut passte.

Es dauerte ungefähr eine Stunde, aber sie bekam heraus, was genau sie brauchte, um ihre erste Aufgabe kurz vor dem Essen fertig zu bekommen. Als Ryan an der Tür ihres Gästezimmers klopfte, hatte sie gerade drei Päckchen für ihn fertig getackert.

„Ich dachte, wir könnten uns ein Sandwich auf dem Weg zum Pub holen", bot Ryan an.

„Klingt toll."

Was bedeutete, als sie durch die Hintertür von Ryans Pub schlüpften, war Madison darauf konzentriert, Spaß zu haben.

„Ich hätte dich vorne reinführen sollen", scherzte er. „Damit du ein richtiges Gefühl für das Ambiente kriegst."

„Das machen wir nächstes Mal", schlug Madison vor. „Mir gefällt dein Empfangszimmer. Toller Zugang durch die Doppeltüren."

„Das hält die Kälte und den Schnee draußen", gab Ryan zu. „Komm schon. Ich zeige dir erst schnell mal den Rest des Ladens, dann können wir essen und uns entspannen, bis die Lieferungen eintrudeln."

Madison war begeistert, während sie an Ryans Seite spazierte und ihm lauschte, wie er beschrieb, was vor seinem

Upgrade da gewesen war. Der Laden war nicht schick, aber er hatte eine schöne, beruhigende Einrichtung, mit robusten Hockern und Böden, die man im Nu instand halten konnte.

Er deutete auf den fünf Meter langen Bartresen, und sie lachte leise, als sie sich auf einen der gemütlich gepolsterten altmodischen Barhocker setzte, die fest im Boden verschraubt waren. „Du hast es echt gut gemacht, den ganzen Laden sicher für Landeier zu gestalten."

Seine Lippen zuckten zu einem Lächeln hoch. „Na ja, der Großteil der Leute, die hier auftauchen, sind nicht zu grob. Aber wir haben nicht viel, das nicht festgeschraubt ist. Es ist sinnlos, den Ärger einzuladen."

Der Laden war erfüllt von Akzenten aus warmem Holz und schwarzem Schmiedeeisen, darunter Wandhalterungen für Lampen und strategisch platzierte Hufeisen. Ein robuster Leuchter hing dicht unter der Decke über dem Bühnenbereich und hätte in jedem Ranchhaus toll ausgesehen, dadurch wurde der ganze Bereich ein bisschen gemütlicher.

Überall, wohin Madison auch schaute, sah sie Dinge, die sie zustimmend nicken ließen. Wie etwa die Toiletten, die mit Cowgirl, Cowboy und Cowfolk beschriftet waren.

Sie schaute Ryan direkt in die Augen. „Das gefällt mir sehr. Das ist toll gemacht."

Seine Wangen wurden nicht rot, aber er wirkte zufrieden. „Da kannst du ja nicht groß was anderes sagen, in Anbetracht der Tatsache, dass du einen Monat lang bei mir wohnst."

„Ach, Überflieger, du kennst mich doch besser als das", scherzte Madison. „Wenn ich etwas sehe, von dem ich denke, ich sollte es hinbiegen, werde ich mich entschuldigen, dass ich es dich so schnell wissen lasse."

Ryan zuckte mit den Schultern. „Ja, ich schätze, du hast recht."

Er deutete auf einen der niedrigen Tische an der Seite des

Raumes, wo er ihre Tüte von Subway abgelegt hatte. Er zog ihr einen Stuhl heraus, dann holte Madison ihre Sandwiches heraus.

„Jetzt, bevor man uns stört, wirst du mir erzählen, was du so getrieben hast." Ryan sagte das mit großer Bestimmtheit. „Das Update für die letzten drei Jahre, seit unserem letzten Mailwechsel."

Madison hielt inne, bevor sie von ihrem Sandwich abbiss. „Alle drei Jahre?"

„Früher oder später ja", beharrte er. „Aber vorerst, was hast du denn in letzter Zeit gearbeitet? Und was liegt in Toronto vor dir?"

Ach du liebe Zeit. Madison dachte über den besten Ort zum Anfangen nach. „Du weißt, dass ich hauptsächlich in der Branche gearbeitet habe, seit ich nach Hause gegangen bin, um Mom zu helfen. Vor ein paar Jahren, sobald die Jungs alt genug waren, um ein bisschen mehr Verantwortung zu übernehmen, habe ich auf Dauer eine Spätschicht bei Nighthawk übernommen."

Ryan stieß einen leisen Pfiff aus, als einer der exklusiven Nachtklubs in der Region Vancouver erwähnt wurde. „Ein hochklassiger Laden. Schön für dich. Wechselst du in eine ihrer Schwesterfirmen in Toronto?"

Madison nippte an ihrer Limo, dann nickte sie. „Es ist dazu gekommen, dass ich an dem Abend bedient habe, als ein paar Chefs im Haus waren, und eins hat zum anderen geführt, und jetzt ziehe ich um."

Er beäugte sie inzwischen, sein vergessenes Sandwich hielt er hoch erhoben. „Wie kommt es, dass ich das Gefühl habe, als gäbe es da eine ganze Menge Details, die für die Geschichte wichtig sind, die ich aber nicht höre?"

„Weil ich eine Vertraulichkeitsvereinbarung unterschrieben habe", sagte Madison leise.

Seine Miene ließ ihre Lippen zucken.

Völlige Verwirrung und Schock kamen auf. „Du hast einen Job, für den du eine Vertraulichkeitsvereinbarung unterschreiben musstest?"

Sie nickte. „Ich kann dir das sagen. Ich freue mich, wie sich alles entwickelt hat, und der Job in Toronto wird sich lohnen. Außerdem war es das richtige Timing für mich, um Vancouver zu verlassen. Meine Familie war noch nicht bereit, dass ich gehe, bis jetzt."

Ryan wirkte immer noch schockiert, aber er aß wieder. Er schluckte, bevor er etwas sagte, dann wirkte er bestimmt. „Wenn es irgendwas gibt, was ich tun kann, um zu helfen, will ich es wissen."

„Falls es irgendwas gibt, das ich brauche, werde ich fragen", versprach Madison.

„Ich schätze, da muss ich dich beim Wort nehmen." Er deutete auf den Stapel Papiere, die sie auf den Tresen gelegt hatte. „Hast du Hausaufgaben mitgebracht?"

„Für dich, ja." Sie schob die Infos über den Tisch. „Diese Aufgabe war leicht. Sobald du dich entschieden hast, werde ich mit dem Rest der Einzelheiten in den nächsten paar Tagen zum Abschluss kommen. Die erste Seite zeigt dir, was es für Daten zum Bett gibt, in Sachen Matratzenhärte und Optionen mit Memory-Schaum."

Er schnappte sich die drei Bündel und breitete sie vor sich aus. „Du bist schon eine Nummer, Mad. Du willst mich ernsthaft dazu bringen, ein Bett zu kaufen."

„Außer du sagst Nein zu mir", erwiderte sie fröhlich. „Übrigens, ich entschuldige mich dafür, dass ich dir das erst im Nachhinein sage, aber ich bin auf dem Bett rumgehüpft."

Er prustete los. Ryan wischte sich mit einer Serviette über den Mund. „Echt? Wann?"

„Gestern, als du einkaufen warst. Ich wollte sehen, wie hart es ist. Wenn du zufrieden mit dem bist, was du jetzt hast, glaube ich, diese drei Optionen werden gut funktionieren.“

Ryan schüttelte den Kopf, aber er lächelte, als er zur zweiten Seite blätterte. „Preise.“

„Ich habe mir nicht die Mühe gemacht, die Kosten für die Bettdecken und Matratzenschoner bei allen zusammenzurechnen, denn dieser Teil wird immer gleich sein. Du musst nur entscheiden, welcher Matratzenstil dir gefällt, und ob du ein größeres oder ein kleineres Doppelbett möchtest.“

Er stapelte die Papiere und legte sie zur Seite. Dann schaute er ihr in die Augen. „Vielen Dank.“

„Gern geschehen.“

Die erste Lieferung kam kurz danach an, und Madison verbrachte ein paar wunderbare Stunden damit, Ryan zu helfen, Vorräte wegzupacken und sein Inventar auf den neusten Stand zu bringen.

Während eines kurzen Stopps im Raum für kleine Cowgirls fiel Madison wohlwollend auf, dass an die Rückseite der Kabinentür eine diskrete Nachricht geklebt war. *Falls dein Date sich danebenbenimmt, oder falls du dich unsicher fühlst und Hilfe brauchst, geh an die Bar und bestelle einen White Angel. Jemand wird sicherstellen, dass du an einen sicheren Ort kommst, an dem du warten kannst, um nach Hause gebracht zu werden.*

Ryan hatte einen Ort geschaffen, an dem sich alle entspannen und Spaß haben konnten. Nur Arschlöcher nicht. Das fand Madison gut.

Fünfzehn Minuten, bevor sie aufbrechen mussten, um Talia abzuholen, tauchte Ryans Stellvertreterin auf. Grace war eine hochgewachsene, robuste Blonde Ende dreißig oder Anfang vierzig, die rasch lächelte und einen festen Händedruck hatte.

„Also bist du Madison. Ich bin mir nicht sicher, ob ich nach einem Heiligenschein oder Hörnern Ausschau halten sollte, wenn man die Geschichten bedenkt, die ich über dich gehört habe", scherzte Grace.

„Rechte Schulter, linke Schulter. Ich schwöre, auf beiden sitzt ein Engel." Madison zwinkerte. „Wie gefällt dir das Geschäft mit dem Pub?"

„Es ist schon spannend", sagte Grace lässig. Sie musterte Madison etwas genauer. „Sind wir uns schon mal begegnet?"

„Zweifelhaft. Ich bin jetzt jahrelang in Vancouver gewesen."

„Liegt wohl daran, wie oft dieser Typ über dich redet." Grace wies mit dem Daumen auf Ryan, dann begegnete sie seinem Augenrollen mit einem Grinsen. „Es gibt nicht viel Neues, das ich dir mitteilen muss. Wirst du morgen Abend wie üblich da sein?"

„Maddy und ich beide, ja", sagte Ryan. „Und Samstagnachmittag zum Packen der Weihnachtskörbe."

„Ich habe meinen Truck und ein paar weitere Freiwillige am Start, also ist die Körbeauslieferung abgedeckt." Grace bewegte sich effizient hinter dem Tresen, bereitete die Dinge für den Abend vor und stellte die Geldbeutel für die Bedienungen zusammen. Sie winkte sie hinaus. „Wir sehen uns dann morgen."

Sie brachen auf. Ryan trat vor, um die Tür zu öffnen, und zusammen gingen sie hinaus in den Sonnenschein. Der Himmel war immer noch strahlend blau draußen, aber der Wind hatte zugenommen.

Ryan legte einen Arm um Madisons Taille, nutzte seinen Körper, um sie vor der eisigen Kälte abzuschirmen. „Der Winter ist wohl offiziell eingetroffen."

Unerwartet rauschte ein rascher Hitzeanstieg durch sie hindurch. Davon prickelten ihre Sinne, und sie bebte von innen nach außen. Der Geruch von Ryan, das Gefühl seiner Arme ...

Unangemessen. Dieses hochschießende Gefühl der Anziehungskraft war nicht willkommen. Nicht, wenn es die Nähe zu Ryan war, die das Gefühl auslöste. Sie war nur kurzzeitig in Heart Falls, und er war der einzige beste Freund, den sie hatte.

Das würde sie auf keinen Fall vermasseln.

Madison lehnte sich in den Sitz des Trucks zurück, holte tief Luft und befahl ihrem Körper auf Abwegen, sich zu benehmen.

Talia bewegte sich mehr oder weniger in Zeitlupe, während sie das Geschirr spülte, ihr Kopf drehte sich ständig dorthin, wo Madison zusammengerollt auf dem Sofa lag und las. Ryan war hin- und hergerissen dazwischen, die absichtliche Trödelei seiner Tochter erheiternd zu finden oder genervt zu sein. Sie konnten nicht zum nächsten Teil des Abends übergehen, bis Talia mit ihren Aufgaben fertig war.

Als er darauf beharrt hatte, dass Madison Talia die Aufgabe allein erledigen ließ, hatte er keine Beschwerden gehört.

Zumindest nicht von Madison. „Vertrau mir. Ich weiß, wie wichtig es ist, dass die Aufgaben erledigt werden."

Sie hatte Talia durch die Haare gewuschelt, ihr viel Glück gewünscht und sich dann aufs Sofa gepflanzt und ihren E-Reader herausgeholt.

Ryan ging ein letztes Mal die Bett-Pakete durch, die Madison für ihn zusammengestellt hatte. Die Preisunterschiede waren nicht zu extrem, und Madison hatte hilfreicherweise auch dazu geschrieben, dass er mindestens neunzig Tage haben würde, um seinen Kauf auszuprobieren und sicherzustellen, dass er es bequem hatte.

Also, die Entscheidung war getroffen.

Und obwohl Madison die Aufgabe hatte leicht wirken lassen, wusste er, hätte *er* mit der Google-Suche und dem Durchdringen der Informationen an diesen Punkt kommen müssen, wären mindestens zwei Wochen vergangen, bis er bereit gewesen wäre, eine Bestellung vorzunehmen.

Falls er überhaupt damit angefangen hätte.

Er legte die Informationen über das Bett, das er wollte, auf den Beistelltisch, dann schob er die anderen beiden Päckchen aufs Buchregal. Er würde sie recyceln, sobald dasjenige, das er ausgesucht hatte, bestätigt war.

„Madison", sagte Talia leise.

Maddy schaute vom Sofa auf. „Bist du fertig?"

Talia warf einen Blick auf den großen Topf, der immer noch auf dem Tresen stand, und seufzte dramatisch. Dann drehte sie sich um, ein wenig mehr Bestimmtheit im Tonfall. „Fast. Du hast gesagt, du hättest Bilder. Können wir uns die heute Abend ansehen?"

„Klar." Madison schaute zu Ryan. „Außer es gibt was anderes, das erledigt werden muss?"

„Noch irgendwas auf der Agenda mit den Pflichten?", fragte Ryan Talia.

Sie schaute auf den Kühlschrank, wo eine Liste für ihre beiden häuslichen Aufgaben eindeutig beschriftet war. „Ich muss meine Wäsche in die richtigen Stapel sortieren, aber das wird nur kurz dauern."

Madison lehnte sich vor. „Okay. Ich werde Bilder holen und sie hierher zum Sofa bringen. Sobald du fertig bist, kannst du dich mir anschließen. Klingt das gut?"

Talia rief mehr oder weniger Ja, während sie auf dem Hocker auf und ab hüpfte und den letzten Topf energisch schrubbte.

Madison hielt inne, während sie an Ryan im Gang zur Haustür vorbeikam, und beugte sich dichter heran, um ihm ins Ort zu flüstern: „Ich weiß noch, wie meine Brüder in diesem Alter waren. Sie haben ständig versucht, sich aus den Aufgaben rauszuschleichen. Es gab immer irgendwas Lebenswichtiges, das sie tun mussten. Oder irgendeine Geschichte, die sie mir erzählen mussten, in der es um Leben und Tod ging.“

„Manchmal habe ich den Eindruck, es wäre so viel leichter, wenn ich die Aufgabe selbst erledige, aber ich weiß, langfristig ist es besser, wenn sie lernt“, stimmte Ryan leise zu.

Sie lachte leise, das weiche Geräusch streifte ihn, als ihr warmer Atem über seine Wange strich. „Kinder sind toll. Und schrecklich. *Und* wunderbar.“

Ryan fiel kaum auf, was sie gesagt hatte. Etwas in ihm stellte sich auf den Kopf, seine Eingeweide spannten sich an. Er war bereits in Bewegung, bereit, sie an den Hüften zu nehmen und sie dicht an sich zu ziehen, als sie wegtrat und im Gang verschwand.

Was zum Teufel?

Er drehte sich auf der Stelle und ging durch das Zimmer zur Eingangstür. Einen Moment später stand er hemdsärmelig auf der Veranda, der eiskalte Dezemberwind reichte kaum aus, um ihn abzukühlen.

Er holte tief Luft und ließ die beißende Schärfe der Kälte das Stroh aus seinem Gehirn pusten.

Lust. Es wurde nicht besser, wenn man dem Gefühl einen Namen verlieh. Dass er das Gefühl erkannte, war auch nicht gut, obwohl es so lange her war, dass er es so scharf und deutlich gespürt hatte.

Die Tür öffnete sich hinter ihm. Talia schaute zu ihm auf, mit ihren großen, braunen Augen, völlig durcheinander. „Du hast keine Jacke an."

Er zwang sich zu einem Lachen, drehte sich um und schloss die Tür hinter sich bestimmt ab und sperrte sie zu. „Ich dachte, ich hätte was gehört. Da ist aber nichts. Vielleicht war es Santa, der mal eine Runde übt."

Äußerst beeindruckend hob Talia eine einzelne Augenbraue. „*Daddy*."

„Was?"

Mit einem winzigen Hauch Haltung legte sie den Kopf schief und schaute ihn an. „Du musst nicht so tun, als gäbe es Santa."

„Hey, ich mache doch nicht die Regeln. Solange irgendjemand noch glaubt, dass der alte Elf rumfliegt und an Weihnachten Geschenke ausliefert, mit magischen Rentieren und so weiter, werde ich so davon sprechen, als würde es stimmen."

Talia verdrehte die Augen. „Er. Ist. Nicht. Echt."

Bevor er noch etwas sagen konnte, war sie hinüber zu Madison gelaufen und hatte sich neben ihr auf das Sofa fallen lassen.

Madison schaute ihn über den Rand ihres Glases an, während sie einen Schluck trank.

Talia hatte es betont gesagt, nicht unhöflich, also ließ er es durchgehen, zuckte vor seiner Freundin sanft mit den Schultern. Nicht unhöflich, aber ein weiterer Schritt auf dem neuen Weg seines kleinen Mädchens zu etwas anderem als Fantasiegeschichten und Magie.

Diesmal machte ihn der Gedanke etwas traurig. Er war nicht sicher, ob er bereit war, das loszulassen.

Madison öffnete das Fotoalbum in ihrem Schoß und wandte sich an Talia. „Legen wir los. Ich habe dir gesagt, dass ich dich gekannt habe, als du noch ein Baby warst. Sieh mal.“

Sie deutete auf die Seite.

Talia stützte sich auf die Knie und lehnte sich an Madisons Seite, ihre Nase war dicht über der Seite des Albums. „Bin das ich?“

„Ja. Und das ist deine Mommy, und hier ist Daddy.“

Ein Mädchenlachen erklang. Zum Glück war die Erhabenheit von vor ein paar Augenblicken verschwunden. Talia schaute auf zu Ryan, der sich ihnen gegenüber hingesetzt hatte. „Daddy. So siehst du nicht mehr aus.“

„Ich wette, du siehst auch nicht mehr aus wie vor zehn Jahren“, scherzte Ryan.

„Komm und sieh es die an“, befahl Talia.

Er kam herüber zum Sofa, aber als er sich neben Talia setzen wollte, schob sie ihn auf den freien Platz auf der anderen Seite von Madison. „Madison in der Mitte. Dann sehen wir es beide.“

Es war das natürlichste auf der ganzen Welt, neben Madison zu sitzen. Sich alte Fotos anzusehen, aus der Zeit, als er so voller Glück und seine Welt reines Potenzial gewesen war. Seine geliebte Frau und das neue Baby. Eine gute Freundin, die zu einem kurzen, aber wunderbaren Besuch zurückgekehrt war, denn länger konnte sie nicht weg.

Ryan wurde einen Augenblick lang nachdenklich, während Madison durch die Seiten blätterte und Talia weitere Fotos zeigte. Einige von ihrer Zeit am College, einige mit ihrer Familie.

Talia war beeindruckt von dem Foto mit Madison, ihren beiden Brüdern und ihren Eltern. „Sie sind so klein. Deine Brüder sind verglichen mit dir wie Babys.“

„Das liegt daran, dass sie Babys *waren*“, erklärte ihr

Madison. „Ich war zwölf Jahre alt, als Joe und Kyle geboren wurden.“

Das kleine Mädchen blinzelte. „Wow.“ Sie konzentrierte sich kurz. „Das ist ja noch älter als ich.“

„Ja.“

„Haben sie viel geschrien?“

Madison lehnte sich auf dem Sofa zurück und holte tief Luft. „Ach du liebe Zeit, so was von. Aber sie sind größer geworden, und jetzt sind sie fast schon erwachsen, und sie sind tolle Menschen.“

„Wer ist das?“ Talia deutete auf Madisons Eltern.

„Das sind meine Mom und mein Dad“, erklärte Madison einfach.

„Leben sie noch in Vancouver?“

„Meine Mom schon. Sie wohnt bei meinen Brüdern. Mein Dad ist vor langer Zeit gestorben.“

Talia erstarrte. Sie schaute auf in Madisons Gesicht, dann zurück auf die Fotos. „Genau wie meine Mommy. Das ist auch vor langer Zeit passiert.“

„Ist es. Tatsächlich ist mein Dad etwa ein Jahr vor deiner Mutter gestorben, darum war das für uns alle eine traurige Zeit.“

Talia kuschelte sich an Madisons Seite, legte die Arme um ihren Arm und drückte sie fest. „Ich bin immer noch traurig, dass Mommy nicht da ist.“

„Das ist doch ganz normal. Ich vermisse immer noch meinen Daddy, und ich vermisse deine Mom, aber ich habe viele gute Erinnerungen. Daran versuche ich zu denken, wenn ich traurig werde.“

„Ich habe nicht wirklich Erinnerungen an Mommy“, flüsterte Talia. „Ich war doch nur ein Baby.“

„Ich weiß, Süße“, sagte Madison, die einen Arm um sie legte. „Aber das ist das Gute an Erinnerungen. Wir können sie teilen. Ich werde ein paar nette Erinnerungen an deine Mommy mit dir teilen, während ich hier bin, okay?"

Die ganze Zeit, während diese Unterhaltung lief, hörte Ryan still zu. Es war so einfach und süß und herzzerreißend gleichzeitig. Er hatte null Bedenken, dass Madison etwas Falsches sagen würde ...

Verstörter war er schon über die Gefühle, die in ihm aufstiegen, und die seine Gedanken immer wieder unterbrachen.

Das war nicht der richtige Zeitpunkt, um sich so vollständig bewusst zu sein, wie sein Oberschenkel sich an den von Madison presste. Oder wie, wenn sie die Seiten des Fotoalbums umblätterte, ihr Ellbogen seinen Bizeps streifte, die Hitze ihrer Oberkörper sich verband.

Talia hatte über Madison herübergegriffen und an seinem Ärmel gezupft. Schuldgefühle strömten über ihn hinweg. „Tut mir leid, Kleine. Was hast du gesagt?"

„Hat Mommy die Weihnachtszeit gemocht?"

Ryan nickte. „Sehr. Nicht nur die Weihnachtsfeiertage, sondern die ganze Weihnachtszeit. Sie hat gerne geschmückt, und sie hat sich echt gern schick angezogen und an Silvester ein tolles Abendessen gehabt."

Die Fragen zu beantworten, sorgte dafür, dass er sich auf etwas anderes als die allzu lebhafte Reaktion seines Körpers konzentrieren konnte. Was zum Teufel war los, dass selbst der schwache Duft, der von Madison ausging – etwas Sauberes mit einem Hauch Orange – dafür sorgte, dass er seine ganze Konzentration verlor?

Als der Abend zu seinem Ende kam und sein kleines Mädchen ins Bett gepackt war, sorgte Ryan dafür, dass er einen Sicherheitsabstand zwischen sich und Madison ließ, während sie sich still hinsetzten und an unterschiedlichen Dingen arbeiteten.

Sie brachte sich mit ihren Brüdern auf den neuesten Stand, er beantwortete einige E-Mails.

Still, gemütlich ... vertraut.

Als Madison schließlich gute Nacht sagte und das Zimmer verließ, war Ryan nicht sicher, ob es Erleichterung war, oder Entsetzen, was er spürte.

7

Freitag war einer der stressigsten Tage in Ryans Terminplan, und Madison hatte nicht die Absicht, mit ihm mithalten zu wollen.

Beim Frühstück stellte sie ihre Pläne klar. „Da du die ganze Zeit, während Talia in der Schule ist, auf der Feuerwache bist, dachte ich, ich schaue mir vielleicht ein paar der Highlights an, die Brooke erwähnt hat. Falls ich einen Chauffeurservice in die Innenstadt kriege.“

„Kein Problem“, versicherte ihr Ryan. „*Buns and Roses* ist toll zum Mittagessen.“

„Vielleicht lande ich da. Brooke hat angerufen, um mir zu sagen, dass der Ersatz-Airbag für mein Auto da ist. Sie hat vor, ihn heute Vormittag einzubauen.“ Talia stemmte sich aus ihrem Stuhl hoch, die Hände auf den Tisch gedrückt. Madison reichte Talia den Teller mit Toast, nach dem das kleine Mädchen griff. „Während sie arbeitet, schaue ich mich um.“

„Klingt nach einem Plan. Wir sind direkt zu meinen Eltern unterwegs, nachdem ich Talia von der Schule abgeholt habe. Du bist natürlich eingeladen, mitzukommen“, bot Ryan an.

Es fiel ihr leicht, zu lächeln. „Das würde ich um nichts in der Welt versäumen wollen", versicherte ihm Madison, die einen Blick zu Talia warf. Sie würde die Unterhaltung über die Ballettidee auf einen Zeitpunkt verschieben, an dem sie und Ryan etwas Privatsphäre hatten.

Madison schob rasch die Bestellung für die Matratze raus, die Ryan ausgesucht hatte, während die morgendliche Geschäftigkeit um sie herumwirbelte.

Sie ließen Talia an der Schule raus, dann nahm Ryan Madison mit zur Autowerkstatt von Heart Falls. „Ruf mich an, falls du was brauchst", sagte Ryan streng zu ihr.

„Ja, Sir", entgegnete sie mit einem Zwinkern, bevor sie über den verschneiten Parkplatz in den warmen Wartebereich ging.

Brooke winkte zur Begrüßung, während sie neben Madisons offener Autotür stand. Sie wischte sich die Hände an ihrem Tuch ab und kam herüber zum Kassentresen.

Die Begrüßung der Braunhaarigen war warm und aufrichtig. „Ich werde den Airbag einbauen, aber mein Dad übernimmt den Rest der Wartung. Ich habe mich gefragt, ob du mit mir ins Café kommen willst, während er arbeitet?"

„Ich brauche einen Job wie deinen", scherzte Madison. „Aber wenn du wegkannst, wäre das toll."

Brooke deutete auf die leeren Flächen im Laden. „Wenn es voll ist, arbeiten wir. Das ist die Ruhe vor dem Sturm, vermutlich buchstäblich, wenn man bedenkt, dass Dezember ist. Mein Dad sagt, er will nächste Woche mal frei haben, was bedeutet, dass ich heute freibekomme."

„Tolles System." Madison schaute sich in dem funkelnden Laden mit all der Hightech-Geräten, altmodischen Werkbänken und etwas um, das wie archaische Folterinstrumente wirkte.

Während Brooke arbeitete, packte Madison sich warm ein und machte sich auf zu einem Spaziergang über die

Hauptstraße, wo sie versuchte, ein Gefühl für den Ort zu bekommen.

Es war kalt, aber klar, der Himmel über ihr blau wie ein Rotkehlchenei. Jeder Atemzug brannte in ihrer Kehle, und Wolken bildeten sich bei jedem Ausatmen. Sie zog Handschuhe aus der Tasche, richtete ihre Mütze und ging rasch.

Die Hauptstraße war von Autos gesäumt, die schräg eingeparkt hatten, und ein breiter Bürgersteig war auf einer Seite. Die andere war als schicker Bretterweg angelegt, der über Rampen führte, die strategisch auf der ganzen Länge platziert waren. Schaufenster zeigten die ganze Bandbreite von winzigen Dörfern mit glitzernden Lichtern und falschem Schnee bis zu einer merkwürdigen Deko im Handelswarenladen, in dessen Fenster jemand die Unterseite eines Sees gebaut hatte. Ein riesiger Angelhaken war durch eine Schicht falsches Eis abgesenkt, und eine Auswahl an Fischen mit Nikolausmützen waren auf verschiedenen Ebenen aufgehängt und beäugten ihn argwöhnisch.

Das Rough Cut war auf der Seite mit dem Bretterweg, die Fenster waren mit falschem Schnee in den Ecken geschmückt. Breite hölzerne Fensterläden rahmten das Glas auf jeder Seite, und ein Anschlag mit einem Kalender und der Speisekarte hatte einen Hintergrund aus schwarzen falschen Diamanten.

Madison beugte sich näher heran, um sich den Terminplan anzusehen. Anerkennend stellte sie fest, dass Ryan jeden Abend andere Spezialitäten auftischte, aber auch ein paar regelmäßige Nachmittagsaktivitäten aushingen. Rommé an Dienstagen und ein Nähkreis am Mittwoch.

„Madison. *Madison.*"

Sie wirbelte herum, als sie Talias hohe Mädchenstimme hörte.

Erleichterung machte sich breit, als sie sah, dass sie wie wild winkte, während sie in einer Reihe mit ihren Freundinnen herankam, die alle zu einem der Läden entlang der Straße unterwegs waren. Madison winkte zurück, dann folgte sie ihnen.

Sie waren in einen Buchladen gegangen, und Madison wurde klar, es war derjenige, den Brooke in ihre Liste mit Highlights erwähnt hatte. Die Glocke über der Tür läutete leise, als Madison eintrat und stehenblieb.

Die ganze Klasse war auf einer Seite des Raums versammelt, auf einem großen, mit einem Teppich ausgestatteten Bereich, während ein eleganter Gentleman mit dunkler Haut und ordentlich gestutztem, an den Schläfen ergrauendem schwarzem Haar in einem Stuhl vor ihnen niederließ. „Willkommen bei Fallen Books, vierte Klasse. Nur zur Erinnerung: Ich bin Malachi Fields.“

„Hallo, Mr. Fields“, tönte es von der ganzen Klasse halbwegs einheitlich heran.

„Ich bin froh, dass ihr wieder da seid. Heute werden wir über Traditionen aus verschiedenen Teilen der Welt reden.“ Er zog einige bunte Bücher vom Ständer neben ihm und begann, die Bilder zu zeigen und Geschichten zu erzählen, wie verschiedene Kulturen Meilensteine feierten.

Kurz schaute Madison zu und lächelte, als sie sah, wie Talia rasch die Hand hob, um Fragen zu beantworten, um dann leise mit dem kleinen Mädchen neben ihr zu reden.

Der Laden war voller schöner, verführerischer Bücher, darunter ein Thriller, den sie schon in Betracht gezogen hatte. Madison hatte vor, wieder herzukommen und sehr bald genauer zu stöbern.

Aber nun schlüpfte sie leise hinaus, bevor sie die Klasse noch störte. Bei ihrer Rückkehr zu ihrer Erkundung von Heart Falls schaute sie auf die Uhr, um sicherzustellen, dass sie rechtzeitig an der Autowerkstatt zurück war, um sich Brooke anzuschließen.

Ihre neue Freundin stand hinter dem Tresen. Sie legte die Papiere weg, die sie ausfüllte, schnappte sich eine Jacke von der Wand und zog sich schnell an. „Gehen wir, bevor du noch überhitzt und das ganze Zeug abnehmen musst."

Madison hielt ihr die Tür auf. „Da draußen ist es frisch. Ich hatte vergessen, wie kalt es in Alberta im Winter werden kann."

„In Vancouver wird aber auch kalt, oder?", fragte Brooke.

„Kalt und feucht, was besonders eklig ist, aber nicht *so* kalt", erklärte ihr Madison. „Und ich weiß nicht, ob es hier kälter wird als in Edmonton, denn dort habe ich zum Großteil gelebt."

Sie gingen Seite an Seite über die Hauptstraße dorthin, wo das gemütliche Café namens *Buns and Roses* war. Warmes, goldenes Licht schien aus den Fenstern, und der tollste Geruch füllte Madisons Seele, als sie eintraten.

„Lecker. Ich glaube, ich werde einfach hier stehen bleiben und etwa eine halbe Stunde lang tief 'einatmen'", sagte Madison.

Brooke lachte, nahm Madison am Arm und zog sie zu einem kleinen Tisch – einen der wenigen verfügbaren im ganzen Raum. „Das wären null Kalorien, aber vertraue mir, du willst dir was Echtes gönnen."

Hinter dem Tresen arbeiteten zwei Frauen rasch Bestellungen ab. Die mit den blonden Haaren und der cremig weißen Haut hatte zwei Zöpfe oben auf dem Kopf festgesteckt und Glöckchen angebracht, die sie an Ort und Stelle hielten. Jedes Mal, wenn sie sich bewegte, läuteten die Glöckchen, was bedeutete, dass sie fast permanent bimmelte. Sie hatte ein breites Lächeln und plauderte mühelos mit den Leuten, die sie bediente.

Die zweite Frau war der totale Kontrast. Sie wirkte auch, als wäre sie freundlich, aber in einer etwas königlicheren Art, und nicht, als wäre sie bereit, jemandes bester Kumpel zu werden. Sie hatte die tollste Haut, die Madison je gesehen hatte. Tiefbraun mit einem schimmernden Leuchten, das sie aussehen ließ, als wäre sie bereit, auf einen Laufsteg zu treten. Lange, dunkelbraune Haare hingen ihr in einem Zopf über die Schulter, und sie trug eine Nikolausmütze, während sie an der Espressomaschine arbeitete.

„Tansy ist links", erklärte ihr Brooke. „Ihre Schwester Rose macht den Kaffee."

Madison stutzte kurz. Die beiden Frauen waren wahrscheinlich nicht blutsverwandt. „Talia hat erwähnt, dass Rose jemand ist, der mit Ryan arbeitet."

„Bei der Tafel", erklärte Brooke. „Sie ist eine Mitorganisatorin. Wir werden sie morgen Nachmittag sehen, wenn wir die Körbe zusammenstellen."

Es war einiges an Konzentration nötig, damit Madison ihren Blick zu der handgeschriebenen Speisekarte an der Wand gehen ließ, anstatt weiterhin die äußerst schöne Rose anzuschauen. Offensichtlich war sie jemand, den man auf die Liste möglicher Frauen für Ryan zum Daten setzen sollte, wenn man bedachte, dass er mit ihr arbeitete.

Ein unbehagliches Gefühl kitzelte Madison von innen.

Bis sie allerdings ihre Bestellung erhalten hatten, hatte Madison sich wieder unter Kontrolle. Teilweise lag das daran, dass man mit Brooke so mühelos Zeit verbringen konnte.

Brooke war gerade fertig damit, ihre und Macks Hochzeit und die darauffolgenden Flitterwochen zu beschreiben, die sie zu den Universal Studios unternommen hatten. Die Frau lehnte sich in ihrem Stuhl zurück, beide Hände um die Kaffeetasse gelegt. „Wow. Ryan hat mich davor gewarnt, aber ich dachte, er würde Witze machen."

„Vor was?" Madison war verführt, ihren Teller zu nehmen und die Zimtzuckerkrümel davon abzulecken. Stattdessen presste sie die Fingerspitze in den größten Klumpen und brachte sie so in ihren Mund. Es war vermutlich unhöflich, aber sie waren einfach zu gut, um weggeworfen zu werden.

Brooke hob einen kleinen Finger und schüttelte ihn langsam. „Du stellst eine Frage, dann verbringe ich die nächsten zehn Minuten damit, sie zu beantworten. Dann stelle ich eine Frage, und irgendwie schaffst du es in etwa zwei Sätzen, dass ich wieder rede."

Und Ryan hatte sie davor gewarnt? Zu witzig. Madison schaute Brooke direkt in die Augen und fragte sie mit einem völlig neutralen Gesicht: „Und warum glaubst du, ist das so?"

Das Lachen, das aus Brooke herausquoll, zog die Aufmerksamkeit der Leute auf sich, die um sie herum saßen. Sie beugte sich auch vor, stellte ihre Kaffeetasse auf den Tisch. „Ich mag dich."

Ein warmes Glühen summte in Madisons Bauch. „Ich mag dich auch."

Auf dem Tisch summte ihr Handy. Normalerweise hätte sie es ignoriert, aber ein rascher Blick sagte ihr, dass es ihr Bruder war, und das war nicht der Zeitpunkt, an dem er anrufen sollte.

Sie schaute auf zu Brooke und entschuldigte sich. „Tut mir leid, da muss ich rangehen."

„Kein Problem. Ich hole uns ein Dessert."

Madison erhob sich vom Tisch und ging zum Gang, wo die Toiletten waren, um etwas Privatsphäre zu haben und nicht den Rest des Cafés zu stören. „Joe?"

In seiner Stimme war nur der leichteste Hauch Panik, zusammen mit einer Menge Ärger. „Hey, Mad. Tut mir leid, dass ich anrufe, aber kannst du mit dieser Sekretärin für mich reden? Hier heißt es, es gibt ein Problem mit meinen Kursen fürs nächste Semester, und ich kann nicht rausfinden, wie man das hinkriegt."

Verdammt. „Klar, Kleiner. Vermutlich ist es nur ein Computerfehler. Keine Sorge", versicherte sie ihm.

„Okay. Hier ist sie." Er klang bereits besser. Als ob er wusste, dass Madison ihn nicht enttäuschen würde.

Zum Glück war es ein Computerproblem und leicht gelöst, sobald die Sekretärin merkte, dass sie versuchte, die Kursliste für eine Josephine Joy auf den neuesten Stand zu bringen, deren Studentennummer nur in zwei Ziffern anders war als die von Joe.

Joe kam wieder in die Leitung, seine Stimme war gesenkt. „Danke dir. Sie wirkt jetzt nicht sonderlich glücklich."

„Fehler kommen eben vor. Und jetzt wissen wir, dass du für ein paar fantastische Kurse bestätigt bist, die dir genug Hausaufgaben verschaffen, dass du keinen Ärger machst." Madison begab sich zurück zum Tisch, wo Brooke Teller vor jeden ihrer Stühle stellte. „Ist jetzt alles in Ordnung?"

„Ja. Ich habe dich lieb", sagte Joe rasch. „Wir reden später."

Madison setzte sich und legte ihr Handy zur Seite, beäugte das riesige Brownie, auf dem, wie es aussah, beinahe zweieinhalb Zentimeter Zuckerguss waren. „Willst du mich heiraten?"

Brooke kicherte leise, bevor sie Madison in die Augen schaute. „Alles in Ordnung?"

Während Madison ein kleines Stück abschnitt und es mit der Gabel aufspießte, bewunderte sie, wie feucht der Teig war und wie verlockend der Geruch der Schokolade. „Alles in Ordnung. Einer meiner Brüder hatte Probleme mit seinem Universitätsstundenplan. Wir haben es hingekriegt."

„Freut mich, dass es was Einfaches war." Brooke nahm einen Bissen ihres eigenen Brownies und machte ein glückliches Geräusch. „Einer deiner Brüder. Du hast mehrere?"

„Zwei. Genau gleich alt. Sie wurden letzten Juni achtzehn und erkunden nun die wunderbare Welt der höheren Bildung." Madison nahm das erste Stück und stöhnte. Als sie wieder reden konnte, deutete sie einfach nur mit der Gabel auf den Brownie. „Wow."

„Schon, oder? Wart nur ab. Wenn du den ganzen Monat da bist, nehme ich dich mit zum Mädelsabend. Tansy backt immer irgendwas total Gutes; das wird dir die Socken ausziehen." Brooke ging zurück zu ihrem Kaffee. „Also, jetzt, da du alles über mich weißt, meinen Mann, und wie lange ich in Heart Falls lebe, was für Geräte ich in meinem Haus habe – das war übrigens eine echt seltsame Wendung, die die Unterhaltung genommen hat –, will ich mehr über dich erfahren."

„Seit ewig eine Freundin von Ryan", sagte Madison. „Zwei Brüder, eine Mom. Dad ist vor ein paar Jahren gestorben. Ich war den Großteil meines Erwachsenenlebens lang Barkeeperin, und ich freue mich echt darauf, hier in Heart Falls während der Feiertage eine entspannte Zeit zu verbringen."

Brooke nickte langsam. „Und in unter einer Minute hast du mir mehr erzählt, als du in den fünfundvierzig Minuten davor gesagt hast."

Madison zuckte mit den Schultern. „Ich bin neugierig auf Leute. Ich weiß bereits alles über mich. Ich muss nicht über *mich* reden."

Die andere Frau lachte mit ihr. „Ja, stimmt, normalerweise reden Leute *gern* über sich. Ich glaube, du bist sehr interessant, Madison Joy. Ich will mich wieder treffen und mehr rausfinden."

„Dann ist es doch gut, dass ich über die Feiertage in Heart

Falls bleibe, oder?", sagte Madison, während ein warmes, glühendes Glücksgefühl in sie hineinströmte.

Dieses Glühen blieb während der restlichen Mahlzeit und dem Marsch zurück, um in der Werkstatt ihr Auto abzuholen.

Dass sie Zeit mit Ryan verbringen konnte, war der Grund, weshalb sie nach Heart Falls gekommen war, aber als sie am Nachmittag weiter darüber nachdachte, während sie sich ein paar Notizen für Ryans mögliche Spendenaktion machte, musste Madison zugeben, dass sie zu klein gedacht hatte.

Dass sie Zeit mit jemandem wie Brooke verbringen konnte, war genauso wichtig. Zeit mit guten Freundinnen war etwas, das Madison im Lauf der Jahre genauso sehr gefehlt hatte.

Sie würde Ja zu jeder Gelegenheit sagen, die sich ihr bot. Mit beiden Händen zugreifen und das Leben voll auskosten.

8

———————

Nachdem er Talia von der Schule abgeholt hatte, konzentrierte Ryan sich darauf, sie alle sicher auf den Highway zu bringen, und ließ seine Tochter mit Madison plaudern.

„Und bei Nâinai und Yéyé werde ich wieder üben müssen. Ich kann dir zeigen, wo ich Hilfe brauche, damit ich nicht an die Wand stoße." Talia tippte auf die Rückseite von Madisons Sitz. „Willst du heute bei meinen Großeltern übernachten?"

Bevor Ryan vorschlagen konnte, dass es vielleicht keine gute Idee war, kam ihm Madison zuvor.

„Ich mag deine Großeltern", sagte Madison, die einen Blick über die Schulter warf. „Aber hätte ich bei ihnen bleiben wollen, hätte ich sie vorher fragen sollen. Und ich hätte sichergestellt, dass ich die Dinge mitbringe, die ich für den Besuch dort brauche."

„Aber du hast Daddy nicht vorher gesagt, dass du zu Besuch kommst", erklärte Talia.

Madison warf einen Blick auf ihn, und kurz schauten sie

102

einander in die Augen. „Du hast recht, Talia, das war unhöflich. Ich werde nicht zu deinen Großeltern unhöflich sein."

„Aber ihnen macht es nichts aus", beharrte Talia.

„Talia. Das reicht", sagte Ryan bestimmt. „Ihr habt beide recht. Madison hätte mir vorher sagen sollen, dass sie kommt, und daraus werden wir etwas lernen. Wir werden sehen, ob ein längerer Besuch bei Nâinai und Yéyé irgendwann funktioniert."

Seine Tochter lehnte sich leicht genervt zurück.

Auf jeden Fall ein guter Augenblick für eine Ablenkung. „Etwas anderes, über das wir reden müssen, ist dein Geburtstag. Wir müssen entscheiden, an welchem Tag wir feiern wollen, damit wir deine Freundinnen auf deine Feier einladen können."

Madison drehte sich in ihrem Sitz um. „Das stimmt. Dein Geburtstag kommt ja schon sehr bald."

Auf dem Rücksitz herrschte Schweigen.

Eine sehr unerwartete Reaktion. Ryan warf kurz einen Blick nach hinten, um zu sehen, wie Talia aus dem Fenster schaute. „Kleine? Hast du mich gehört?"

Von Talia kam ein riesiges Seufzen. Es war so groß, dass Ryan sich vorstellte, dass er nichts als einen Ballon vorgefunden hätte, der mit rausgelassener Luft auf dem Kindersitz hing. Dann redete sie, still aber deutlich: „Ich will keine Feier."

Madison runzelte die Stirn, sagte aber nichts.

Vielleicht war das nicht das beste Gesprächsthema, während sie auf dem Highway fuhren. Normalerweise war Ryan aber daran gewöhnt, dass er jedes beliebige Thema aufbringen konnte, und Talia redete fast die ganze eineinhalbstündige Fahrt lang.

Geburtstagspläne hätten doch dafür sorgen sollen, dass Talia immer noch sprudelte, als sie in die Zufahrt seiner Eltern fuhren.

Ryan suchte nach einer Lösung, beschloss aber, dass das ein guter Augenblick war, um es zu vertagen, bis er seine ganze Aufmerksamkeit darauf lenken konnte. „Na ja, denk einfach mal ein bisschen länger darüber nach, und nach dem Wochenende kriegen wir raus, was du machen möchtest."

Im Rückspiegel kniff Talia die Lippen fest zusammen, als würde sie sich dazu zwingen, still zu bleiben.

Zum Glück ging das nur ganze fünfzehn Sekunden so, doch als sie wieder zu reden anfing, ging es nicht um Geburtstagspläne. „Madison, ich hab dich heute gesehen. Als ich auf meinem Ausflug war."

„Ich habe dich auch gesehen", erwiderte Madison, und zum Glück kehrte die Unterhaltung zu der plappernden Talia zurück, der lachenden Madison, und ihm ...

Einem leicht verwirrten Mann, der echt gehofft hatte, irgendwann würde ihm jemand erklären, was heute Nachmittag los gewesen war.

Das Haus seiner Eltern war eine kleine Doppelhaushälfte drei Blöcke vom Krankenhaus entfernt. Sie wurden alle mit Umarmungen begrüßt, auch Madison, die von Ryans Mutter gedrückt wurde, als wäre sie ein lang verlorenes Kind.

„Die süße Madison. Ich war so froh, als Ryan gesagt hat, du würdest zu Besuch kommen." Der Kopf seiner Mutter reichte Madison nur bis ans Kinn, aber sie umarmten einander fest, sein Vater stand an der Seite und wartete, bis er dran war.

Madison hatte die Augen geschlossen, ein sanftes Lächeln auf dem Gesicht. Sie wirkte, als würde sie die Umarmungen aufsaugen, erst von seiner Mom, dann von seinem Dad.

Sie trat von ihnen weg, schüttelte leicht den Kopf. „Ich habe euch beide sehr vermisst. Aber ich habe im Lauf der Jahre viele gute Wünsche und gute Gedanken geschickt. Ich bin froh zu sehen, dass ihr beide wunderbar ausseht."

„Und du auch." Seine Mom hielt sich an Madisons Hand fest, während sie Madison genauer betrachtete. Mom schnalzte mit der Zunge. „Nur dass du zu dünn bist. Komm. Heute Abend bekommst du ein *richtiges* Essen."

„Madison muss sich mein Zimmer ansehen", beharrte Talia.

Ryans Vater hob eine Augenbraue. „Madison kann mit dir kommen, wenn du deine Tasche in dein Zimmer bringst. Dann könnt ihr euch beide die Hände waschen und euch uns am Tisch anschließen."

Madison wechselte einen Blick mit Ryan. Sie grinste bis über beide Ohren. „Es ist genau wie damals an der Highschool."

„Ich hoffe doch nicht. Ich will nicht schon wieder ins Büro der Schulleitung kommen müssen und mir anhören, wie ihr beide die Klasse abgelenkt habt", sagte seine Mutter streng. Sie wandte sich an Ryan und deutete auf die Küche. „Geh. Wasch dir die Hände, damit du helfen kannst, das Essen auf den Tisch zu bringen."

Ein Lachen entwischte Madison, während sie Talias Tasche nahm, die Finger in denen von Talia verschränkt, während das kleine Mädchen Maddy zu ihrem Schlafzimmer zerrte.

Es war wie eine Reise zurück durch die Zeit. Bis auf die Tatsache, dass sie alle älter waren, und Talia da war, war dieses wunderbar behagliche Gefühl zurück.

Während der Mahlzeit machte Madison es erneut. Diese Sache, dass sie genau herausfand, was alle anderen getan hatten, während sie kein Wort über ihre eigenen Pläne verlauten ließ. Ihre eigene Vergangenheit.

Sie waren an der Eingangstür und machten sich bereit,

zurück nach Heart Falls zu fahren, als seine Mutter Madison noch eine Umarmung gab. „Du wirst auf jeden Fall noch einmal zu Besuch kommen, während du da bist", befahl sie.

„Ja, Mutter", erwiderte Madison fröhlich.

Talia war immer noch etwas still, aber sie kam und umarmte Ryan heftig, drückte ihm einen großen Schmatz auf die Wange. Als er sie absetzte, ging sie zu Madison, die Arme weit ausgestreckt.

Madison kniete sich hin. „Ja? Ist das noch eine deiner Tanzpositionen?"

Talia bewegte sich nicht, sie ließ nur die Arme an den Seiten ausgestreckt. „Du sollst mich doch umarmen", informierte sie seine Tochter.

„Ach. Ich schätze, das kann ich machen", sagte Madison. Nur dass sie erst die Haare oben auf Talias Kopf wuschelte, und dann mitten in der Umarmung fing wohl eine an, die andere zu kitzeln, denn es wurde laut gekichert.

Es war ein viel fröhlicherer Aufbruch, als erwartet.

Madison wartete, bis sie wieder auf der Hauptstraße waren, bevor sie anfing zu reden. „Deine Eltern sind toll. Die Küche deiner Mom ist fantastisch, und sie scheinen echt glücklich in ihrem Haus zu sein. Und dein Dad wirkt, als würde es ihm ganz gut gehen."

„Tut es. Er muss die Dinge nur im Auge behalten." Ryan ging im Geiste den Rest des Abends durch, der offiziell erst anfangen würde, wenn er im Rough Cut auftauchte.

„Ist es für dich okay, wenn wir bei der Fahrt ein bisschen Brainstorming machen?", fragte Madison.

„Klar. Worüber denn?"

Natürlich fing sie mit der Bombe an. „Was war denn das? Dass Talia keine Geburtstagsparty will? Ihr Geburtstag ist an Weihnachten. Wann feiert ihr normalerweise?"

„Sie kriegt ihren Geburtstagskuchen am Fünfundzwanzigsten, aber normalerweise haben wir eine Woche vorher die Party, je nachdem, wann die Schule aus ist und die Ferien anfangen." Ryan zuckte mit den Schultern. „Ich habe ich keine Ahnung, was los ist. Letzte Woche hat sie angedeutet, dass sie eine Übernachtungsparty will, und dieser Einfall, keine Party zu machen? Wir kriegen das raus, wenn sie am Sonntag nach Hause kommt."

„Denk nur daran, dass ich bereitstehe, um zu helfen, was immer es wird", sagte Madison. Sie wechselte völlig das Thema. „Ich habe eine Idee für deine Spendenaktion."

Ryan blinzelte. „Okay."

„Das bedeutet auch, dass Talia und ihre Freundinnen ihre Tanzvorführung machen können." Madison drehte sich zu ihm, richtete ihren Sicherheitsgurt, damit er noch funktionierte. „Ich habe mit Charity geredet, und dieser Teil geht echt gut."

Ryan schüttelte leicht den Kopf. „Du hast immer nur eine Tempoeinstellung, oder? Volle Kraft voraus und völlig eingebunden."

„Ja", stimmte Madison zu. „Kennst du den *Nussknacker*?"

Einen Augenblick lang war er verloren, bis ihm klar wurde, dass sie über das Ballett redete. Er verzog das Gesicht. „Nicht persönlich."

„Perfekt. Weißt du jetzt, wie man bei manchen Jahrmärkten Geld dafür bezahlt, um zu versuchen, Leute in einen Wasserbottich zu werfen?"

Was hatte sie vor? „Ja, es ist aber derzeit Dezember in Alberta. Ich glaube, es ist nicht gut, wenn man mit Unterkühlung spielt."

„Es ist der andere Teil, von dem ich rede. Der Teil, bei dem Leute bereit sind, Geld dafür zu zahlen, um zu sehen, wie jemand anderes was Unangenehmes tut. In diesem Fall rede ich nicht davon, ins Wasser gestoßen zu werden, sondern dass man auf die Bühne muss."

„Mach weiter." Denn selbst wenn nichts daraus wurde, war es etwas Schönes, Madisons Gehirn in Aktion zu sehen.

Sie lehnte sich an das Armaturenbrett und grinste, bevor sie wieder zurückging. „Okay, also ich kann da nicht die ganzen Lorbeeren für einheimsen, denn einer meiner Brüder war vor ein paar Jahren bei einer total verrückten *Nussknacker*-Ausführung dabei, und ich dachte, das war ziemlich clever."

„Ich kenne die Geschichte vom *Nussknacker* nicht", warnte Ryan sie vor.

„Das ist gut. Denn es wird keineswegs wie die normale Version werden", sagte sie mit einem Lachen. „Die Idee ist, dass wir den Grundriss einer Geschichte haben, und verschiedene Leute stellen jede Szene dar. Was bedeutet, es wird nur in Gruppen geübt, und es wird ein Tag mit einer ganz einfachen Aufführung. Ich erkläre die Logistik später, aber was wir uns einfallen lassen müssen, ist eine Variante des *Nussknackers*, der für deine Gemeinde funktioniert."

„Ich dachte, der *Nussknacker* wäre sehr traditionell."

Madison zuckte mit den Schultern. „Für ein paar Leute bestimmt. Für uns sollten wir das machen, was am besten funktioniert. Was bedeutet, wir können uns ein paar tolle Szenen einfallen lassen, für die du absolut was bezahlen würdest, damit einer deiner besten Freunde darin auftritt. Zum Beispiel, wie viel würdest du zahlen, um zu sehen, wie Brad Ford so tut, als sei er eine Margerite, die im Wind weht?"

Ryan prustete los, bevor er es aufhalten konnte. „Lieber Gott. Wo muss ich unterschreiben, damit ich meine zwanzig Mäuse investiere?"

Madison rieb die Hände aneinander. „Siehst du? Jetzt

weißt du, wie der Hase läuft. Lass mich über die Details brüten, aber machen wir mal kurz ein Brainstorming."

„Für deine nicht traditionelle *Nussknacker*-Geschichte?"

„Genau. Hier kommt eine ganz, ganz grundlegende Handlung, die ich nicht durcheinanderbringen will – und es gibt bereits eine Million Varianten von dieser Handlung. Das ist nur diejenige, von der ich denke, sie funktioniert für uns am besten."

Er sagte nichts, während sie eine Liste durchging, zu der magische Puppen, ein Nussknacker und Spielzeugsoldaten gehörten, aber als sie einen Mäusekönig erwähnte, hatte er endlich etwas vorzuschlagen. „Wenn du willst, dass das richtig hier verankert ist, ist es keine Maus, die der Schurke ist, sondern eine Ratte."

Ihr Lächeln wurde größer. „Du hast recht. Es gibt keine Ratten in Alberta."

„Und falls irgendjemand einen Rattenkönig *bekämpft*, dann sollte es eine Rattenpatrouille sein."

Madison zog ein Notizbuch aus dem Nichts und schrieb sich begeistert Notizen auf. „Mach weiter. Nachdem sie den Rattenkönig besiegen, verwandelt der Soldat sich in einen hübschen Prinzen und bringt sie ins Land der Süßigkeiten. Dort werden die Mädchen tanzen."

„Die Rattenpatrouille würde nicht ins Reich der Zuckerfee gehen", sagte Ryan mit einem Lachen. „Sie würde vermutlich in einer magischen Scheune verschwinden."

Sie johlte und schrieb es auf. „Perfekt. Was bedeutet, anstatt tanzender Süßigkeiten hätten wir tanzende Bauernhoftiere."

„Lieber Gott, meine Freunde werden uns umbringen. Das ist toll", sagte Ryan fröhlich.

„Du musst nicht so erfreut klingen", sagte Madison, aber sie lachte ebenfalls.

„Vertrau mir, das ist was Gutes“, versicherte ihr Ryan.

„Erzähl es mir.“ Einen Augenblick lang war ihr Tonfall sehr viel ernster. „Glaubst du, deine Freunde wären bereit dazu? Nicht nur, das Geld zu setzen, sondern auch wirklich aufzutreten, wenn jemand das Geld unter ihrem Namen rausrückt?“

Ryan dachte kurz darüber nach, dann nickte er rasch. „Ich glaube, die meisten werden sich nach vorne drängeln, um sich freiwillig zu melden.“

Sie wirkte begeistert. „Dann werde ich die Dinge in die Wege leiten, und wir können morgen mit der Freiwilligen-Liste anfangen, während wir die Weihnachtskörbe zusammenstellen.“

Er schnappte sich ihre Hand und drückte sie fest. „Du lässt dir die ganze Zeit dieses Zeug einfallen und es leicht aussehen. Aber ich bin echt froh, dass du deine kreative Energie auf etwas anwendest, das in meiner Heimatstadt einen Unterschied macht. Danke dir.“

Sie wirkte kurz überrascht. „Natürlich. Gern geschehen.“

Der letzte Teil der Fahrt ging schnell vorbei, während Madison weiterhin Ideen ausspuckte, und Ryan darauf reagierte. Bis sie auf den Parkplatz vor dem Rough Cut gefahren waren, brachte Madison schon den letzten Schliff an ihrem ersten Entwurf für den Auftritt an.

Auf dem Parkplatz, bevor sie nach drinnen gingen, war Ryan überrascht, als Madison ihm den Weg abschnitt. Sie legte die Arme um ihn, lächelte mit Freude auf dem ganzen Gesicht zu ihm auf. „Ich hatte so viel Spaß. Vielen Dank.“

Sie umarmte ihn, ein fester Druck ihrer Arme um seinen Oberkörper, ihr Gesicht an seine Brust gedrückt.

Ryan hielt sich fest und saugte es auf. „Ich hatte auch Spaß.“

Das war die Wahrheit, aber eine andere Wahrheit machte

sich breit. Während seine Nase ihre Haarsträhnen streifte, rührten der Geruch ihres Shampoos und ein einzigartiger Duft von ihrer Haut an etwas in ihm. Zwischen ihnen waren Schichten – so viele Schichten, denn es war ein kalter Dezembertag, darum waren es Kleider und Jacken und Schals.

Er hätte sich dieser Frau nicht so außerordentlich bewusst sein sollen.

In seinen Armen. Weich, aber stark.

Sie drückte ihn noch ein letztes Mal, bevor sie zurückging und ihn küsste. Ein rascher Druck ihrer Lippen auf seiner Wange, bevor sie ihn ganz losließ und zur Tür lief.

Sich der Tatsache nicht bewusst, dass sie irgendwo in seinem Innersten gerade eine Bombe hatte hochgehen lassen.

Irgendwie brachte Ryan seine Füße dazu, sich zu bewegen. Stolperte ihr nach, ohne zu Boden zu gehen, denn sein Körper schien nicht mehr ganz richtig zu funktionieren. Seine Wangen prickelten, und seine Beine waren unstet ...

Andere Teile seines Körpers hatten auch reagiert, und das war einfach nicht richtig. Der kalte Tag, die ganzen Kleider, der ganze Rest. Es war, als würden zwei Schneemänner miteinander in Kontakt treten, und doch ...

Ryan holte tief Luft, die schneidende Kälte des Winters raste seine Kehle hinab und in seine Lungen, heftig genug, dass er hustete. Dass er sich wegen der körperlichen Schmerzen anspannte, und nicht wegen der sinnlichen Erregung seines Körpers.

Nein. Sie hatten gerade eineinhalb Stunden damit verbracht, über tanzende Kühe zu reden, um Himmelswillen. Er würde nicht zulassen, dass diese unerklärliche, unvorhersehbare Lust, die aus dem Nichts zuschlug, ihre Beziehung ruinierte.

Ryan folgte Madison in die Bar, machte sich im Innersten

so kalt wie möglich. Beste Freunde. Sie waren beste Freunde. *Punkt.*

Sein Körper schmerzte, und sein Gehirn schickte ihm hundert verschiedene Ausreden, weshalb es eigentlich eine gute Idee war, sich mit ihr einzulassen.

Wie gut, dass er Arbeit zu erledigen hatte.

9

Die Dinge änderten sich sehr schnell, sobald Ryan sich zur Ablenkung ganz in die Arbeit im Pub warf. Es half, dass Madison von Grace entführt wurde, um hinter dem Tresen auszuhelfen, während der Abend sich in einen der stressigsten ihrer jüngsten Geschichte verwandelte.

Nachdem sie bis zwei Uhr aufgeblieben waren, schliefen sowohl er als auch Madison am Samstagvormittag lange aus.

Ryan schaffte es, vor ihr aufzuwachen, was gut war, in vielerlei Hinsicht. Erst einmal konnte er dadurch laufen gehen und sich ein wenig stretchen, was immer half, seine friedliche Mitte zu finden. Die Anziehung, die er spürte, ergab schon in vielerlei Hinsicht Sinn. Madison war eine schöne Frau, und jetzt, da er angefangen hatte, übers Daten nachzudenken, war es nur logisch, dass seine lang geleugneten sexuellen Triebe anfingen, an die Oberfläche zu kommen.

Zu wissen, dass die Funken, die flogen, wenn er sie anschaute, etwas Natürliches waren, bedeutete, dass er diesem Drang stumm zunicken, doch seine Hände bei sich behalten konnte.

Das Wichtige aber, was er tun musste, bevor Madison aufwachte, war eine Gelegenheit, den hässlichen Weihnachtspulli zu verstecken, dort, wo sie ihn finden würde. Denn es war schon ein paar Tage her, dass sie ihn hereingelegt hatte, darum sollte sie nicht mehr vorsichtig sein. Er konnte es kaum erwarten, dass es an ihr war, ihn draußen in Öffentlichkeit tragen zu müssen.

Zurück auf dem Boden im Wohnzimmer beugte er sich über sein gestrecktes Bein, als sie ins Zimmer geschlurft kam. Neongrüne Socken waren diesmal an ihren Beinen, und Madison gähnte und streckte sich. Ihr Pulli ging nach oben, sodass ein Hauch ihres bloßen Bauches zu sehen war, und ein dumpfes Pochen machte sich dort bemerkbar, wo seine Leiste war.

Er ignorierte die Hormone, die durch ihn durchjagten, und grinste. „Du warst sehr viel müder, als ich erwartet habe."

Sie schaute nach der Kaffeemaschine. „Ich war eine Weile nicht mehr im Dienst in der Spätschicht. Kann man die schon anschalten?"

„Ja. Drück nur auf Start." Er dachte einen Augenblick lang über ihren Kommentar nach. „Wie hast du denn in einer Bar gearbeitet, ohne lange aufzubleiben?"

Madison drehte sich und lehnte sich an die Anrichte zurück, während die Kaffeemaschine begann, neben ihr gurgelnde Geräusche von sich zu geben. Sie gähnte wieder, streckte den Rücken durch, und ihr Pulli dehnte sich über den Brüsten. „Ich habe eigentlich seit September nicht mehr in der Bar gearbeitet."

Okay.

Ryan stand auf und näherte sich Madison, achtete nicht auf den Drang, jeden Quadratzentimeter von ihr zu begutachten. Falls er es endlich geschafft hatte, sie zum Reden zu kriegen, würde er damit weitermachen. „Maddy. Ohne deine Vertraulichkeitsvereinbarung zu brechen, kannst du mir etwas mehr erzählen? Bist du okay? Wie um alles in der Welt kannst du seit September nicht gearbeitet haben, und immer noch finanziell auf den Beinen sein?"

Der Geruch nach Kaffee trieb in der Luft. Ein Ventilator lief irgendwo in den hinteren Räumen des Hauses, aber es war das langsame Luftholen und sogar noch langsamere Ausatmen, das er bis ins kleinste Detail wahrnahm. Es war das Knabbern auf ihrer Unterlippe, während sie darum kämpfte, herauszufinden, was sie ihm mitteilen sollte.

Verflixt. Ryan zog sie in die Arme und hielt sie dicht an sich. Ihr Körper spannte sich einen Augenblick an, die Schultern steif, das Rückgrat aufgerichtet. Er rieb ihr mit der Hand über den Rücken und machte beruhigende Geräusche, bis sie sich nur ein kleines bisschen entspannte, sich fester an ihn lehnte und tief Luft holte. Er redete leise, so beruhigend er konnte. "Ich versuche nicht, es für dich stressiger zu machen. Sag mir nur eins. Was immer da los ist, ist es was Gutes?"

Sie vergrub das Gesicht an seinem Hals und summte, als wäre sie fröhlich. "Es ist gut. Echt, mach dir keine Sorgen um mich. Diese verdammte Vertraulichkeitsvereinbarung."

Sie standen einfach nur da, hielten einander, bis der Kaffee gluckerte, weil er endlich fertig in den Pott gelaufen war.

Ryan war zufrieden, dass es in diesem Anblick nur um Trost ging. Nichts Sexuelles lenkte ihn davon ab, ihr einen Augenblick der Unterstützung als guter Freund geben zu können.

Madison tätschelte ihm die Schulter und schob ihn einen bisschen zurück. "Sobald ich es dir sagen kann, mache ich das. Ich schwöre es."

"Das freut mich. Denn ich will es wissen", sagte Ryan.

Mit schelmischem Blick neigte Madison den Kopf zum Schrank. "Du holst die Tassen. Ich hole die Sahne."

Er öffnete die Schranktür, um ein neues Set missgestalteter Kaffeetassen zu entdecken. Eine Herde Zombieschneemänner, die teilweise geschmolzen waren, mit schrecklichen Gesichtern. *„Maddy.“*

„Fröhliche Weihnachten“, sagte sie mit dem Grinsen, zog den Kühlschrank auf, ohne hinzusehen. Einen Augenblick später kreischte sie laut. „Ryan Xavier Zhao.“

Er konnte das Gesicht nicht neutral halten. Nicht, als sie hineingriff und den Pulli herausholte. Er hatte ihn strategisch aufgerollt, damit der Weihnachtsschmuck mit dem Rentier, das die Zunge herausstreckte, ganz vorne war. „Fröhliche Weihnachten“, gab er an sie zurück.

Sie standen da, ihre verrückten Weihnachtsgegenstände in der Hand, grinsten einander an, und Ryan hätte nicht glücklicher sein können.

Nur dass er sich ein paar Stunden später verbessern musste, als sie aus dem Gästezimmer kam, bereit für das Event mit den Weihnachtskörben, und den Pulli anhatte.

„Rache ist süß“, bemerkte er.

Sie hatte sich die Haare geflochten, sodass Zöpfe auf jeder Seite nach unten fielen, und sie trug eine fröhliche Nikolausmütze. Der leiseste Hinweis auf ein leuchtend gelbes T-Shirt zeigte sich unter dem hässlichen Pulli, und anstatt ihrer Jeans trug sie eine enge Yogahose, die ihr sehr gut passte.

Äußerst gut.

Ryan konzentrierte sich absichtlich auf die leuchtend gelben Socken, die zum T-Shirt passten. „Wenn du mit dem Kopf voraus in eine Schneewehe fällst, werde ich dich finden.“

„Nur, wenn ich meine Stiefel abstreife“, erwiderte Madison mit einem Lachen. „Komm schon. Ich bin bereit, mein Debüt als Modezarin zu machen.“

Grace war bereits am Tresen, und genauso Rose. Die

beiden waren damit beschäftigt, Kisten auszuklappen und die Unterseiten fest zu verkleben.

Ryan nahm Madison die Jacke ab und ging, um sie zu seiner zu hängen. „Lass mich wissen, was ich tun muss, um alles fertigzumachen", sagte er zu Rose, während er vorbeiging.

„Alles ist bereit, du musst nur die Kisten, die wir gestern vorbereitet haben, auf die Tische stellen, je nach Beschriftung", sagte Rose zu ihm.

Er hatte sich gerade die erste Kiste geschnappt, als er Madison sah. Sie hatte neben den Damen angehalten und hielt Rose eine Hand hin.

„Hi. Wir sind einander noch nicht offiziell vorgestellt worden, aber ich habe dich gestern im Café gesehen. Ich bin Madison."

„Schön, dich kennenzulernen. Rose Fields."

„Tut mir leid", sagte Ryan, während er zurückgelaufen kam. „Ich vergesse immer, dass du nicht alle kennst", sagte er zu Madison.

„Am Ende des Abends wird jeder sie kennen", murmelte Grace. Sie ließ den Finger kreisen, während sie auf Madison deutete. „Das ist ein Outfit, bei dem die Leute anfangen zu reden."

Madison lachte, während sie im Kreis herumwirbelte. „Es ist eine alte Tradition, von der ich beschlossen habe, sie Ryan wieder aufzuzwingen. Aber wie ihr seht, es kommt immer wieder zurück."

Rose beäugte ihn mit einem äußerst seltsamen Ausdruck auf dem Gesicht.

Den Großteil ihrer Treffen hatten sie in den letzten Jahren bei *Buns and Roses* abgehalten, und er hatte sie immer für still und effizient gehalten. Er arbeitete gern mit ihr an den Projekten für den Gemeindegeschenkkorb. Auf manche Art war sie allerdings etwas zu leise. Zu sehr wie er, bezüglich der Tatsache, dass sie in eigenen Gedanken versinken konnten.

„Ich habe im Kopf, dass letztes Jahr jemand anderes hässliche Pullis getragen hat“, sagte Rose plötzlich. „Ich meine mich zu erinnern, dass das Ryans Schuld war.“

„Ich habe keine Ahnung, wovon ihr redet“, entgegnete er, bevor er in die Ecke zeigte. „Ach, seht mal, Kisten, die ich schleppen kann.“

Die Frauen lachten alle, während er mit einem Grinsen davonging.

Madison passte mühelos in jede Gruppe. Es wurde nicht nur klar, als sie einsprang und ihm half, den Raum fertig vorzubereiten, sondern auch, als Leute eintrafen, sich Stimmen erhoben und in die Weihnachtsmusik mischten, die er im Hintergrund angeschaltet hatte. Madison begrüßte Leute, erklärte die Routine, wie man Körbe packte. Erklärte ein dutzendmal den hässlichen Pulli, mit erstaunlich guter Laune.

Jemand hatte Weihnachtsplätzchen mitgebracht, und jemand anders hatte Apfel-Cider, und bald roch es im ganzen Laden nach Weihnachten.

Brooke und Mack trafen ein. Ryan kam vor, um seine Freunde zu begrüßen. „Ich habe mich schon gefragt, ob du einen Notruf erhalten hast.“

Mack schüttelte den Kopf. „Nicht ich. Brooke musste in letzter Minute noch jemanden abschleppen.“

„Nichts Ernstes“, versicherte Brooke Ryan, während sie ihre schwere Winterjacke auszog und sich zu ihm umdrehte.

Ryan erhaschte einen Blick auf das, was sie anhatte, und hustete.

Er warf einen Blick auf Mack, um festzustellen, dass sein Freund die Jacke auch abgenommen hatte und inzwischen neben Brooke stand, den Arm um sie gelegt, sodass es unmöglich war, zu übersehen, wie unfassbar schrecklich ihre Klamotten waren.

Mack grinste. „Nichts zu sagen?"

„Ihr beiden seid urkomisch", bemerkte Ryan trocken.

Brooke deutete auf die Lichter, die aus ihrem Pulli ragten, offensichtlich stolz, als sie dann den Knopf am Saum drückte, und die LEDs fröhlich zu blitzen begannen. „Na ja, letztes Jahr hast du darauf bestanden, dass wir uns in unsere tollste Festtagskleidung schmeißen. Du hast keinen anderen Dresscode angeordnet, also *voilà*."

Ihr Pulli war ein Weihnachtsbaum, voll geschmückt, darunter die Lichter, die auf seiner Netzhaut helle Punkte hinterließen. Macks Pulli war etwas zahmer, mit kleinen Kisten, die überall an die Oberfläche gebunden waren.

„Das ist toll", sagte Madison, die hinter Ryan herantrat, um fröhlich Brooke und Mack zu betrachten. Sie stieß mit der Hüfte an Ryan. „Du hast echt coole Freunde."

Brooke schüttelte erstaunt den Kopf, als ihr klar wurde, dass Madison jetzt den Pulli trug, den Ryan auf der Feuerwache angehabt hatte. Sie schaute zu Madison auf. „Bedeutet das, dass er den Pulli versteckt hat, und du hast ihn gefunden?"

„Gewöhnt euch dran, dieses Ding zu sehen", warnte Madison sie wohlgelaunt. „Wir haben die Herausforderung noch nicht abgeschlossen."

Mack runzelte kurz die Stirn. „Heißt das, dass wir am Ende Ryan dieses Teil mitten im Sommer tragen sehen? Denn ich bin mir nicht sicher, ob mir das recht ist."

Ryan schüttelte den Kopf. „Die Regeln der Herausforderung besagen, nur im Dezember. Ich habe versucht, sie zu überzeugen, dass wir das vielleicht am ersten Weihnachtsfeiertag beenden können, aber Madison hat etwas von der ukrainischen Weihnacht erzählt, und es war leichter, einen Kompromiss zu finden und zu sagen, nur im Dezember.“

„Schön zu wissen“, sagte Brooke und gab Mack eine letzte Umarmung, dann trat sie zur Seite und ging zu Madison. „Fangen wir an, damit du und ich weiter plaudern können. Wir müssen vor sechs Uhr fertig sein. Ist das richtig?“

„Der Pub öffnet dann, ja“, sagte Ryan.

Madison führte sie fort. Ryan beobachtete sie einen Augenblick, aber es war klar, dass sie ihn nicht brauchte, damit er sie einführte. Sie passte zu seinen Freunden.

Sie passte zu ihm.

Es war ein leicht verstörender Gedanke, nachdem er so viel Energie darauf verwendet hatte, sicherzustellen, dass er sich um die ganze Sache mit der Lust gekümmert hatte, darum schob er ihn zur Seite und bedeutete Mack, er solle sich ihm anschließen. Sie gingen zu der Reihe von Leuten, die Lebensmittel nahmen und sie in die einzelnen Kisten packten. Lockere Gespräche führten.

Nur im Hier und Jetzt sein. Denn es war einfacher, als zu versuchen, die Verwirrung zu enträtseln, die sich jedes Mal breitmachte, wenn er an Madison dachte. Seine gute Freundin. Seine beste Freundin.

Oder war sie mehr?

Es war klar, dass die Leute, die an diesem Nachmittag ins Rough Cut gekommen waren, das schon mal gemacht hatten. Die Gruppe versammelte sich, um die Körbe zu packen, und brauchte nicht viel Anweisung. Alle schlängelten sich mehrmals durch die Reihen, während der Stapel mit gefüllten Kisten neben der Eingangstür größer wurde. Neben Madison plauderte Brooke locker, was gut war, denn Madison war nicht gerade in Topform.

Sie war abgelenkt und nicht sonderlich stolz auf den Grund dafür. Unerwartet hatte sich Eifersucht breitgemacht, und das in nicht zu kleinem Maße.

Rose Fields war eine der schönsten Frauen, die sie je im Leben gesehen hatte.

Aber ... na und? Dieser harte Knoten in Madisons Bauch hätte nicht da sein sollen.

Es war ja nicht so, als hätte sie nicht schon Zeit mit schönen Leuten verbracht. Teufel, Justina war auch umwerfend gewesen, und doch hatte Madison nach dem Treffen mit ihrer damals neuen Freundin nur daran denken können, dass sie hoffte, die Frau würde innerlich genauso leuchten wie äußerlich. Und als Justina sich als tolle Person erwiesen hatte, hatte Madison sie einzig und allein Ryan vorstellen wollen, weil sie *wusste*, dass die beiden zusammen gehörten.

Zu sehen, wie Rose unschuldig mit Ryan plauderte ...

Madison wandte sich bewusst ab und konzentrierte sich auf Brooke und Yvette, die sich ihnen angeschlossen hatte. „Es gibt echt viele Helfer mit den Körben.“

Yvette lehnte sich an ihr vorbei, um sich eine Packung Spaghetti zu nehmen, und sie zu ihrer Kiste hinzufügte. „Es ist eine geschäftige Saison, darum hat das Komitee vorgeschlagen, es sollte nicht länger als zwei Stunden dauern. Da wird es leichter für die Leute, sich dazu zu verpflichten und herzukommen.“

Das war ein guter Punkt. Madison versuchte immer noch, alle Einzelheiten für die Spendenaktion zu jonglieren, aber das schien ein guter Zeitpunkt, um zu fragen. „Also würde ein Event, das etwa eineinhalb Stunden geht, die Leute zum Kommen bewegen?“

„Wenn es dabei was zu essen gibt, auf jeden Fall."

„Pie? Kuchen? Plätzchen? Würde das reichen?" Es war eine machbare Lösung für ein Problem mit der Spendenaktion, über das sich Madison noch Sorgen gemacht hatte.

„Wenn du was Süßes und ein Heißgetränk anbietest, wirst du Interesse wecken." Brooke musterte sie. „Das hast du denn vor?"

„Das wirst du bald rausfinden", versprach Madison. Sie wechselte das Thema. „Ist das für dich auch eine stressige Jahreszeit, Yvette?"

„Ich glaube nicht, dass es als Tierarzt eine Zeit im Jahr gibt, in der es langsamer läuft, um ehrlich zu sein", sagte Yvette.

Alex schlenderte vorbei, schnappte den letzten Teil der Unterhaltung auf. „Die Katzenjagd, die du heute in der Scheune veranstaltet hast, schien mir nicht zu anstrengend. Süß, aber nicht sonderlich stressig."

Yvette hob eine Augenbraue „Spionierst du mir nach?"

„Ich arbeite", erwiderte Alex. „Bin immer beschäftigt als Ranchhelfer, du weißt schon. Mit Dingen, die größer sind als Kätzchen."

„Tierärzte arbeiten mit *allen* Tieren, denn das ist eben unser Talent", sagte Yvette trocken und wandte Alex den Rücken zu. „Ich hoffe, du hast deine Zeit bei den Ziegen genossen, da das ja dein Expertenbereich ist. Oder waren es heute Esel?"

Brooke schnaubte, bevor sie eine Hand vors Gesicht hob.

Alex grinste gut gelaunt. „Es ist doch nichts falsch daran, jemand zu sein, der sich um Kätzchen kümmert." Er beäugte Yvette von oben bis unten, bevor er ging.

Madison neigte den Kopf zu dem Cowboy hin. „Worum ging es denn da?"

„Bei ihm und Yvette läuft irgendwas, aber keiner von uns ist sicher, was", erklärte Brooke. „Sie streiten über alles, etwa welche Art von Makkaroni mit Käse am besten ist, und solche seltsamen Kommentare über Kätzchen."

„Er ist unmöglich", sagte Yvette. „Und wir haben nichts am Laufen."

Brooke versuchte verzweifelt, nicht zu lächeln. Sobald Yvette wieder beschäftigt war, beugte sie sich herüber und sagte leise: „Sie mag ihn schon, aber er erwischt sie ständig auf dem falschen Fuß. Irgendwann werden die beiden in Flammen aufgehen wie Nitroglyzerin. Darauf wette ich."

„Warum machst du ständig Kommentare, zu denen Explosionen und/oder Feuer gehören?" Mack erschauerte gespielt, als er sich ihnen anschloss.

„Weil es einfach so viel Spaß macht, dich zu ärgern, Honigkuchen", sagte Brooke süß, bevor sie die Arme um seinen Hals legte und sich anschickte, ihm einen Kuss zu geben.

„Autsch." Mack trat rasch zurück. „Dieser Pulli ist nicht dafür geschaffen, sich öffentlich seine Zuneigung zu bekunden."

Die Kisten auf dem Tisch waren fast leer, und der Stapel an der Tür war riesig. Leute zogen ihre Jacken an, um die vollen Körbe in die Trucks zu verfrachten, die draußen geparkt waren, und alle kamen zu einem letzten Getränk und einem Snack wieder herein, bevor sie aufbrachen.

Ryan wies sie an, zu den jetzt leeren Tischen zu gehen. „Wir haben heiße Schokolade und Ingwerplätzchen, bevor ihr geht. Vielen Dank euch allen, dass ihr euch Zeit genommen habt, uns zu helfen."

Madison fing seinen Blick auf, und er nickte und holte sie vor.

Sie winkte in die Runde, als die Gruppe sich niederließ, sie wurde angelächelt, während alle ihren Pulli betrachteten. „Bevor ihr geht, habe ich noch eine letzte Sache mitzuteilen, was den Heart Falls Hope Fund angeht. Während ich zu

Besuch bin, war Ryan so großzügig, mir zu gestatten, mich in sein Leben einzumischen, was bedeutet, dass ich mich vermutlich auch bei euch einmische."

Gelächter ging durch den ganzen Raum.

Madison schaute ihre neuen Freundinnen im Raum an und sah sowohl Brooke als auch Yvette mit einem Lächeln, wenn auch mit einer großen Portion Neugier auf den Gesichtern.

„Mir ist klargemacht worden, dass das eine stressige Jahreszeit ist, aber es ist auch eine tolle Zeit für uns, um dankbar zu sein und Leuten zu helfen, die es brauchen. Genauso wie ihr es heute Abend gemacht habt, in dem ihr geholfen habt, die Körbe zusammenzustellen, hoffe ich, ihr habt vielleicht Interesse an einer witzigen Art, ein bisschen Geld in den Topf zu spülen, damit wir nächstes Jahr richtig loslegen können."

„Solltest du nicht Klinken putzen, wenn du uns um Geld bittest?", fragte Alex.

„Wenn du willst, putze ich Klinken, aber wir haben eine Idee, die sogar noch mehr Spaß macht und zu der mehr Leute kommen können. Falls ihr Interesse am Helfen habt, oder sogar etwas neugierig darauf seid, herauszufinden, wie peinlich genau das womöglich für die anderen werden könnte, schreibt eure E-Mail hier hin. Ich stelle im Augenblick die Details zusammen und werde euch wissen lassen, sobald alles abgeschlossen ist. Das eine, was ich versprechen kann, ist, dass das Event am 21. Dezember stattfindet, und zwar von sechs Uhr abends an."

Sie hielt das Blatt, mit dem sie in der Luft gewedelt hatte, Ryan hin, und er ging los, um es im Raum herum zu reichen, dazu kam ein Stift.

„Dazu gehört keine harte Arbeit, oder?", fragte jemand.

„Ist doch nichts Neckisches, oder?"

Es wurde ein paarmal gelacht, und ein paar Mal mehr, als jemand anfügte „neckisch oder nichts". Da bekam er einen Schlag mit dem Handrücken und noch viel mehr Gelächter.

„Ihr wollt Einzelheiten? Ihr seid so anstrengend", sagte Madison mit einem Grinsen. „Denkt an jemanden, den ihr kennt und mögt, oben auf der Bühne, vor ganz Heart Falls – während der- oder diejenige seinen Top-„wie ich es liebe, eine Kuh zu sein"-Ausdruckstanz zum Besten gibt." Ein herzliches Lachen brach in der Menge aus. Sie hob eine Hand, um den Rest der Fragen abzuhalten. „Ich sauge mir das aus dem Stegreif aus den Fingern. Aber ich verspreche euch, bis Montag werdet ihr *genau* wissen, wie viel es euch kostet, eure Freunde verlegen zu machen."

„Klingt vielversprechend." Das kam von Alex. In seinen Augen glitzerte es böse, während sein Blick durch den Raum schweifte. Madison folgte ihm, um zu entdecken, dass er Yvette beobachtete.

Du liebe Zeit. Das würde interessant werden.

10

Nicht alle, die gekommen waren, um mit den Körben zu helfen, gingen. Einige von ihnen blieben, sobald die Türen des Pubs sich offiziell öffneten, tanzten und tranken und genossen die Gesellschaft der anderen.

Sie sprachen auch über die Spendenaktion, und letztlich hängte Ryan Blätter zum Eintragen an verschiedenen Stellen in der Bar auf. Die Neugier stieg, und es wurde viel gegrinst, während er und Madison bis Mitternacht arbeiteten.

„Mach dir nicht die Mühe, morgen Vormittag reinzukommen", erklärte ihm Grace. Sie winkte bei seinem Protest ab. „Ich habe mich durchs Inventar gearbeitet; ich werde die Bestellungen für nächste Woche eingeben. Ich habe vor, im Januar um Urlaub zu bitten, aber lass mich dich jetzt verwöhnen, damit du nicht Nein sagen kannst."

„Du bist ein Schatz", versicherte ihr Ryan. „Wir machen deinen Urlaub klar. Aber vorerst ist es nett, etwas Zeit zusätzlich mit Madison zu haben."

„Das dachte ich mir doch", sagte Grace mit einem Lächeln.

Sie winkte Madison zu. „Vielen Dank. Es war gut, deine Hilfe hinter dem Tresen zu haben."

Die Menge bewegte sich, die Hände erhoben, während etliche Bestellungen gerufen wurden.

Ryan nahm Madison an der Hand und zog sie weg, bevor sie beide noch mitten im Getümmel landeten.

Madison stieß einen großen Seufzer aus, als sie sich auf dem Trucksitz entspannte. „Ich liebe die Aufregung, in einer Bar zu arbeiten, aber es wird schon laut. Es ist so schön, einfach nur Ruhe haben zu können."

„Du stellst dich gut an mit Leuten", erklärte ihr Ryan. „Ich meine, das wusste ich, aber ich habe irgendwie vergessen, dass du schon so ein Rattenfänger bist. Nur mit Leuten, nicht Ratten."

„Ach, komm schon. Ich bin der echte Rattenfänger, der die ganzen Kinder weggelockt hat." Madison drehte den Kopf und lächelte müde. „Wir sollten einfach darüber schlafen und uns morgen früh eine neue Metapher einfallen lassen."

Die tolle Idee am Vormittag war eine Einladung, um sich seinen Freunden im *Buns and Roses* anzuschließen. Zum Glück am späten Vormittag. Sie schliefen beide wieder lang und schafften es nur wenige Minuten vorher zum Treffen um zehn Uhr ins Café.

„Mack und ich laden euch alle ein", sagte Brooke, die Madison an der Hand nahm, bevor sie sich auf einen Stuhl setzen konnte. „Aber die Damen dürfen entscheiden, was wir essen. Kommt schon."

Es war erheiternd, zu sehen, wie Madison einen Arm durch den von Yvette gleiten ließ, dicht herangezogen, während sie die Speisekarte an der Wand musterten.

„Also." Alex beugte sich zu Ryan.

Ryan wartete, aber Alex machte gar nichts, außer den Blick

zwischen Ryan und dem Ort, wo Madison lachend bei den anderen Frauen stand, hin und her huschen zu lassen.

Oh. Oh, *nein*. Die ganze Sache, dass er sich unerwartet zu Madison hingezogen fühlte, war kein Punkt, den er mit irgendwem besprechen würde.

Ryan sorgte dafür, dass seine Miene neutral blieb. „Hattest du eine Frage, oder hast du einen Tick am Auge entwickelt, den man mal checken lassen muss?"

„Ich habe mich nur gefragt, wie das Wiedersehen so läuft." Alex hob die Augenbrauen. Mehrfach. Moment – er wackelte damit.

Du liebe Zeit. „Wir sind nur Freunde", beharrte Ryan.

Alex neigte das Kinn. „Was immer du sagst."

„Du bist ein Esel", murmelte Mack, der sich so weit mit seinem Stuhl zurücklehnte, dass Ryan dachte, er würde gleich umkippen.

Ryan folgte dem Blick des Mannes, um festzustellen, dass Mack die Hüften seiner Frau ansah, die am Tresen stand. „Hör auf zu sabbern." Ryan stieß seinen Freund in den Arm. „Und hör auf zu starren. Dieses Gaffen ist echt unter deiner Würde."

„Würde war heute Morgen nicht unter mir", sagte Mack leise, ein zufriedenes Seufzen entwischte ihm, als er Brooke beäugte. Einen Augenblick später ließen sowohl Ryan als auch Alex die Hände schwer auf ihn einschlagen, und Mack hob mit einem Lachen die Arme. „Hey. Ich kann noch nicht anders, als euch meine wunderbare Vernunft darzulegen, dass ich eine tolle Frau gefunden habe."

„Du kannst anders. Versuch es", warnte ihn Alex. Er beugte sich vor. „Außerdem will ich beim nächsten Mal, wenn du mir sagst, ich soll zum Frühstücken kommen, vorgewarnt werden, dass du auch diese Frau einlädst."

Mack wirkte kurzzeitig verwirrt. „Yvette?"

Alex verzog das Gesicht. Schaute hinüber zu Ryan.

Schaute auf, um sicherzustellen, dass die Damen immer noch am Tresen standen, bevor er sich vorbeugte und die Stimme senkte. „Sie steht auf mich."

„Du meinst, sie versteht dich nicht", verbesserte Mack. „Ich glaube, das hat Brooke mir erzählt."

Ryan wischte sich über den Mund und versuchte, seine Erheiterung zu verstecken.

Alex schüttelte angeekelt den Kopf. „Und du hast mich trotzdem gebeten, mit ihr zum Frühstück zu kommen?"

Mack zuckte mit den Schultern. „Ich habe gern deine Gesellschaft. Ich bin mir zwar im Augenblick nicht ganz sicher, warum, aber trotzdem. Brooke mag die von Yvette. Komm drüber weg."

„Sie widerspricht mir ständig", beschwerte sich Alex.

Ryan dachte einen Ausblick darüber nach, dann schüttelte er den Kopf. „Eigentlich glaube ich irgendwie, dass *du* das mit ihr machst."

„Vielleicht macht ihr es miteinander", schlug Mack vor. Er senkte warnend die Stimme. „Macht es nur nicht, während wir frühstücken. Ganz einfach. Sei nett."

Das klang wie ein Befehl. Alex schüttelte den Kopf, seufzte aber übertrieben. „Ich werde ein Pfeiler der Tugend sein", versprach er.

Am Tisch hinter ihnen sah Ryan Sonora Fallen. Die ältere Frau, die Oma von Tansy und Rose, nippte zufrieden am Kaffee, während sie an einem Muffin knabberte und etwas auf dem Handy las.

Ein gemütlicher Vormittag im Café. Ryan lächelte. Er würde Madison die Frau vorstellen müssen, die auch für die Tierrettung vor Ort verantwortlich war.

Es dauerte einen Augenblick, bis Ryan klar wurde, dass der ältere Mann, der mit dem Rücken zu Sonora saß, kein anderer war als Ashton Stewart. Ryan zögerte, bevor er ihn ansprach.

Ashton musste doch wissen, dass sie da waren. Die Ankunft ihrer Sechsergruppe – darunter Ryan, Mack und Alex – war nicht so leise gewesen, dass man sie überhören konnte. Es gab bestimmt einen Grund, weshalb der andere freiwillige Schichtleiter bei der Feuerwehr nicht zumindest guten Morgen gesagt hatte. Stattdessen starrte er resolut auf seinen Teller, schnitt sein Frühstück klein und schaute stumm ins Leere, während er aß.

Bevor Ryan beschließen konnte, was zu tun war, kehrten die Mädchen mit der ersten Runde Essen und Getränke zurück. Madison ließ sich neben ihm nieder, und Yvette neben ihr. Das bedeutete, dass sie zu sechst im Kreis saßen, die drei Männer auf einer Seite des Tisches, die drei Frauen gegenüber.

Zumindest hielt das Alex und Yvette getrennt, damit sie nicht so was Kindisches tun konnten wie einander mit der Gabel piken.

„Quiche mit Speck und Käse, Muffins mit Frischkäse und Kürbis, und irgendwas mit Ingwer", sagte Yvette, die auf alles deutete. „Und später noch Zimtbrötchen. Tansy sagt, in zehn Minuten kommt eine frische Ladung aus dem Ofen."

Alle hauten rein. Sogar Alex schien keine Beschwerden über die Auswahl vor ihm zu haben.

Mack fragte Alex etwas über die Veränderungen auf der Silver Stone Ranch, aber Ryan war mehr daran interessiert, bei den Mädchen mitzuhören. Besonders, als Yvette mit einer Frage anfing, die er Madison schon die ganze Zeit hatte stellen wollen, aber aus irgendeinem Grund war sie ihm ständig entgangen.

„Brooke sagt, du bist unterwegs zu einem neuen Job. Lässt du irgendwelche gebrochenen Herzen hinter dir zurück?", fragte Yvette.

Madison verschluckte sich kurz, bevor sie sich mit einem

Lachen entschuldigte. „Keine Freunde oder Freundinnen. Überhaupt keine romantischen Verstrickungen."

Brooke runzelte die Stirn. „Kein Interesse?"

„Keine Zeit", erklärte Madison, die eines der Kürbismuffins nahm und den Guss mit Frischkäse über die Seite verteilte. Sie schaute auf und fuhr leise fort: „Ich habe geholfen, mich um meine kleinen Brüder zu kümmern, seit mein Dad gestorben ist. Nicht viele Typen wollen mit jemandem zusammen sein, der mit Zwölfjährigen Hausaufgaben macht und sie zum Sportunterricht bringt."

„Verdammt. Das war bestimmt heftig." Brookes Miene blieb düster. „Du hast vorgestern mit deinem Bruder geplaudert."

„Sie sind inzwischen achtzehn, also brauchen sie nur hin und wieder eine lenkende Hand." Madison wirkte etwas unbehaglich. „Es sind gute Jungs. Ich freue mich echt, dass ich auf sie einwirken konnte."

Wenn man bedachte, wie wenig sie über sich sprach, war ihr das sicher peinlich. Ryan drehte sich zur Seite, legte ihr die Hand um die Taille und drückte sie. „Alles in Ordnung?"

Sie neigte den Kopf und lächelte ihn an. „Natürlich. Ich vergesse nur immer wieder, dass das, was für mich normal ist, nicht normal ist. Vielleicht musst du deinen Freunden versichern, dass bei mir alles in Ordnung ist."

Er griff nach oben und tippte ihr auf die Nase. „Mach dir nichts vor, Maddy. Dein Leben ist *nicht* normal, aber es passt zu dir. Du bist ein Rockstar."

Das brachte ihm ein Schnauben von ihr ein.

„Bitte." Sie richtete den Blick auf Alex, der gerade fertig damit war, eine lachende Bemerkung zu Mack zu machen. „Alex. Man hat mir gesagt, ich könnte vielleicht einen guten Ausritt unternehmen, während ich hier bin. Ist das was, worüber ich mit dir reden sollte?"

„Wenn du einen Ausritt auf die Beine stellst, will ich mit“, sagte Brooke, die die Hand hob und begeistert mit den Fingern wackelte.

„Ich auch“, sagte Yvette, bevor sie das Gesicht verzog. „Verdammt, ich kann nicht glauben, dass ich das gerade gesagt habe. Da bin ich dir was schuldig, Alex.“

Alex grinste. „Es ist doch immer gut, wenn ein hübsches Mädchen mir einen Ritt schuldet.“

Die Stille, die sich herabsenkte, war ohrenbetäubend. Ryan war schockiert und unangenehm berührt. Sein Freund war normalerweise kein Arschloch. „Alex. Ich kann nicht glauben, dass du das gerade gesagt hast.“

„Ich kann nicht glauben, dass du das nur kurz gesagt hast, nachdem meine *Frau* dich um einen Gefallen gebeten hat.“ Mack verschränkte die Arme vor seiner riesigen Brust und wirkte äußerst wütend.

Alex neigte den Kopf, um an die Decke zu schauen, seine gebräunte Haut wurde rot. „Na ja, das habe ich doch gar nicht gemeint. Verdammt.“

Einen Augenblick lang war Ryan nicht sicher, was die Frauen erwidern würde, als Yvette plötzlich lachte. „Wirst du etwa *rot*?“

Alex wurde rot. Er wurde auf jeden Fall rot.

„Das war den Ärger nicht wert, den es eingebracht hat.“ Diese Anmerkung kam aus unerwarteter Quelle. Sonora stand an der Seite ihres Tisches und sah Alex missbilligend an. Sie wandte ihren Blick zu den drei Frauen, die bei Ryan saßen. Falten bildeten sich an ihren Augenlidern, als sie lächelte und Madison eine Hand hinhielt. „Ich bin Sonora Fallen. Wenn ihr Drei mal ausreiten wollt, kann ich das einrichten.“

Madison grinste. „Das ist wunderbar. Vielen Dank.“

Yvette spähte immer noch verwundert zu Alex, aber sie antwortete Sonora ebenfalls. „Das ist toll. Sowohl der Ausritt, als auch die Tatsache, dass Alex sich gerade ungefähr *so groß* fühlt."

Sie hielt eine Hand hoch, wo zwischen Zeigefinger und Daumen kaum Platz war.

Er schaute ihr in die Augen, seine Lippen zu einem reuigen Lächeln gewölbt. „Tut mir leid. Ich hatte etwa drei klugscheißerische Kommentare, die gleichzeitig raus wollen, und die haben sich auf ganz schlechte Art miteinander verbunden."

„Dann solltest du vielleicht das Klugscheißen in Zukunft lassen", schlug Yvette geschmeidig vor. Sie wandte sich wieder an Sonora. „Machen wir einen Zeitpunkt aus, der für alle funktioniert."

Die Unterhaltung floss weiter, aber Ryan beobachtete, wie Alex Yvette mit etwas mehr als einfacher Verlegenheit beobachtete, während die Mahlzeit zu Ende ging.

Madison lehnte sich an Ryan. „Es ist echt schwer, mit dem Stiefel im Mund zu reden", fiel ihr auf. „Yvette ist nicht wütend. Falls du deinem Freund das versichern willst, bevor er sich noch verletzt, indem er versucht, diesen Schlamassel zu entwirren."

„Vielleicht hat er es verdient, arbeiten zu müssen, um ihn zu entwirren", flüsterte Ryan zurück.

Aber als sich die Gelegenheit ergab, folgte er ihrem Hinweis und reichte die Anmerkung weiter, fühlte sich ein wenig wie damals in der Mittelstufe, als man Nachrichten weitergereicht hatte, auf denen stand: *magst du mich, ja oder nein.*

Die Zeit mit Madison war niemals langweilig.

∼

Sie schafften es kurz nach Mittag nach Hause zurück. Madison strahlte, weil sie Zeit mit guten Leuten verbracht hatte.

Sogar Alex. Der Arme. Er hätte bei „schone das Pferd, reite den Cowboy", bleiben sollen. Das hatte zumindest Tradition.

„Du hast gute Freunde", sagte sie zu Ryan, während sie ins Wohnzimmer gingen, und sie brach auf dem Sofa zusammen. Sie stützte die Füße auf den Beistelltisch, löste den Knopf ihrer Jeans und verschaffte sich etwas mehr Platz. „Und du hast viel zu viel gutes Essen rund um dich rum, was mich betrifft. Entschuldige mich. Entweder mache ich das, oder ich ziehe mir eine Jogginghose an."

„Mein Haus, dein Haus", erklärte ihr Ryan. Er setzte sich auf den Stuhl neben sie, lehnte sich leicht zurück und stöhnte. „Dieses letzte Zimtbrötchen hätte ich nicht essen sollen."

„Was? Du meinst, vier waren zu viele? Ach, armer Kleiner."

„Hör auf", sagte er mit einem Grinsen zu ihr. Dann wurde seine Miene ernst. „Es tut mir leid, dass das Thema mit deinen Brüdern aufkam."

Sie zögerte. „Welcher Teil denn?"

Er wirkte verwirrt.

„Welcher Teil tut dir denn leid?", fragte sie. „Denn es ist kein Problem. Echt nicht."

Nicht mehr länger entspannt trat Ryan vor. „Madison. Du beschwerst dich niemals, das bewundere ich. Aber du musstest mit der Uni aufhören und nach Hause gehen, um deine Brüder aufzuziehen, und das ist nichts, was die meisten Zwanzigjährigen machen würden."

„Und?"

„Und es ist okay, wenn du ..." Er stutzte. Wirkte verwirrt.

Madison streckte die Arme über den Kopf, zuckte leicht

zurück, weil noch eine Prellung an ihrem Rücken verblieben war. „Ja, das. Siehst du, wenn ich Dinge erwähne, wie etwa, dass ich die Ausbildung aufgegeben habe und nach Hause zurückgegangen bin, um meine Brüder aufzuziehen, nehmen die Leute an, dass ich nach einem von zwei Dingen suche. Entweder will ich Mitgefühl, oder ich will Belohnungen. Aber Ryan?" Sie schaute ihm in die Augen. „Ich brauche keines von diesen Dingen. Dad ist gestorben, und meine Mom war eine Weile kaputt. Sie sind meine Familie, und sie haben mich gebraucht. Das ist alles, was da dran ist."

Er war auf den Beinen, ging auf und ab.

Beide blieben sie still, Madison, weil sie alles gesagt hatte, was sie sagen musste, und Ryan, weil ...

Vielleicht schlug er sich mit seinem eigenen Päckchen herum. Sie wollte keine voreiligen Annahmen treffen.

Als er plötzlich stehen blieb und sich auf die Couch neben sie setzte, waren seine Augen feucht.

„Ich brauche eine Umarmung." Er sagte es leise. Sogar widerstrebend.

Sie öffnete die Arme.

Einen Augenblick später riss er sie einfach an ihn, wand sich, bis sie Seite an Seite waren, und sie an ihm lehnte, mit einer Hand auf seinem Herzen. Ineinander verstrickt, gerade genug, dass es die faulste Umarmung aller Zeiten war, und doch kostbar und perfekt.

Ihr Ohr lag an seiner Schulter, und unter ihrer Handfläche wurde sein Herzschlag langsamer. Ausgeglichener. Sie tätschelte ihn sanft. „Wir sind zwei Leute, die das richtig hinkriegen wollen. Die versuchen, das Richtige zu tun, mit dem Blatt, das uns gegeben wurde."

„Mir gefällt nicht, was mir gegeben wurde", flüsterte Ryan an ihrem Ohr. „Das denke ich, und dann will ich mich wieder zusammenreißen. Denn obwohl meine Zeit mit Justina kurz war, war sie kostbar. Sie hat mir Talia geschenkt. Wie kann ich mir das nicht wünschen?"

„Ich verstehe es. Ach, meine Güte, ich verstehe es." Madison war schockiert, als sie feststellte, dass ihre Stimme bebte. „Wäre mein Dad nicht gestorben, wäre meine Welt eine andere gewesen. Ich hätte mit dir das College beendet. Wer weiß, was ich jetzt arbeiten würde?"

Ryan strich mit den Fingern durch ihre Haare, streichelte sie. Beruhigte sie.

Das war eine Gelegenheit in einer Million, dass sie tatsächlich diese Dinge sagte, denn er war der einzige Mensch, mit dem sie darüber reden konnte.

Sie holte Luft. „Hätte meine Mom keinen Zusammenbruch gehabt, wäre meine Welt anders gewesen. Ich hätte zurück zur Schule gehen können. Hätte vielleicht einen Freund haben können. Vielleicht hätte ich mich verliebt."

Das waren all die Was-wäre-wenn-Momente, die sie sich in harten Zeiten erträumt hatte, aber jedes Mal kam sie zurück zu der einen Wahrheit, die sie sich weigerte, loszulassen.

Madison legte den Kopf zurück, bis sie Ryan in die Augen schauen konnte. „Anstatt jener Welten habe ich diese. Ich habe die Freude, dass ich weiß, dass meine Mom so ziemlich hundertprozentig wiederhergestellt ist. Ich habe zwei Brüder, die ich in diesem ursprünglichen Alternativuniversum vermutlich nicht mal kennen würde, weil ich weg gewesen wäre. Mit unserem Altersunterschied, wäre ich woanders gewesen, hätte erwachsenes Zeug gemacht, anstatt ihnen an den ersten Tagen der Schule zu helfen, Mittagessen einzupacken und ihnen beizubringen, wie man Fahrrad fährt. Und obwohl es seltsam ist, es zu sagen, denn ich kann die Vergangenheit nicht ändern, ich *würde* sie auch nicht verändern, in dem Wissen, wo wir gelandet sind."

Ryan nickte langsam, dachte nach.

Madison tippte ihm kurz auf die Brust, dann wandte sie sich zur Seite, ging zur Küche, um ein Tempo zu holen, damit sie sich über die Augen wischen und die Nase putzen konnte. Tolle Unterhaltungen, die einen als aufgelöstes Häufchen Elend zurückließen, hätten doch ein Warnschild haben sollen, damit man die Putzutensilien in der Nähe hatte.

Sie lächelte, als Ryan auch nach einem Taschentuch griff.

Sie standen in der Küche, holten tief Luft und versuchten, sich wieder zusammenzureißen.

„Ich bin froh, dass du Talia und diese ganzen tollen Freunde hast. Ich freue mich echt für dich", sagte Madison aufrichtig.

Ryan neigte das Kinn, schaute irgendwie die Nähe ihrer Füße. „Ich war manchmal um deinetwillen wütend", gab er zu. „Dass du weg warst, und dich um deine Brüder gekümmert hast, anstatt dein Leben leben zu dürfen."

„Aber es *war* mein Leben", erklärte Madison. „Es gibt eine Menge Menschen auf der Welt, die normale Dinge tun, weil es das Richtige ist, sie zu tun. Wie du, der Talia allein aufzieht. Sie zum Ballettunterricht bringt. Sicherstellt, dass sie ein Tutu hat."

„Ein *pinkes* Tutu", erklärte Ryan.

Allein die Art, wie er es sagte, brachte Madison zum Lachen. Sie konnte sich Talia vorstellen, hörte ihre Stimme, wie sie auf die Farbe beharrte. Sie konnte sehen, wie Ryan geduldig sicherstellte, dass es so kam.

Madison nahm ihn an der Hand und hielt sie zwischen ihnen. „Und all diese normalen Dinge reihen sich auf, um etwas Außergewöhnliches zu werden, wenn es ans Eingemachte geht. Ryan, keiner von uns versucht, ein Held zu sein. Wir versuchen nur, glücklich zu sein und unsere Familien wachsen zu lassen. Einen Tag nach dem anderen."

Er strich mit den Handknöcheln über ihre Wange. Wischte

eine weitere Träne weg, die herabgelaufen war. „Du bist ganz schön klug für eine ohne Universitätsabschluss."

Sie schnappte scharf nach Luft, lachte und war wieder geerdet. „Du bist ziemlich klug für einen Barkeeper."

Sie standen da, die Wahrheit der letzten Augenblicke brachte sie schnell und fest zusammen, genauso ihre Freundschaft, die vor so vielen Jahren begonnen hatte.

Etwas veränderte sich. Drehte sich wie ein Schlüssel im Schloss.

Sie schauten einander an, nur Zentimeter voneinander entfernt. Madison spürte die Wärme, die von seinem Körper ausströmte. Selbst ohne Kontakt hatte er eine Wirkung auf sie.

Sie konnte sich nicht bewegen.

Sie musste sich bewegen. Wenn sie dort blieb, würde sie etwas tun, das sie bedauern würde.

Ryans Finger senkten sich, um sich um ihren Arm zu legen, drückten sie, bevor sie losließen. Sie holte tief Luft, gleichzeitig enttäuscht und dankbar, dass zumindest einer von ihnen nicht komplett den Sinn für die Realität verloren hatte.

Aber dann glitten seine Hände über ihre Haut. Um ihren Arm und auf ihren Rücken. Seine große Handfläche senkte sich auf ihren unteren Rücken, und sein Blick blieb fest auf ihren gerichtet.

Nein, Moment. Er schaute auf ihre Lippen, und sie konnte nicht atmen. Konnte ihre Lunge nicht weiter öffnen als halb, was bereits zu weit war, denn der Druck in ihrem Rücken hatte diesen Zentimeter zwischen ihnen ausgelöscht.

Die ganze Vorderseite ihres Oberkörpers und seines war in Kontakt. Feste Muskeln drücken an ihre Brüste, ihren Bauch, ihre Hüften. Es schien, als wären ihre Nippel genauso begeistert, darauf zu reagieren, da sie hart wurden und sich innen an ihren BH pressten.

Mit wirbelnden Gedanken, während sich alles um sie

drehte, dachte Madison immer noch, dass vielleicht nichts passieren würde.

Er nahm sie mit einer freien Hand am Kinn, hielt sie unbeweglich fest. „Sag Nein, wenn du das nicht willst."

Nichts machte sich bemerkbar, bis auf ein dumpfes Pochen tief in ihrem Inneren. „Das?"

Die Tatsache, dass er sie verwirrt hatte, schien ihn zu erheitern, und seine Lippen wölbten sich. „Ein Kuss, Madison. Ich werde dich küssen."

Seine Aussage hätte trocken oder erheiternd wirken sollen, aber der einzige Gedanke, der in ihrem Gehirn herum ging, war simpel. „Weshalb um alle Welt sollte ich das nicht wollen?"

Sie war nicht sicher, wer sich als erstes bewegte, aber seine Lippen waren auf ihren, sie hatte die Arme um ihn gelegt, und sie beide stürzten sich darauf, wie ein ausgetrockneter Mensch nach einer Dürre.

Ryan ließ die Hand an ihrem Kinn um die Rückseite ihres Kopfes gleiten. Er hielt sie reglos, während er den Kuss vertiefte, an ihrer Unterlippe saugte, bevor er mit seiner Zunge an ihrer spielte.

Einen Augenblick später fand sich Madison mit dem Rücken an der Wand wieder, festgenagelt von seinem muskulösen Körper, während der Kuss sich fortsetzte. Er war ganz Zähne, Lippen, Zungen und keuchende Atemzüge, und er war so verdammt gut.

Sie hatte keine Ahnung, weshalb es so lang gedauert hatte, bis sie beide schließlich diesen Schritt getan hatten.

Während sie mit den Fäusten den Stoff seines T-Shirts packte, riss sie es nach oben, um es aus seiner Jeans zu ziehen. In dem Augenblick, in dem sie Platz hatte, drückte sie die Handflächen an seine erhitzte Haut, krümmte die Finger leicht, um ihre Nägel in ihn zu pressen.

Ryan stöhnte in ihrem Mund, richtete sich neu aus, sodass sein Bein sich zwischen ihre presste, Kontakt mit ihrem sehnsüchtigen Geschlecht herstellte, und ihr ein Keuchen von den Lippen riss.

Er hörte nicht auf, sie zu küssen, aber nun wiegten sich seine Hüften, schickten bewusst Druck gegen ihre Klitoris, durch die Schichten aus Stoff, die sie trennten. Madison legte die Hände um seinen Rücken und weiter nach unten, schlüpfte unter den hinteren Rand seiner Jeans. Jedes Mal, wenn er die Hüften anspannte, zogen sich seine Gesäßmuskeln unter ihren Fingerspitzen zusammen.

Lieber Gott, sie wollte ihn nackt, damit sie diese Muskeln in Aktion sehen konnte. Sie wollte die sein, die nackt war, damit die Verbindung zwischen ihnen noch intensiver wurde. Haut an Haut, neckend, noch während sie die Lust auf eine ganz neue Ebene brachten.

Ryans Finger spannten sich in den Haaren hinten an ihrem Kopf an, zogen ihre Lippen auseinander. Er atmete so schwer, dass jeder harsche Atemzug die winzigen Härchen an den Seiten ihres Gesichts pulsieren ließ.

Lust und Verlangen und Bedürftigkeit standen schmerzhaft in seiner Miene. Madison war verdammt sicher, dass alles auf seinem Gesicht auch in ihrem gespiegelt wurde.

Sie wollte sich näher heranbeugen, wollte weitermachen. Sehnte sich nach einem weiteren Happen.

Etwas Dunkles und Verwirrtes blitzte in seinen Augen auf. Ryan ließ los.

Nicht nur das, er schien wegzutreten, nicht nur körperlich, sondern wie eine riesige Wand, die sich zwischen ihnen erhob, auf einer anderen Ebene, während er sich mit der Hand durch die Haare fuhr und stumm durch den Raum lief. „Scheiße."

Sie fand keine Worte. Sie hatte ihn zu nichts gezwungen. Er hatte sie nicht gezwungen.

Er hatte sie gefragt, und sie war ...

Ryan schnappte sich die Jacke aus dem Schrank vorne, schob die Füße in die Stiefel. Er schaute sie nicht an. „Ich hole Talia ab."

Einen Augenblick später war er durch die Tür, kalte Luft streckte eisige Finger zu einer Geisterliebkosung nach ihr aus, eisig an ihrer erhitzten Haut.

Madison ging weg, ihre Atmung immer noch nicht wieder wie sonst, ihr Puls unstet. Ein paar Minuten lang konnte sie nichts tun, außer sich zu bemühen, aufrecht zu bleiben, während sie im Haus auf und ab ging.

Einen schönen Augenblick lang hatte alles in ihrer Welt zusammen gepasst. Ryan zu küssen – in seinen Armen zu sein – war nicht nur genau das Richtige gewesen, sondern das Einzige. Es war, als gäbe es keine anderen Wege, denen sie folgen konnte.

Dann war er gegangen.

Was zum Henker, Ryan?

Sie schüttelte den Kopf, rügte sich für diesen Augenblick des Ärgers. Sie machte ihm wirklich keinen Vorwurf. Nicht für diesen Teil. Diesen Teil kannte sie. Er war nicht vor ihr weggelaufen. Er hatte versucht, zu fliehen vor dem, was er nicht verstand. Versucht, mit dem Schock fertig zu werden.

Verdammt, sie war genauso schockiert. Das bedeutete nicht, dass es nicht hätte passieren sollen.

Aus dem Nichts kam das Verständnis, kristallklar. Sie blieb abrupt stehen und packte die Rückenlehne des Küchenstuhls neben ihr. Die reine Erkenntnis gab ihr einen soliden Platz, auf dem sie stehen konnte, und als ihr Herz und Körper wieder zu etwas zurückfanden, das der Normalität nahekam, atmete Madison zum ersten Mal seit Minuten voll ein.

Sie hatte dieses Gefühl schon einmal erlebt. Diesen

Augenblick, wenn etwas genau stimmte, wenn sie gewusst hatte, was getan werden musste, um das Problem hinzubiegen.

Die Sache, die zwischen ihr und Ryan loderte – das war nicht falsch. Die Freundschaft, die sie gehabt hatten, und was sie von Anfang an zueinander hingezogen hatte, war genau gewesen, was sie damals gebraucht hatten. Dass er sich in Justina verliebt hatte, war richtig gewesen. Es war genau das gewesen, was er an diesem Ort und zu dieser Zeit hatte tun sollen, deshalb hatte sie niemals irgendeine Eifersucht verspürt.

Aber hier? Jetzt?

Wenn sie eine Liste aufstellen sollte mit Frauen, bei denen Ryan überlegen sollte, ob er mit ihnen ausgehen wollte, dann würde darauf nur eine Person stehen.

Sie.

Sie ging ein paar Minuten durchs Haus, räumte hier und da ein bisschen auf, blätterte durch Bücher. Die ganze Zeit rasten ihre Gedanken.

Ryan hatte etwas gespürt. Als ihr Freund hatte er allerdings gedacht, dass er sich nicht auf sie einlassen sollte. Er nahm an, dass sie zu irgendeinem wunderbaren Neubeginn in Toronto unterwegs war, wo sie endlich alles tun durfte, was sie wollte, anstatt festzusitzen.

Was aber, wenn sie genau hier in Heart Falls bei ihm sein wollte?

Es war das, was für sie am besten war, da war sie sich sicher. Am besten für Ryan? Oh, das war auch ziemlich sicher. Sie hatte ihn schon ewig als Freund geliebt.

Es würde etwas anderes sein, mehr als nur Freunde zu sein, aber sie war sicher, dass sie das zusammen schaffen konnten. Sie musste ihn nur wissen lassen, dass sie bereit war, ihre Pläne zu ändern, um mit ihm zusammen zu sein. Um bei ihm und Talia zu bleiben.

Sie konnten ein Paar werden. Sich tief ineinander verlieben.

Eine Familie werden.

Sie erwischte sich beim Lächeln, und die unschuldige Miene der Freude fühlte sich ...

Süß an. Ermutigend.

Sie hatte eine Menge Übung mit dieser Familiensache, und es war etwas, das sie wirklich liebte. Sie hätte sich nie träumen lassen, dass das, was sie in der Vergangenheit getan hatte, vielleicht den Grundstock für jetzt gelegt hatte.

Madison setzte sich auf einen Stuhl mit gerader Lehne am Küchentisch und schaute hinaus auf die verschneiten Felder und betete um Weisheit, um die Zukunft, die sie sich erträumte, wahr werden zu lassen.

11

———

*R*yan befand sich ein gutes Stück außerhalb der Stadtgrenze von Heart Falls, bis sein Puls sich senkte und sein Gehirn sich wieder zuschaltete.

Er war klug genug, um zu merken, dass er es auf eine Million Arten vermasselt hatte, darunter nicht zuletzt, dass er mit Höchstgeschwindigkeit abgehauen war wie ein verängstigter Hase, der von einem Drachen gejagt wurde. Was wohl Madison jetzt gerade dachte?

Obwohl das Teil des Problems war. Keiner von ihnen hatte nachgedacht.

Der Augenblick körperlicher Schwäche war durch das gegenseitige Öffnen herbeigeführt worden, das sie durchgemacht hatten. Diesen Teil konnte Ryan nicht bedauern. Nur den Teil, als er danach die Kontrolle verloren hatte.

Lieber Gott, Madison war bestimmt wütend.

Er schüttelte den Kopf.

Nur ...

Mitten in den wirbelnden Informationen in seinem

144

Verstand wurde ihm eine Sache bewusst. Madison hatte ihm mitgeteilt, dass sie in letzter Zeit keinen Freund gehabt hatte. Hieß das, nicht einmal in zehn Jahren? Denn, *Scheiße*.

Während der Jahre an der Highschool oder am College hatte keiner von ihnen im Zölibat gelebt. Es war ein witziger Zeitvertreib gewesen, einander über ihre Dates aufzuziehen, zumindest, bis ihm Justina vorgestellt worden war, und dann hatte Madison ihn damit aufgezogen, wie heftig und wie schnell er sich verliebt hatte.

Es war nichts witzig daran, für eine lange Zeit mit niemandem intim geworden zu sein. Das wusste Ryan.

Seine Gedanken wanderten, gingen zu seiner ersten Erinnerung an Justina. Es war früher Dezember gewesen, Madison hatte ihn nicht nur mit dem Debakel um den hässlichen Pulli erwischt, sie hatte gewartet, bis er ihn zum ersten Mal anhatte, um die Dinge in Bewegung zu bringen. Hinterrücks hatte sie ein Treffen zwischen ihm und dieser Frau arrangiert, mit der er rein zufällig in einem Gruppenprojekt war. Diese Frau, von der sie rein zufällig dachte, Ryan würde auf sie stehen.

An diesem Tag, als er Justina in die Augen geschaut hatte, hatte Ryan das Gefühl bekommen, er wäre in eine Wand gelaufen. Sie war zierlich gewesen, wunderschön, ihr Lachen ein Sonnenschein – und sie hatte ihn angesehen, als würde sie sich genauso getroffen fühlen. Genauso gefangen davon, in ihn hineingelaufen zu sein.

Bis zu diesem Punkt, wenn jemand Liebe auf den ersten Blick erwähnt hatte, hatte Ryan losgelacht und gesagt, das wäre etwas für Märchen.

Dann hatte er es gespürt. Es erfahren. Wenn man bedachte, dass er und Justina in weniger als einem Monat verlobt gewesen waren, war das Verlieben eines der einfachsten perfektesten Dinge in Ryans Leben gewesen.

Wenn er ehrlich war, war das, was er derzeit für Madison empfand, nicht das gleiche wie dieser magische Augenblick mit Justina. Die Zeit, die er und Madison im Lauf der Jahre zusammen verbracht hatten, hatte alle möglichen Erinnerungen und Gefühle miteinander in Verbindung gesetzt. Teufel, er hätte sogar gesagt, dass er sie lieb hatte, aber er war nicht in sie verliebt. Diese beiden Gefühle waren völlig unterschiedlich.

Aber die Tatsache, dass sie ihm wichtig war, dass er Dinge tun wollte, um sie glücklich zu machen, das war etwas, das ein guter Freund ...

Nein, er war nur ein Bastard, der völlig neben sich stand, denn er versuchte, sich einen Weg einfallen zu lassen, um zu rechtfertigen, sie in sein Bett zu holen. Ganz gleich, wie logisch es war, ganz gleich, dass sie beide Erwachsene mit körperlichen Bedürfnissen waren, sollte er doch nicht ...

Trotzdem wollte er.

Ach, verdammt. Wäre er nicht gefahren, hätte Ryan den Kopf auf das Lenkrad gelegt und die Augen geschlossen.

Er konnte es nicht leugnen – dass es nicht *nur* Lust war, die er spürte. Irgendwie war das pulsierende sexuelle Verlangen mit allen anderen Gefühlen verflochten, die er in ihren gemeinsamen Jahren entwickelt hatte. Trotzdem hatte Madison Pläne, die sie wegführen würden, also war es sinnlos, sich über irgendetwas Sorgen zu machen, das über diese Weihnachtstage hinausging.

Aber während sie da war, während sie bei ihm wohnte. Vielleicht konnten sie ...

Falls *sie* wollte ...

Ryan verdrehte mehr oder weniger die Augen über sich selbst. Er war ein verdammter Erwachsener, und es gab keinen Grund, weshalb er die Worte schönreden oder leugnen sollte. Wenn er zurückkam, würde er sie direkt fragen, ob sie Interesse daran hatte, für die Dauer ihres Aufenthalts etwas mit ihm anzufangen. Einander etwas zu geben, einander glücklich zu machen.

Bedürfnisse zu befriedigen, die er sehr, sehr lange geleugnet hatte.

Die Bilder, die ihm kamen, waren keine, mit denen er sich während einer Fahrt auf einem abgelegenen Teil des Highways beschäftigen wollte. Sich Madison vorzustellen, dicht genug, um sie zu berühren, ihr dieses weiche, lockere Top auszuziehen, das sie gestern getragen hatte. Zu helfen, die Yogahose über ihre Beine hinabzuschieben, jedes Fleckchen Haut zu liebkosen und zu necken, das er freilegte.

Er wollte ihr ihre Neonsocken ausziehen und die Zehen küssen, was ganz genau bewies, wie sehr er in diesem Augenblick neben sich stand.

Jetzt musste er nur noch hoffen, dass er es nicht zu sehr vermasselt hatte, als er aus dem Raum gesprintet war.

Als er mit dem Auto vor dem Haus seiner Eltern vorfuhr, hieß es, tief Luft holen und sich mental neu einstellen. Er hatte heute noch eine Menge Dinge zu tun. Madison zu überzeugen, in sein Bett zu kommen, würde ganz am Ende der Liste stehen müssen.

Seine Tochter kam ihm an der Eingangstür des Hauses entgegen. Talia schaute an ihm vorbei, ihre Miene wurde traurig, als ihr auffiel, dass er allein war. „Wo ist Madison?"

„Sie entspannt sich zu Hause. Wir treffen sie schon bald", rief Ryan seiner Tochter in Erinnerung.

Das Abholen am Sonntagnachmittag war immer ein kürzerer Besuch bei seinen Eltern. Als beste Routine hatte es sich erwiesen, dass Talia und er, wenn sie nach Hause kamen, den Großteil des Nachmittags noch hatten, um sich auf die kommende Woche vorzubereiten.

Ryan machte nicht den Fehler, die Geburtstagsparty auf

der Fahrt zu erwähnen. Er wollte seine ganze Aufmerksamkeit haben, wenn sie das ansprachen.

Bis auf die endlosen Fragen über Madison, die er zum Großteil beantworten konnte, wollte Talia über ihre Freundinnen und das kommende Ballett reden, auf das sie so gespannt war.

In dem Augenblick, als sie nach Hause kamen, raste sie zur Tür, der Rucksack baumelte über ihrer Schulter.

Ryan näherte sich dem Eingang etwas langsamer. Dass er sich entschieden hatte, wie er anpacken sollte, was zwischen ihm und Madison als nächstes kam, beantwortete nur einen Teil seines Problems.

Er musste sich immer noch entschuldigen, dass er ohne eine Erklärung abgehauen war.

Madison schaute vom Sofa auf, als Talia sich nach vorne warf. „Hey, Tornado Talia. Hattest du eine schöne Zeit bei deinen Großeltern?"

„Schon. Du bist nicht gekommen, um mich abzuholen", beschwerte sich Talia.

„Ich hatte hier was zu erledigen", sagte Madison, ihr Blick huschte zu Ryan. Er war von leichter Sorge umwölkt, etwas weniger leichtherzig und freudenvoll, als er es von seiner Freundin erwartete.

Als wäre sie vorsichtig und besorgt, dass er wieder verschwinden könnte. Ja, er hatte es so richtig vermasselt, aber nun, da der Gedanke da war, war er ziemlich sicher, dass er die Dinge zum Besseren wenden konnte.

Sobald sie mal Zeit für sich hatten.

Dieses harte Pulsieren schlug wieder in seinem Innern zu, aber dieses Mal wurde es von einem Gefühl der Vorfreude begleitet. Ryan erwischte sich dabei, schwach zu lächeln, als er sich an seine Tochter wandte.

„Jetzt haben wir Dinge zu erledigen", erinnerte Ryan Talia.

Er schaute auf und schloss dabei Madison mit ein. „Vielleicht kann Madison uns helfen, uns für die Woche vorzubereiten."

Wie erwartet erhob sich Madison und trat vor, die Lippen nach oben gewölbt. Ihr Lächeln war echt. „Klar. Was machen wir?"

Die nächste halbe Stunde war erfüllt von der Vorbereitung von Brotzeitboxen und der Auswahl von Kleidern – das, was man schon vorher erledigen konnte, damit die Vormittage nicht zu chaotisch wurden. Danach setzte sich Ryan mit Talia hin, um sicherzustellen, dass ihre Hausaufgaben erledigt wurden.

Erst als all das getan war, wagte es Ryan, das Thema von Talias Geburtstag anzusprechen.

Er setzte sich in seinen Sessel und zog seine Tochter auf sein Knie. „Wir müssen was rausfinden, und du hast mich ein wenig verwirrt. Also entwirren wir das Ganze doch, okay?"

Talia legte den Kopf schief und wartete.

„Am 25. Dezember ist dein Geburtstag", setzte Ryan an.

Sie unterbrach den Blickkontakt nicht. „Ja."

Dieses eine Mal hatte sie nichts weiter zu sagen. Keine große Hilfe.

Ryan machte vorsichtig weiter. „Normalerweise hast du eine frühe Geburtstagsparty, damit deine Freundinnen kommen können."

Sein süßes kleines Mädchen verschränkte die Arme vor der Brust, starrte aus dem Fenster.

Ja, das war keine Antwort. „Du hast davon gesprochen, dass du das dieses Jahr nicht so machen möchtest. Das liegt ganz bei dir, aber was willst du denn machen, damit der Geburtstag was Besonderes wird?"

Sie öffnete und schloss den Mund ein paar Mal, und dann strömte ein Wasserfall aus Worten aus ihr heraus. „Ich will meinen Geburtstag an meinem Geburtstag feiern. Es ist echt wichtig. Da ich weiß, dass Santa Claus nicht echt ist, brauche ich von ihm keine Geschenke. Ich meine, ich mag Geschenke, aber ich will, dass sie für meinen Geburtstag sind, denn der ist echt. Und ich weiß, dass einige Leute Weihnachten feiern, indem sie in die Kirche gehen, aber wir machen das nicht, und es ist nicht mal Jesus echter Geburtstag. Er wurde im Sommer geboren.“

Ein leises Geräusch kam von Madison. Sie würgte es ab, bevor Ryan herausfinden konnte, ob sie ein Lachen oder ein Keuchen unterdrückt hatte.

Wenn man Madison kannte? Die unverblümt ausgesprochene Wahrheit seiner Tochter hatte sie eher amüsiert als schockiert. Er schaute Madison in die Augen. Es war klar, dass sie um Erlaubnis bat, bevor sie sich anschloss.

Er hieß ihre Hilfe willkommen, aber erst hatte er eine Idee, wie man ansetzen sollte. „Wir können deinen Geburtstag am fünfundzwanzigsten feiern, aber das bedeutet vielleicht, dass wir deine Freundinnen nicht einschließen können. Ich will, dass du dir deine besondere Feier aussuchst, aber ich will nicht, dass du ohne deine Freundinnen traurig bist.“

„Du wirst da sein.“ Talia drehte sich zu Madison um. „Du wirst immer noch zu meinem Geburtstag da sein, oder nicht?“

„Wenn du das willst. Es wäre mir eine Ehre, den Tag deiner Geburt zu feiern“, sagte Madison ernst. „Aber kann ich mal eine Frage stellen? Hat irgendwas daran, die Traditionen aus der ganzen Welt zu erfahren, dazu geführt, dass du verändern willst, wie es dieses Jahr läuft?“

Talias Augen wurden groß wie Untertassen, als wäre Madison eine Zauberin, dass sie diese Worte ausgesprochen hatte.

Offen gesagt hielt Ryan Madison auch so ziemlich für eine Zauberin, dass sie sich irgendwas aus dem Nichts geholt hatte.

„Es bedeutet Pech, den Geburtstag am falschen Tag zu feiern“, beharrte Talia.

„Manche Kulturen glauben das, ja", stimmte Madison zu. „Aber manche feiern auch nicht den Tag, an dem man geboren wurde, sondern einen einzigen Tag, der wie eine Geburtstagsparty für alle ist. Hast du von der Tradition schon gehört?"

Talia schüttelte langsam den Kopf.

Madison sprach ruhig, beugte sich auf den Ellbogen vor, während sie auf dem Sofa saß. „Was du tun kannst, ist, darüber nachzudenken, was für dich *und* deine Freundinnen wichtig ist. Das bedeutet, die Teile der Traditionen zu behalten, die dir gute Erinnerungen verschaffen."

„Wie den hässlichen Pulli, den du und Daddy euch teilt?" Talia hielt sich nicht mehr aufrecht wie eine Statue, sondern lehnte sich an ihn. Sie hörte Madison ganz genau zu.

„Genau. Das ist eine gute Tradition für uns, also haben wir sie behalten. Die Sonderaufführung, bei der du tanzen wirst? Das wird nichts Traditionelles, denn wir ändern sie, damit sie zu Heart Falls passt. Alles, damit es leichter ist, andere glücklich zu machen. Und uns dabei selbst glücklich zu machen."

„Also kann ich immer noch eine Geburtstagsparty haben?", fragte Talia, die verwirrt wirkte.

„Du kannst eine Geburtstagsparty haben", versicherte ihr Ryan, „aber sie ist vielleicht nicht an deinem Geburtstag. Deine Freunde wären sicher unglücklich, wenn sie ihre Weihnachtsfeiern verpassen."

Talia lehnte den Kopf an seine Brust. „Ich weiß nicht, was ich tun soll."

„Das müssen wir jetzt nicht gleich entscheiden. Lassen wir doch die Entscheidung mal ein paar Tage ruhen. Sprechen wir nicht mehr darüber. Außerdem werden Madison und ich sehen, ob uns noch andere Ideen einfallen. Andere

Möglichkeiten, wie du darüber nachdenken kannst. Hilft dir das?"

Sie nickte. „Vielen Dank, Daddy."

Er drückte ihr einen Kuss auf die Stirn. „Ich hab dich lieb, Kleine. Wir kriegen das hin."

Talia schlüpfte von seinem Schoß, lief hinüber zu Madison, warf sich in ihre Arme und drückte sie fest. „Danke dir, Maddy."

In diesem Augenblick war Madisons Gesicht nicht zu deuten. Sie legte die Arme um seine Tochter und erwiderte die feste Umarmung. „Das habe ich doch gern getan. Und dein Daddy ist klug. Wir werden irgendwas hinkriegen, das eine Feier ist, die Spaß macht und genau zu dir passt."

DIE ZEIT TICKTE LANGSAM WEITER. Jede Bewegung, die Ryan machte, ließ Madison zucken wie eine vorsichtige Maus, die zu einem sicheren Versteck strebte.

Es war tatsächlich eine Erleichterung gewesen, sich mit Talias Sorgen wegen ihrer Geburtstagsfeier zu befassen. Madison war zuversichtlich, dass sie es nicht nur würden lösen können, sondern es in etwas Tolles verwandeln – durch ihr Gehirn waberten bereits Ideen.

Aber das war vor ein paar Stunden gewesen, und nun war ihre ganze Aufmerksamkeit wieder auf ein sich hochschraubendes Gefühl gerichtet.

Sobald Talia ins Bett gepackt war, kam Ryan zu Madison. Entschlossenheit stand in seinem Blick, aber mit einer langsamen, betonten Geschwindigkeit, als wäre er besorgt, er würde sie in die Flucht schlagen.

Was witzig war. Sie wusste genau, was sie wollte, aber es ihm tatsächlich zu sagen ...

Nein. Sie fand die Worte nicht. Sie, die den ganzen Schulkorridor zusammen mit Ryan entlang gegangen war, der sie als Ständerblockade benutzt hatte, damit die restliche Klasse nicht sehen konnte, dass er eine Erektion hatte.

Gah. Dass sie an Ryan und Ständer dachte, machte es nur noch schlimmer.

„Madison." Sie schaute auf, um feststellen, dass er einen Schritt vor ihr angehalten hatte. „Wir müssen reden."

Du liebe Güte.

Er nahm sie an der Hand und zog sie zum Sofa. Bevor sie es sich versah, saßen sie zusammen da, ihre Oberschenkel berührten sich. Dicht genug, dass ihr Körper, als er den Arm über den Rücken der Couch legte, zu ihm rutschte.

Instinktiv, oder von einem Teil ihres Verstandes getrieben, den sie nicht kontrollieren konnte, hob Madison die Hand an seine Wange. Ihre Handfläche streifte die schwachen Bartstoppeln auf seiner Haut.

Wäre sie nicht so nahe dran gewesen, hätte sie ihn nicht so genau beobachtet, wäre es ihr entgangen. Ein ganz leichtes Beben, das Aufblitzen von Verlangen in seinen Augen.

Als er die freie Hand hob und sie auf ihre legte, wurde die Anspannung in ihr größer.

Ryan nahm ihre Hand, drückte die Lippen auf ihre Handfläche. Ein Kuss, süß und zart.

Heiß genug, dass Madison sich beinahe selbst in Flammen setzte.

„Es tut mir leid, dass ich heute Nachmittag vor dir weggelaufen bin", flüsterte er.

„Gott sei es gedankt, dass du dich nicht gerade entschuldigt hast, dass du mich geküsst hast", sagte Madison irgendwo zwischen einem Versuch, die Anspannung zu lockern und die pure, ehrliche Wahrheit herausplatzen zu lassen.

Er legte den Kopf schief. „Ich will mich nicht beschweren, dass ich das tue, was ich wirklich möchte."

Wieder küsste er ihre Handfläche, dann jede Fingerspitze. Als er die Hand bewegte, damit seine Lippen ihr Handgelenk fanden, atmete Madison nicht mehr so gleichmäßig.

Er legte ihre Hand auf seinen Oberschenkel. Plötzlich waren ihre Münder nur noch einen Zentimeter voneinander entfernt. Die Lippen so nahe, dass sie seine Luft atmete. „Ryan."

„Ich werde nicht wieder abhauen", sagte er.

Für sie passte das. „Gut."

Sie schloss den Abstand.

Anders als vorhin am Nachmittag fing der Kuss langsam an und blieb auch so. Ein Fest für alle Sinne, denn dazu gehörte, dass Ryans Geruch in sie eindrang, ihre Nervenenden zum Prickeln brachte. Diesmal ein bewusstes Schmecken – eines, das man genießen konnte.

Seine Zunge neckte sie dort, wo ihre Lippen aufeinandertrafen, und sie öffnete sie. Dann kam ein leichtes Schnellen durch ihre Lippen, als würde er an einem teuren Likör nippen und ihn nicht verschwenden oder die Erfahrung übereilen wollen.

Unter ihren Fingern war sein Oberschenkel hart geworden. Sie gestattete sich eine Berührung. Eine Liebkosung. Sie ließ die Hand höher gleiten, über seine Hüfte hinweg, während sie nur ein kleines Stückchen näher rückte.

Er stöhnte, und das Geräusch ließ ein Beben durch sie hindurchgehen. Sie hatte Sehnsucht, dieses weiche Flattern tief in ihrem Bauch, aus dem ein stetiger Trommelschlag wurde.

So gut es war, Madison war sich immer noch bewusst, wo sie sich befanden. Wie viel sie noch zueinander sagen mussten, ganz gleich, wie wichtig es war, Ryan zu küssen.

Sie schob die andere Hand seine Brust hinauf, gerade genug Druck, um den Kontakt zwischen ihren Lippen zu unterbrechen.

Seine Pupillen waren riesig, während er ihr Gesicht musterte. „Wir müssen reden, oder?"

Sie nickte, Erheiterung machte sich breit. „Und das sollte nicht hier passieren. Talia."

Der raschen Änderung seines Gesichtsausdrucks entnahm sie, dass Ryan völlig vergessen hatte, dass womöglich seine Tochter bei ihnen hereinplatzen konnte. Was etwas Gutes darüber aussagte, wie sehr es ihm gefallen hatte, sie zu küssen, aber trotzdem – nein.

Er rückte ab, seine Finger verschränkt in ihren, während er sie in seinem Schoß ließ. „Mir ist auf dem Weg, als ich Talia abgeholt hatte, etwas klar geworden. Ich glaube, wir beide suchen nach etwas. Ich höre auf, wenn du das willst, aber ich hoffe, das tust du nicht."

Es war nötig, direkt Fakten zu schaffen. „Ich will dich", gestand Madison.

Er schloss die Augen, dieses Beben lief abermals über ihn hinweg. „*Fuck.*"

„Das ist äußerst unverblümt." Madison ließ die Finger über seine gleiten. Machte Kreise auf seinem Handrücken mit den Fingerspitzen. Seinen Unterarm hinauf. Diese sexy, muskulösen Arme, die sie erst gestern beäugt hatte. Und vorgestern.

Und eine Menge Tage vorher auch, wenn sie ehrlich war.

Ryan beugte sich vor und strich mit der Wange über ihre. Zog sich mit einer Liebkosung zurück, die von den Bartstoppeln aufgeraut wurde, dann küsste er sie wieder, immer noch sanft und zart. „Ich will dich. Nicht nur, weil ich mich nach einer Berührung sehne, sondern weil ich dich berühren möchte. Ich will dir ein Lächeln aufs Gesicht zaubern, Maddy. Ich will meine

Finger auf deiner Haut, um dich zu necken und zu streicheln, bis dir ganz schwindlig wird und du vor Lust schwebst. Ich will dich schmecken, bis du so befriedigt bist, dass du mit einem noch größeren Lächeln als sonst aus meinem Haus rausgehst."

„Kein schlechtes Angebot, Überflieger." Madison warf einen Blick zum Gang, wo die Schlafzimmer waren. „Aber vorsichtig."

„Ja. Wir sind vorsichtig", versprach er.

Sie waren aufgestanden, die Finger immer noch verschränkt. Als Ryan sie in ihr Schlafzimmer führen wollte, neigte sie den Kopf zu seinem Zimmer.

Sie waren drinnen, die Tür hinter sich verschlossen und verriegelt, bevor Ryan sich zu ihr wandte, ein trockenes Lächeln auf dem Gesicht. „Kann ich noch mal sagen, wie froh ich bin, dass du ein größeres Bett bestellt hast?"

Ihre Lippen zuckten. „Himmel, nimmst du da nicht was vorweg?"

Sie legte sich eine Hand auf den Mund, um das Quietschen aufzuhalten, das ihr beinahe entwich, als er sie hochhob und zum Doppelbett trug. Erheiterung funkelte in seinen Augen. „Ich treffe keine Annahmen darüber, wie weit oder wie schnell es geht, aber ich habe gesagt, ich würde dir ein gutes Gefühl geben. Das kann ich auf dieser Matratze machen, kein Problem."

„Gehen wir stattdessen lieber unter die Dusche", schlug Madison vor. Sie hatte ein selbstsüchtiges Motiv. Ryan in all seiner nackten Pracht zu sehen, war nichts, was sie noch weiter hinausschieben wollte.

Er änderte bereitwillig die Richtung, brachte sie ins Bad. Griff hinein, um das Wasser in der Dusche aufzudrehen, bevor er sich ihr neben der Konsole mit den zwei Waschbecken anschloss.

Als Madison ihre Kleidungsschichten ausziehen wollte, nahm Ryan sie an den Handgelenken. „Das ist meine Aufgabe. Ich packe gern Geschenke aus."

„Gut zu wissen." Die Worte kamen etwas atemlos, denn er hatte bereits den Abstand zwischen ihnen überwunden und die Hände unter ihr T-Shirt geschoben. Warme Handflächen fuhren ihren Rücken hinauf.

Madison konnte nicht anders. Sie schloss die Augen und genoss die Berührung. Sein Mund war wieder auf ihrem, küsste sie sanft, knabberte an der Unterlippe, bevor er sanft saugte. Die ganze Zeit bewegten sich seine Hände über ihren Körper. Er öffnete ihren BH, dann griff er nach unten und packte den Stoff ihres T-Shirts, bevor er es ihr langsam über den Kopf zog.

Der geöffnete BH hing schief da, sobald das Shirt weg war, die neongelben Cups und Riemen hielten auf der Haut, waren aber nicht mehr so ausgerichtet, dass sie irgendetwas Brustförmiges gestützt hätten.

„Heiliges Höllenfeuer. *Leuchtende* Farben? Ich dachte, du hättest von deinen Socken gesprochen, Mad, nicht deiner Unterwäsche." Ryans Lächeln ließ etwas nach, als er den BH auszog, und seine Finger auf den schwachen lila und grünen Flecken auf ihrem Körper verharrten. „Tut das noch weh?"

„Furchtbar", log sie. Als sein Blick zu ihrem hochschoss, schob sie die Unterlippe nur ein winziges Stück vor. „Du solltest das alles unbedingt wegküssen."

Eine weitere Ermutigung brauchte er nicht. Und jetzt bedauerte sie den ganzen Vorschlag, unter die Dusche zu gehen, denn es bedeutete, dass sie Muskeln nutzen musste, um aufrecht zu bleiben, als er sich mit dem Mund über sie hermachte.

Er drückte ihr Küsse auf das Schlüsselbein, liebkoste sanft

mit den Fingern ihre Brüste. Der Ausdruck auf seinem Gesicht ...

Unbezahlbar.

„Ich wusste immer, dass meine beste Freundin Brüste hat, aber ich hatte keine Ahnung, dass sie so süß sind." Ryan strich mit den Daumen an die empfindliche Unterseite, und sie bekam eine Gänsehaut. Jeder Rest Kälte verschwand, als er sich vorbeugte und ihre Haut leckte, neckte und berührte und sich Zeit ließ, in endlosen Kreisen, bevor er die Spitzen erreichte, wo sie ihn wollte. Ihn brauchte.

Madison packte ihn am T-Shirt, riss es aus seiner Jeans. Wollte ihn unbedingt genauso nackt machen.

Er hatte wohl gespürt, dass es nicht mehr toll war, sie warten zu lassen, denn er hielt inne in dem, was er tat, um über den Kopf zu greifen, sein T-Shirt zu nehmen und es nach vorne zu zerren. Sie bekam einen kurzen Blick auf wunderschöne Bauchmuskeln, bevor er nach ihr griff, die Daumen unter den Bund ihrer Yogahose schob, sie nach unten über ihre Hüften zerrte, kurz mit den Handflächen innehielt, um ihren Hintern zu halten.

Langsam wurde überbewertet. Madison öffnete seinen Hosenknopf und Reißverschluss, zerrte an seiner Jeans und Unterwäsche. Irgendwie schafften sie es zusammen, dass die Kleidung zu einem Haufen auf dem Boden wurde, und Ryan zog sie in die vernebelte Dusche.

Sie war groß genug, dass sie nebeneinanderstehen und die Aussicht genießen konnten. Der Dampf wurde dicker, aber sie konnte immer noch genug sehen, um seine schmale Hüfte und die muskulösen Beine zu bewundern. Die Art, wie die Wassertropfen von ihrem Körper abprallten und auf seinem landeten, seine Unterarme in glitzernde Meisterwerke verwandelten.

Ryan trat näher und zog sie an ihn, bevor sie mit dem

Bewundern fertig war. Statt der Augen nutzte sie nun ihre Hände, strich ihm über die Seiten hinab, neckte die Adonismuskeln, die sie nach unten führten zu seinem steifen Schwanz, der sich inzwischen an ihre Hüfte drückte.

Ihre Lippen hatten wieder Kontakt, die Küsse würden bedürftiger. Es war nicht peinlich, ganz gleich, wie nass und sogar grob er wurde, als sie beide die Kontrolle verloren. Ryan kniff sie in den Nippel, dann ließ er die Hand rasch an der Seite ihres Körpers hinaufgleiten, bis er sie besitzergreifend packte. Madison keuchte, während er die Fingerspitzen pulsierend in ihre Schamlippen gleiten ließ, mühelos in ihre Feuchte hineinglitt, während ihr Körper ihn willkommen hieß.

Nur ein leicht angepasster Stand, und sie kamen beide ran. Konnten beide necken – konnten nehmen und geben, was sie wollten.

Madison legte die Finger um seinen Schwanz, sanft, während sie ihn erkundete, glitt mit rutschiger Haut über die Härte. Ryans Kopf fiel nach hinten, und er atmete aus, einen langes, tiefes Geräusch, das so deutlich *endlich* sagte, als hätte er Worte benutzt.

Madison verfestigte die Finger, glitt mit der Hilfe des Wassers über ihn. Nahm ihn sich und reizte ihn, während sie den Druck anpasste.

Sie keuchte, als er sich wieder weit genug konzentrieren konnte, um zwei Finger vorsichtig in sie gleiten zu lassen, sein Handballen war direkt über ihrer Klitoris.

Er küsste sie rasch und lächelte. „Ich habe ungefähr fünf Sekunden, wenn du mal richtig loslegst. Also lass mich erst mal spielen."

„Ein Gentleman durch und durch", sagte Madison.

Dieses Grinsen blitzte auf, und er war auf den Knien, und es war nicht seine Handfläche auf ihrer Klitoris, sondern seine

Zunge. Finger streichelten sie innerlich, als hätte er vor, den ganzen Tag dort zu verbringen.

Was eine nette Vorstellung war, aber völlig unnötig. Sie war vielleicht keine fünf Sekunden entfernt, aber sehr, sehr dicht dran.

Sie strich ihm die Haare aus der Stirn, die pure Schönheit, zu beobachten, wie ihr bester Freund ihr auf diese neue, uralte Art etwas gab ...

Der stetige Schlag seiner Zunge, der stetige Pulsieren seiner Finger. Diese Dinge brachten sie dicht dran, aber es waren das Lächeln auf seinem Gesicht und die Tatsache, dass *er* es war, der sie so intim berührte, die sie über den Abgrund schickten. Ihr Körper spannte sie um seine Finger an, winzige Muskeln pulsierten.

„*Ryan*." Sie atmete seinen Namen aus, das Gefühl kam tief aus ihrer Seele. Von irgendwo tief, tief in ihrem Inneren.

Sexuelle Befriedigung wogte durch ihren Körper, mit all den passenden glücklichen Endorphinen. Das war gelaufen wie geschmiert.

Na ja, an der Wortwahl musste sie noch arbeiten.

Ihre Beine bebten, aber sie lachte vor sanfter Erheiterung, als Ryan hochkam, die Arme um sie legte und sie an seinen Körper zog. Madison genoss auch das. Die Muskeln unter ihren Fingern, die Art, wie seine Brust bebte. Besonders, als sie die Finger um seinen steifen Schwanz legte.

Er packte sie an den Haaren und drehte ihr Gesicht zu ihm herauf. Dieser Kuss war nicht so sanft, und als er ihre Lippen beanspruchte, verfestigte sie ihren Griff. Pumpte etwas fester, und einen Augenblick später zog Ryan sich zurück und fluchte. Seine Hüfte pulsierte wie wild, als er sich über ihre Finger ergoss, auf ihrem Bauch. Sein Samen bedeckte sie, während das Wasser auf sie beide herabströmte.

Er lehnte sich an die Wand, zog sie an sich. Einen

Augenblick später hatte er die Dusche neu ausgerichtet, damit sie weiterhin unter dem Wasserstrahl standen.

Dann hielt er sie, bis ihre Atmung sich allmählich beruhigte und ihre Herzen nicht mehr rasten.

Nun gut. Das ganze Abenteuer war etwas unerwartet gewesen, aber so ziemlich alles, was sie sich erhofft hatte. Sie hatte ihn nicht einmal dazu überreden müssen.

Madison legte den Kopf an Ryans Brust. Und träumte.

12

―――――

Es machte Ryan am nächsten Tag einige Mühe, nicht entrückt zu grinsen, als er draußen in der Öffentlichkeit war, um Talia bei der Schule abzusetzen und dann seine normale Tagesschicht im Pub zu absolvieren.

Madison schien es besser damit zu gehen, ihre Reaktion auf die Aktivitäten des Vorabends zu verbergen.

Andererseits wirkte Maddy normalerweise in ihrer äußeren Erscheinung sehr viel glücklicher als er, also war er nicht ganz sicher, welche Veränderungen er zu sehen erwartete.

Sie hatte sich von Talia am Haus verabschiedet und war vor ihnen aufgebrochen, mit der Entschuldigung, dass sie Dinge zu tun hätte. Eines davon war, wie er wusste, sich mit Rose zu treffen, um sich ihre Zustimmung für die Spendenaktions-E-Mail zu holen, bevor sie rausging.

Dass Madison beschäftigt war, war vermutlich auf mehreren Ebenen gut. Falls sie mit ihm zur Feuerwache gekommen wäre, bestünde die Möglichkeit, dass er zu abgelenkt gewesen wäre, weil er sie küssen wollte, und er wäre unbrauchbar gewesen.

Küssen, dann berühren, dann …

Er fluchte, als er in eine Wand lief und sich den kleinen Zeh so fest anstieß, dass das ganze verdammte Ding pulsierte.

Okay, er wollte Sex. Er wollte das genauso wie eine Billion andere Abenteuer mit Madison erleben. Aber er würde es nicht übereilen, es dazu kommen zu lassen.

Es würde gut sein. In dieser Hinsicht hatte er null Bedenken, basierend auf der Tatsache, wie Madison verdammt noch mal fast seine Gedanken gelesen und ihn so perfekt berührt und gereizt hatte …

Und da wurde er schon wieder steif. Ryan legte den Kopf in die Hände und konzentrierte sich darauf, ein paar Mal tief Luft zu holen.

Zum Glück hatte er eine Menge Aufgaben, um sich in der Feuerwache beschäftigt zu halten. Er säuberte und schrubbte, füllte Notfallkästen wieder auf. Alex kam unerwartet am Vormittag kurz vorbei und schloss sich ihm und Mack an, als sie Mittagspause machten.

Mitten beim Erzählen eines Witzes stutzte Mack. „Was ist dein Problem?", fragte er Alex.

Sowohl Ryan als auch Alex blickten auf, leicht schockiert von der raschen Unterbrechung. Ryan, weil er wieder einmal abgelenkt von Tagträumen war, wie er Madison nächstes Mal in eine Ecke drängen und etwas Privatsphäre finden konnte.

Alex, weil …

Ryan runzelte die Stirn. „Du hast recht. Da stimmt was nicht."

„Ach, Schwachsinn. Nur weil er es sagt, stimmt es doch nicht", knurrte Alex.

„Nein, aber die Tatsache, dass du jeden Gegenstand auf dem Tisch mit militärischer Präzision umgestellt hast, darunter die Salz- und Pfefferstreuer, anstatt einfach nur in deinem Stuhl zu hängen wie sonst, während du grinst, weil wir uns um etwas Haltung bemühen ..." Ryan zuckte mit den Schultern. „Spuck es aus."

„Wenn ich eine Zeit lang abwesend bin, könnt ihr mich zurück ins Team holen?", fragte Alex Mack, bevor er einen Blick auf Ryan warf. „Und ich glaube, ich nenne das normalerweise *Stock im Arsch*."

Mack schnaubte, bevor sich den Mund abwischte und leicht mit der Schulter zuckte. „Sollte kein Problem sein. Wie lange brauchst du denn frei?"

„Das ist es ja. Ich weiß es nicht." Alex verzog das Gesicht. „Familienzeug. Ich muss vielleicht eine Weile nach Hause. Silver Stone lässt mich raus, aber ich würde es verabscheuen, hier alles zu vermasseln. Und ich will euch nicht hängen lassen."

Ein Klopfen erklang, Fingerknöchel, die an der Wand neben der Tür trommelten. Ashton Stewart kam in Sicht, seine leuchtenden Augen betrachteten die Versammlung und landeten auf Ryan. „Genau der, den ich sehen wollte."

Während Ashton vortrat, legte Mack eine Hand auf Alex' Arm. „Ich sollte es noch mal überprüfen, aber ein Problem wird das nicht."

Ashton schnappte sich einen Kaffee, bevor er einen Stuhl herauszog und sich neben sie setzte. Er schaute Ryan in die Augen. „Deine Besucherin da. Die ist ein Sack voller Ärger."

Ryan blinzelte. „Madison? Was hat sie denn diesmal angestellt?" Das brachte ihm von den anderen Männern ein Lachen ein.

„Ja, das ist die letzte Bestätigung, dass das für sie normales Verhalten ist." Ashton wedelte mit dem Handy in der Luft. „Ich habe eine E-Mail bekommen. Es scheint, es gibt jemanden Heart Falls, der unbedingt Geld für mich lockermachen will, damit ich auf der Bühne herumhüpfe wie eine Ziege."

Lieber Gott. Diese E-Mail – Madison hatte gesagt, sie würde sie mit Rose durchgehen und sich ihre Zustimmung holen, und dann die Information in der ganzen Stadt streuen.

Das Schreckliche war, plötzlich konnte Ryan sich Ashton vorstellen, wie er ein Paar fellige Ohren trug und mit den Fersen ausschlug. Tatsächlich ...

„Ich würde Geld zahlen, um das zu sehen", stimmte Ryan zu.

Er stürzte sich auf seine E-Mails. Mack und Alex machten es genauso.

Und tatsächlich war eine Nachricht von der Heart Falls Hope Foundation direkt in seinem Posteingang.

Am 21. Dezember wird die Gemeinde von Heart Falls ihre Version von Der Nussknacker *aufführen. Den Nussknacker habt ihr noch nie gesehen? Keine Sorge, unsere Variante wurde einzigartig an euren Standard und eure Bedürfnisse angepasst.*

Als ein Best of der Weihnachtstraditionen von überall wird diese klassische Geschichte von den verschiedenen Talenten aus unserer Gemeinde vorgeführt. Die Star-Ballerinas werden von der Balletttruppe von Heart Falls kommen, die Charity Gruzing unterrichtet.

Wir wollen auch Spenden für den Heart Falls Hope Fund sammeln, und da kommt ihr ins Spiel.

Meldet euch als Freiwilliger oder meldet euch als Spender. Oder beides!

Für alle fünf Dollar, die gespendet werden, erhaltet ihr eine

Stimme. (Freiwilligenstunden, die bereits durchgeführt wurden, und/oder eine Verpflichtung für zukünftige Stunden kann man auch gegen Stimmen eintauschen.)
Stimmt ab und sucht aus, welche Rolle unsere Freiwilligen spielen sollen.

Zum Beispiel, wenn ihr wirklich sehen wollt, wie Brandmeister Bradley Ford auf der Bühne in (unserer eindeutig einzigartigen Variante der) Rolle des Mäusekönigs auftritt, muss er in dieser Kategorie die höchste Gesamtstimmenanzahl bekommen.

Die gewinnenden Darsteller müssen dann:
1: ein angemessenes Kostüm auftreiben. Wir schlagen vor, es zu recyceln oder wiederzuverwerten, nicht zu mieten. Spendet lieber das Geld.

2: einen eigenen maximal zwei Minuten langen Ausdruckstanz (solo oder in einer Gruppe) zu der Musik choreografieren, die man euch zur Verfügung stellt.

Bitte seht euch in diesem Online-Dokument eine Echtzeit-Liste derzeitiger potenzieller Darsteller an, und die Beträge, die auf sie gesetzt wurden, um in dieser Rolle aufzutreten. Das ist eine Spendenaktion, also seid großzügig und verschlagen. Ihr habt eine Woche, um eure Traumbesetzung für dieses epische Ereignis auf die Beine zu stellen. Alle Gebote schließen um drei Uhr nachmittags am Sonntag, den 13. September.

Am Montagmorgen wird die Darstellerliste bekannt gegeben, womit ihr eine Woche habt, um eure Kostüme zu basteln und euren Tanz zu choreografieren. Der Auftritt wird am Montag, den 21. Dezember um 18 Uhr im Heart Falls Gemeindezentrum stattfinden. Für Erwachsene wird eine

*Eintrittsgebühr von fünf Dollar nahegelegt, ist aber nicht
erforderlich.*

*Denkt daran, dieses Ereignis ist familienfreundlich, und es geht
auch um reine Unterhaltung. Man braucht kein Talent.
Begeisterung und ein Gefühl für Humor dagegen schon.*

Ryan klickte sich in das Google-Doc, als Mack gerade ein
wieherndes Lachen ausstieß. „Ashton, tolle Nachrichten.
Mindestens sechsundzwanzig Leute wollen dich wie eine Geiß
herumspringen sehen."

Ashton lehnte sich zurück und verschränkte die Arme vor
der Brust. „Man möchte meinen, einige hätten ein bisschen
mehr Respekt für die Stellung eines Mannes."

Das war verdammt erheiternd. „Du glaubst, das sind alles
Arbeiter auf Silver Stone?"

„Seht mal, siebenundzwanzig", brachte sie Mack auf den
neuesten Stand.

Alex legte sein Handy auf den Tisch und tat so, als würde
er unschuldig aussehen.

Ashton funkelte ihn an.

Alex zuckte mit den Schultern. „Was soll ich sagen? Die
Ranch-E-Mail, die uns zur Teilnahme ermutigt hat, kam
gleichzeitig an, und ich bin doch immer für Teamgeist."

Ryan schaute dem älteren Mann in die Augen. Die Frage,
die Madison früher schon gestellt hatte, ließ Ryan noch einmal
nachfragen, ob seine Antwort richtig gewesen war. „Wenn du
gebeten wirst, wie eine Geiß zu tanzen, machst du es dann?"

„Natürlich mache ich es", sagte Ashton. „Ich bin doch kein
Griesgram ohne Weihnachtsstimmung. Heart Falls ist meine
Heimat, und es ist zum Wohl der Gemeinde."

Bis auf die Tatsache, dass er den ersten Teil mit zu viel
Betonung gesagt hatte, stimmte Ryan dem Gefühl zu.

Mack und Ashton brachen auf, um etwas Konkretes in der Terminplanung abzusprechen. Alex blieb, wo er war, gegenüber von Ryan, die Hand auf den Tisch gedrückt, seine dreiste Haltung war weg. Er schien zu versuchen, herausfinden, was er sagen sollte.

Schließlich spukte er es aus. „Bin ich wirklich ein Arsch, wenn ich mit Yvette rede?"

Wenn der andere Mann es ehrlich wollte? „Du bist kindisch, wenn du um sie herum bist. Irgendwie wie kleine Jungs in der Grundschule, die Mädchen schubsen, die sie mögen."

„Ach, Scheiße." Alex verzog das Gesicht. „Das liegt wohl daran, dass ich sie mag."

„Da keiner von euch zehn Jahre alt ist, ist es vermutlich nicht gerade eine gute Art, um sie dazu zu kriegen, es zu erwidern. Ich sag ja nur", schlug Ryan vor.

Der Mann lehnte sich zurück, seine lungernde Haltung war zurück. „Na ja, da ich sowieso bald die Stadt verlassen werde, macht es nicht viel Sinn, sich über meine Fehler der Vergangenheit Sorgen zu machen. Ich sollte nichts anfangen, was ich nicht beenden kann."

Was genau derselbe Schluss war, zu dem Ryan gekommen war.

Er schaute Alex in die Augen. „Wann brichst du auf?"

„Nicht sicher. Es wird vermutlich irgendwie so ziemlich in letzter Minute sein."

„Aber du kommst zurück?", fragte Ryan.

„Da kannst du sicher sein. Ich habe einen tollen Job auf Silver Stone und gute Freunde hier auf der Wache." Alex nickte langsam. „Für alles andere werde ich wohl warten müssen."

Etwas Unangenehmes machte sich in Ryans Eingeweiden breit. Er konnte es nicht erwarten, nach Hause zu kommen und einen Zeitpunkt und Ort zu finden, um die sexuelle Erkundung mit Madison wieder aufzunehmen. Aber die Wahrheit blieb. Sie ging.

Diese neue Sache, die zwischen ihnen bestand, hatte eigentlich keine Zukunft. Es würde nicht gut sein, wenn er sich Hoffnungen machte.

~

Yvette holte Madison ab. Sie und Brooke warfen eine Münze, um zu sehen, wer von ihnen fahren würde, und die reine Rivalität daran brachte Madison zum Lachen.

Sie verstand es besser, als sie alle drei auf dem Banksitz von Yvettes Truck Platz nahmen, Madison in der Mitte.

Sie beugte sich vor, während Yvette von der Hauptstraße ab und etwas hinauffuhr, das eher wie ein Wildwechsel aussah. „Das ist die Straße?"

„Nicht die Hauptstraße, aber ja." Yvette deutete oben auf die Hügelkette, wo schwächere Wegspuren unter zusammengebackenem Schnee verschwanden. „Das ist die Rückseite von Sonoras Grundstück. Ihr Haus und die Scheune der Tierrettung sind gleich abseits der Hauptstraße."

„Du siehst gleich, weshalb wir auf diesem Weg hinfahren." Brooke tippte Madison auf die Schulter und deutete in eine andere Richtung. „Aber hier ist eine Aussicht, die du genießen solltest. Das ist Silver Stone. Das ganze Land, so ziemlich von unserem Standpunkt bis dorthin, wo der Horizont endet."

„Wow." Für ein Stadtmädchen, das eine Menge Zeit damit verbracht hatte, in einer Wohnung zu leben, als ihre Brüder jung gewesen war, wirkte die Weite wie ein riesiger Flecken Wildnis. „Bitte sag mir, dass das nicht so ein Überlebensevent ist, und ihr lasst mich einfach irgendwo stehen, um rauszufinden, ob ich im Frühling noch lebe."

Brooke beugte sich vor und lächelte Yvette zu. „Dieses Mädchen hat eine teuflische Vorstellungskraft."

„Ich dachte mir das irgendwie schon, als ich herausgefunden habe, dass sie sowohl den Nussknacker als auch Klara in Stoffpuppen verwandelt hat. Oder vielleicht nicht diesen Teil, denn das ist ja halb wie in der echten Geschichte. Aber der Tanz von Kaffee und Tee wurde in Hühner und Pferde umgewandelt? Dafür braucht man schon ein bisschen wilde Fantasie."

Sie blieben an einem Tor stehen, das einen Stacheldrahtzaun hatte. Madison war froh, auf dem Mittelsitz zu sein, als Brooke ihre Tür aufschob und hinaus in den bis zu den Unterschenkeln reichenden Schnee ging.

„Ah. Jetzt verstehe ich. Deshalb wolltest du fahren", beschuldigte Maddy Yvette.

„Schuldig. Aber ich fahre auch gern auf dieser Straße", sagte Yvette.

„Ich halte das immer noch nicht für eine Straße", murmelte Madison. Brooke wartete, bis Yvette durchgefahren war, dann schloss sie das Tor hinter ihnen.

Zwei weitere Tore, und sie waren oben auf dem Hügel, und wieder hinab in ein süßes kleines Tal, das vom Wind abgewandt war. Es gab eine echt kleine Scheune oder einen echt großen Unterstand – Madison wusste nicht genug, um den Unterschied zwischen den beiden zu erkennen.

Eine kleine Gruppe Pferde, bereits gesattelt und bereit zum Reiten, war am hölzernen Geländer rund um die Koppel versammelt. Sonora saß bequem auf ihrem eigenen Pferd, gleich vor dem Unterstand.

Sie winkte sie vor und stieg ab, um sich ihnen anzuschließen, während sie alle aus Yvettes Truck kamen. „Zwei Fliegen mit einer Klappe. Mein Schwiegerenkel hat gesagt, dass die Alten ein bisschen Aufmerksamkeit brauchen."

Ein hochgewachsener Mann mit dunklen Haaren einem sanften Lächeln tippte sich in ihre Richtung an den Hut. „Brooke. Yvette." Er kam vor und hielt ihr eine Hand hin. „Und du bist Madison. Ich bin Walker Stone. Willkommen, und vielen Dank."

„Schön, dich kennenzulernen, und wozu sage ich denn *gern geschehen?"*

Er grinste und schaute dann zu seiner Oma. „Ich habe gehört, dass du diejenige bist, die diesen Tanz da in ein paar Wochen angesetzt hat."

Sonora machte ein missbilligendes Geräusch. „Hast du vor, dich da einzumischen?"

Walker senkte verschwörerisch die Stimme. „Es ist eine zu gute Gelegenheit, als dass ich widerstehen könnte. Außerdem ist es für eine gute Sache. Wann endet noch mal das Bieten genau?"

„Um drei Uhr nachmittags am Sonntag, wenn du also irgendeinen Umsturz anzetteln willst, musst du deinen Angriff ziemlich gut planen", ermutigte ihn Madison. „Und öffne dein Scheckbuch weit."

„Das habe ich alles geplant", sagte Walker mit einem Lächeln, bevor er den Kopf zu den Pferden neigte. „Kommt schon. Sie sind alle begierig darauf, euch kennenzulernen."

Darauf folgte ein kleines bisschen Festtagsperfektion, die Madison nicht erwartet hatte. Obwohl sie wusste, dass sie in einer ländlichen Gemeinde unterwegs war, war Ryan in diesen Teil nicht wirklich involviert, also hatte sie nicht erwartet, Zeit auf einem Pferd genießen zu können.

Walker stellte ihnen die drei alten und ruhigen Pferde vor, von denen er sagte, sie wären im Ruhestand. „Aber sie haben im Lauf der Jahre sehr gut gearbeitet, also ist es nett, sie hin und wieder rauszubringen und die Beine strecken zu lassen."

Madison hatte ein schönes dunkelbraunes Pferd, das ihr

mit der Nase an den Bauch stieß, sodass sie lachte, bis sie die Gelegenheit hatte, ihm die Karotte zu geben, die Walker ihr zugesteckt hatte.

Sie machten auf der Koppel eine oder zwei Runden zur Übung, bevor Walker sie hinaus auf einen Pfad führte, der rund um das kleine geschützte Tal ging.

Sobald die Gruppe an einer ebenen Stelle angelangt war, drehte er sich um und tippte sich dann wieder an den Hut. „Ich werde einfach mal da vorne sein."

Ein paar Minuten später war er weit genug voraus, dass die vier Frauen all die Privatsphäre hatten, die sie sich nur wünschen konnten.

Sonora wiegte sich rhythmisch auf dem Pferd, das ich unter ihr bewegte, Yvette an ihrer Seite, Brooke und Madison direkt hinter ihnen. „Er ist ein guter Junge, mein Schwiegerenkel."

„Alle deine Enkel sind toll", versicherte ihr Brooke. „Tansy nimmt es ganz allein auf sich, alle in der Stadt zu überzeugen, in diesem Winter mindestens eine Hosengröße nach oben zu wandern."

Madison zählte eins und eins zusammen. „Ich wusste nicht, dass Tansy deine Enkelin ist."

„Davon habe ich vier", erklärte Sonora fröhlich. „Die älteste, Ivy, ist mit diesem wunderbaren Mann da vorne verheiratet. Tansy und Rose kennst aus ihrem Laden. Meine jüngste ist weg und treibt sich an einer Kunstschule herum. Fern wird allerdings über die Feiertage da sein. Ich mag es, wenn alle meine Küken in Reichweite sind."

Die Vorstellung von Sonora als Glucke war ziemlich angemessen.

„Wird sie rechtzeitig für den *Nussknacker* zurück in der Stadt sein?", fragte Yvette. Sie drehte sich zu Madison. „Wenn du irgendwas Künstlerisches brauchst, ist sie diejenige, die du fragen solltest."

Das stand auf der To-do-Liste. „Nicht, dass ich voreilige Schlüsse ziehen will, aber kannst du sie für mich rekrutieren, Sonora? Falls sie Zeit hat? Wir brauchen nicht viel, aber ein wenig mehr als meine Zeichenkünste würden schon helfen."

„Natürlich. Ich weiß, sie würde sich freuen." Sonoras Lächeln wurde breiter. „Du weißt doch, wenn Leute genau das tun, was sie tun sollen, macht es sie einfach glücklicher? So ist es bei meiner Enkeltochter, wenn sie Kunst macht."

Diese Philosophie klang ein wenig nach dem, was Madison in Bezug auf sie und Ryan dachte. Mit ihm befreundet zu sein, hatte sie immer glücklich gemacht.

Mehr zu sein – bisher funktionierte das auch gut.

„Ich glaube, sie ist am Fünfzehnten fertig, also werde ich sie wissen lassen, dass sie sich bei dir melden soll." Sonora lehnte sich auf dem Sattelknauf vor und drehte sich, neigte das Kinn zustimmend zu Madison, während sie leicht das Thema änderte. „Mir gefällt es, dass du die Dinge nicht zu schick aufziehst. Mir gefällt es, dass du die Vorstellung angepasst hast, damit sie zu Heart Falls passt."

„Mir auch", stimmte Brooke zu. „Es ist auch toll, dass du es für alle passend gemacht hast, und jedes Alter, um mitzumachen."

„Mir gefällt, dass du es mit einer Spendenaktion verbunden hast." Yvette sagte das langsam, aber als sie sich umdrehte, um zu Madison zu schauen, lächelte sie sie an und zwinkerte ihr zu. „Es ist auf jeden Fall witziger, an die Leute zu denken, die wir kennen und lieben, sodass sie auf der Bühne stehen."

„Jeder, der kein Griesgram ist, wird mitmachen wollen", sagte Sonora bestimmt. „Obwohl ich persönlich, wenn ich eines der Scheunentiere sein sollte, eine Katze nehmen würde."

„Du wärst eine wunderbare Katze", versicherte ihr Yvette.

Das Thema änderte sich hin zum anstehenden Wetter und

den Möglichkeiten, sich zu treffen, während Madison noch in der Stadt war. Sie erwähnte nichts davon, dass sie womöglich ihren Aufenthalt ausdehnen würde.

Bis sie und Ryan darüber gesprochen hatten, würde sie das nicht tun.

Kein Druck auf ihn, kein Druck auf irgendwen. Ganz gleich, ob sie das Gefühl hatte, es wäre richtig. Nicht nur sie und Ryan, auch diese Frauen, zu dieser Zeit. Die frische Luft und der blaue Himmel und das alte, beständige Pferd, das fröhlich unter ihr schaukelte, während sie durch die kühle Dezemberluft ritt.

13

Es schien am Montagabend ewig zu dauern, bis Talia sich ins Bett bequemte. Sie hatte vor Aufregung vibriert, nachdem Charity bestätigt hatte, dass der Nicht-ganz-Nussknacker-Auftritt in zwei Wochen stattfinden würde.

Sobald sein kleines Mädchen endlich gute Nacht gesagt hatte, begannen Ryan und Madison in der Küche.

Er zog sie in seine Arme, brauchte einfach diesen erwachsenen Körperkontakt mit einer anderen Person. Als nächstes kamen Küsse, und er wollte es nicht übereilen, denn selbst in der kurzen Zeit, die sie schon gehabt hatten, hatte er herausgefunden, dass es eine seiner liebsten Beschäftigungen war, Madison zu küssen.

Sie hatte so eine Art, ihren Körper auszurichten, damit sie an ihm lehnte. Nicht, als wolle sie ihn anstacheln, schneller zu machen und weiter zu drängen. Sie wollte nur mehr Kontakt, so viele Punkte wie möglich, während ihre Lippen auf Erkundung gingen.

Ihre weichen Brüste streiften seinen Körper, die Daumen steckten im Bund seiner Jeans. Sie vertraute ihm, dass er verhinderte, dass sie umfiel – was ziemlich viel Vertrauen war, wenn man bedachte, dass es Augenblicke gab, in denen seine Beine nicht allzu stabil waren. Und sie küssten sich nur.

Das Quietschen der Tür – Talias Zimmer – ließ sie auseinanderfahren und versuchen, unschuldig zu tun, während seine Tochter kam und sich ein Glas Wasser holte.

Zehn Minuten später lag es daran, dass sie kuscheln musste.

Das dritte Mal, als Talia sie unterbrach, kämpfte Madison wirklich heftig, um nicht zu lachen. „Komm schon, Kleine. Ich bringe dich ein letztes Mal rein und erzähle dir eine Geschichte über meine Brüder und die Zeit, als sie beschlossen haben, sich zahme Steine zu halten.“

Ryan ging ins Bett, anstatt zu versuchen, das Schicksal noch einmal herauszufordern.

Am Dienstagabend war er auf der ersten seiner zwölfstündigen Nachtschichten. Madison tauchte um etwa acht Uhr auf. Sie winkte den anderen Freiwilligen zu, bevor sie sich Ryan anschloss, der im Hauptraum saß und ein Buch las. Sie ließ sich neben ihm nieder, ihre Oberschenkel waren in Kontakt, aber nicht so nahe, dass irgendwer was sagen würde. „Wie geht's, Herr Feuerwehrmann?“

„Bisher ruhig.“ Ryan schaute in den anderen Teil der Wache und zurück zu Madison. Ihr tiefkastanienbraunes Haar hing ihr über die Schultern, mit nur einer winzigen Delle, wo ihre Wintermütze gewesen war. Ihre Augen funkelten, und sie sah aus, als wäre sie …

Vernaschbar.

„Es ist keine gute Idee, dass du herkommst“, sagte Ryan leise. „Im Augenblick kann ich nur daran denken, dich in den Duschraum zu zerren und dich auszuziehen.“

„Na, na.“ Madison drückte sich die Finger auf die Brust, als wäre sie eine jungfräuliche Tante, ihre Miene war gespielter

Schock. „Und ich bin nur gekommen, um dir zu sagen, dass du der derzeitige Topkandidat für unsere Nicht-ganz-Nussknacker-Stoffpuppe bist – männlich."

Er lachte, legte ihr die Arme um die Schultern und drückte ihr einen freundschaftlichen Kuss auf die Wange. „Du bist unfassbar."

Er lachte sogar noch stärker, als er in den Schlafbereich kam, nachdem sie gegangen war, und entdeckte, dass sie sich irgendwie, bevor sie unschuldig zum Abschied gewinkt hatte, reingeschlichen und sein Kissen in den hässlichen Pulli gesteckt hatte, den sie dann auf sein Bett gelegt hatte. Eine kopflose Weihnachtsvogelscheuche, die er nun verpflichtet war, zu tragen.

Das große Abenteuer am Mittwoch war die Ankunft des Bettes, das Madison für ihn bestellt hatte. Ryan wäre verführt gewesen, es sofort zum Einsatz zu bringen. Madison im Haus zu haben und sie nicht berühren zu können, wann und wo und wie er wollte, machte ihn aufgekratzt, als wäre er in ein Gefäß mit Stechpalmenzweigen gefallen.

Natürlich kam das Lieferauto erst kurz vor drei Uhr nachmittags in seine Zufahrt.

Madison winkte ab. „Ich übernehme das. Du holst Talia, und sobald sie nach Hause kommt, ist das alles vielleicht erledigt."

Ryan beugte sich vor, schob Madison aus dem Weg der Liefermänner aus Calgary, die das Kopfteil und den Unterbau brachten. Wenn er zufällig seinen Körper nutzte, um sie einen Augenblick lang festnageln und sich einen raschen Kuss zu stehlen, dann lag das sicher an der Begeisterung über einen ganz neuen Haushaltsgegenstand.

Obwohl ihm das nicht erklärte, dass er sie an den Händen packte und seine Hüfte nahm, um sie an die Wand zu pressen. „Ich kann es nicht erwarten, das mit dir zu testen."

Madisons Augen wurden groß. Gute Reaktion.

Seine Tochter fand es auch gut, aber vor allem, weil sie das Potenzial zum Hüpfen für ziemlich toll hielt.

Talia quiekte. „So hübsch, Daddy."

Seine Tochter lief vor und warf sich auf die Matratze, brachte die dunkle Bettwäsche durcheinander. Ryan folgte ihr langsamer, Glück machte sich breit über die kindische Freude, mit der Talia sich auf der riesigen Fläche ausbreitete.

Madison hatte es toll erledigt, eine Aufgabe zu machen, die er viele Jahre lang von sich gewiesen hatte. Das Kopfende war einfach, aber eine Mischung aus dunklem und hellem Holz, die gut zu seinen anderen Möbeln passte. Die Bettwäsche war tiefblau, mit Decken in Königsblauschattierungen mit einem Hauch Weiß und Schwarz, und das Ganze wirkte gemütlich und heimelig.

Er wollte sehen, wie ihre Haare sich über die Decken ausbreiteten, kastanienrote Blitze vor dem Dunkel. Ihre blasse Haut ...

Er schaute ihr in die Augen, und eine Hitze, die seiner entsprach, leuchtete dort.

Was es umso schwerer machte, in die *zweite* Nachtschicht aufzubrechen. Und natürlich war das auch noch die Nacht, in der sie drei Notrufe beantworten mussten, und kurz vor vier Uhr früh ein Feuer in den Müllcontainern hinter den Geschäften in der Innenstadt löschten.

Er war sich kaum bewusst, dass Madison ihn an der Tür begrüßte, mit dem Versprechen, sich um Talia zu kümmern und sie zur Schule zu bringen.

„Danke." Er dachte, er hatte das gesagt. Dachte, er hätte seine Tochter rasch gedrückt und ihr einen Abschiedskuss gegeben.

Er erinnerte sich auf jeden Fall daran, ins Bad gestolpert zu sein.

Eine rasche heiße Dusche entfernte den Rauchgeruch, aber Ryan brauchte den Rest des Vormittags für sich. Er zog Boxershorts an, bevor er ins Bett kroch, dann traf sein Kopf auf das Kissen, und mit einem Seufzen schloss er die Augen.

In fünf Sekunden – oder vielleicht eher – wurde es ihm klar. Die Decke roch nach Maddy. Diese Zitruscreme, die sie benutzte. Ihr nicht ganz, aber fast schon blumiges Shampoo.

Sie hat letzte Nacht in meinem Bett geschlafen.

Er war steif, bevor der Gedanke ganz angekommen war.

Mit einem Stöhnen rollte er sich zurück und starrte an die Decke, ohne dass seine Beine über das Ende der Matratze hinausgingen oder seine Hände an die Seitenwand stießen, weil es so schmal war. Überall gemütlich, nur nicht an seinem Schwanz.

Diese Erkenntnis war leicht erheiternd.

Die verdammte Frau war Schabernack durch und durch. Er würde eine Möglichkeit finden müssen, sich zu rächen.

Aber die Erschöpfung gewann, selbst über feuernde Nervenenden, die unbedingt Madison auf jede erdenkliche erotische Art necken wollten, die ihm einfallen wollte. Er schlief ein, während schmutzige Pläne durch sein Gehirn trieben.

Erwachte zu dem Gefühl, dass die Matratze sich neben ihm bog.

Die Schläfrigkeit in seinem Gehirn verschwand sofort, als ein kühler, weiblicher Körper sich an seine Seite drückte. Eine Hand glitt über seine Brust, die Finger weit ausgebreitet, und dann lehnte sich Madison an ihn und küsste seinen Nacken.

Lippen und Zähne wanderten über sein Kinn, bis sie an seinem Mund ankam und ihn küsste.

Obwohl er nicht ganz wach war, wussten seine Hände trotzdem, was zu tun war. Während ihre Münder zusammenkamen und seine Zunge zwischen ihre Lippen tauchte, rollte sich Ryan zu ihr und ließ eine Hand über ihre Hüfte gleiten.

Fand nackte Haut.

Sein Puls war nicht mehr ruhig und gemessen. „Bist du nackt?"

„Vielleicht", flüsterte sie.

Wie war denn das eine Vielleicht-Frage? Ryan entschied sich, zu erkunden, anstatt sie zu tadeln. Seine Suche wurde rasch und gründlich beantwortet, als er sich weiter bewegte, sein Körper ruhte zwischen ihren Schenkeln.

Er stützte sich auf die Ellbogen auf und schaute nach unten. Madison hatte rosige Wangen, und diese Röte war das Einzige, was sie trug.

Ihre Brüste bebten bei jedem tiefen Einatmen, die roten Spitzen flehten ihn an, sie in den Mund zu nehmen. Ihre Haut leuchtete weich, verführerisch, bis ganz nach unten zu den rötlichen Locken, die ihren Venushügel bedeckten.

Madison öffnete die Beine ein bisschen weiter, und er ließ sich nieder, sein Schwanz an ihr heißes Innerstes gedrückt. Er wiegte sanft die Hüften, und die Hitze und Feuchtigkeit ließen ihn vor Vorfreude beben.

„Ich bedaure jetzt echt, dass ich Boxershorts angezogen habe", flüsterte Ryan, bevor er aufsah, um ihr in die Augen zu schauen. „Aber keine Witze jetzt. Willst du das?"

„Ich will dich." Sie sagte es einfach so. Aufrichtig in den Worten, zusammen mit der Tatsache, dass sie ein Kondom hob, sodass Ryans Herz heftig und schnell pumpte.

Dann nahm er sie, langsam. So langsam, dass er seine Artigkeit für dieses ganze Jahr mit nur einem Mal aufbrauchte.

Küsse auf ihre Lippen, während Madison mit den Fingern über seine Schultern strich und sie immer wieder durch seine Haare gleiten ließ.

Küsste ihren Körper hinab, mit einem Innehalten, um ihre

Brüste zu schmecken und zu genießen, bis sie sich unter ihm aufbäumte, ihre Nägel sich dort hineinbohrten, wo sie sich an seinen Bizeps klammerte.

Küsste über ihren Bauch, wo er die Zunge rasch in die flache Höhle stieß, bevor er die Zähne auf der Haut über ihrem Hüpfknochen einsetzte. Seine Hände umfassten ihren Hintern, die Haut an seinen Fingern bettelte ihn an, sie auch zu streicheln, bis sie bebte.

Aber noch verführerischer war es, mit den Lippen an der Innenseite ihres Oberschenkels entlang zu streifen. Küssen, knabbern, ihr ein scharfes Keuchen entlocken, als er bis ganz nach oben in die Mitte ging.

Er nutzte seinen Daumen und öffnete sie. „Frohe Weihnachten für mich", murmelte er, bevor er den sanftesten Kuss überhaupt auf ihre empfindlichste Stelle drückte.

„Ryan." Sie sagte seinen Namen wie eine Warnung, wie eine Forderung. Die Füße stellte sie auf die brandneue Matratze und hob die Hüfte, um seinem Mund nachzujagen. Griff nach unten und vergrub die Finger in seinen Haaren, um ihn dorthin zurückzuziehen, wo sie ihn wollte.

Es war zu einfach, zu lächeln. Trotz der schmerzenden Härte seines Schwanzes, um die man sich immer noch kümmern musste, war es witzig und verspielt und genau, was er von dem Abenteuer im Bett mit seiner besten Freundin erwartete.

Er ließ einen Finger hinein und heraus gleiten. Fügte einen zweiten hinzu, leckte fester über ihre Klitoris, während er sich langsam in ihr bewegte. Als er die Finger leicht krümmte, sagte ihm ihr darauffolgendes Stöhnen, dass er den Jackpot geknackt hatte.

Ryan kam weit genug hoch, um ihr in die Augen zu schauen. „Willst du vor mir kommen, währenddessen, oder nachdem ich in dir bin?"

„Hör nicht auf." Ihr Gesicht war vor Lust verzogen, als er sie wieder nach unten drückte, mit dem Daumen über ihre Klitoris streifte.

Also vorher. Das war gut für ihn. Ihm würde es schwerfallen, länger als eine Minute durchzuhalten, wenn man alles bedachte.

Er setzte wieder den Mund ein, nahm ihren Geschmack und das Stöhnen wahr, das von ihren Lippen kam. Sie waren süßer als die süße Ambrosia, die sie für das Abendessen in der Feuerwache gemacht hatte, denn sie war da, in seinem Bett. Ihr Körper spannte sich um seinen Finger an, während sie seinen Namen keuchte.

Es war Jahre her, darum war er beeindruckt, wie schnell er das Kondom drauf hatte. Einen Augenblick später war er wieder zwischen ihren Schenkeln, die Spitze seines Schwanzes an ihr ausgerichtet.

Er ging hoch, schaute ihr in die Augen und schob sich hinein.

„*Ja.*" Sie hauchte es, dann verzog sie das Gesicht. Bevor er sich Sorgen machen konnte, hob sie allerdings die Beine und schlang sie um seine Hüften. „Ich komme immer noch."

Die Worte kamen angespannt, voller Lust.

Ryan hätte das Update gar nicht gebraucht. Der Druck, der ihn umgab, wäre in jedem Fall süß gewesen, aber während diese Muskeln um ihn bebten, ging er davon aus, seine Schätzung von unter einer Minute war gerade halbiert worden. Er zog sich zurück und stieß vor.

Sie bohrte die Fersen in seinen Hintern und trieb ihn tiefer hinein. Okay, jetzt hatte er nur noch Sekunden.

Er nahm sich ihre Finger, presste ihre Hände neben ihrem Kopf auf das Bett. Schaute ihr in die Augen, während er hineinstieß und wieder, bevor das nächste Mal ihn zerschellen ließ. Er ließ sie zusammen, rieb mit den Hüften an ihr, um den

Druck auf ihre Klitoris zu erhöhen, denn sie zog sich noch immer zusammen. Keuchte immer noch von ihrem ersten Orgasmus, oder einem neuen, der nach wie vor wogte.

Sein Gehirn tropfte in einem Rausch der Lust aus ihm heraus.

Irgendwie, als es vorbei war, brach er neben ihr zusammen, und nicht auf ihr. Und dann lachte er, als sie ihn auf den Rücken schob und davon murmelte, die Laken sauber zu halten.

Das Gefühl fing tief im Inneren an. Er schaute hinüber, während Madison ein Auge öffnete. Sie lag neben ihm, beide keuchten sie noch, beide, nahm er an, immer noch erschüttert von den Nachwehen eines höllisch guten Rittes.

In seinen Ohren klingelte es.

Er fühlte sich fantastisch.

„Ich finde, das war eine echt gute Feuertaufe für deine neue Matratze" Madison brachte die Worte hervor, aber sie brauchte ein paar Atemzüge.

Ryan beugte sich vor und küsste sie langsam, sanft, und mit sehr viel Herz. Dann flüsterte er: „Das war ein guter Anfang. Geh nicht weg. Ich komme gleich zurück."

Am Montag konnte Madison aufrichtig sagen, dass Ryans Matratze den perfekten Grad an Härte hatte, und genau die richtige Menge Weichheit.

Sie waren zu so ziemlich jeder Gelegenheit, die sie bekommen hatten, darauf gewesen, besonders übers Wochenende, während Talia bei ihren Großeltern gewesen war. Madison war wund von so viel Aktivität nach einer Flaute, aber jedes unangenehme Ziepen war es total wert.

Der Sex mit Ryan war körperlich befriedigend. Aber der

Teil, der Madison beben ließ, war die Tatsache, dass er angefangen hatte, sie außerhalb des Schlafzimmers zu berühren. Immer auch vorsichtig, um sicherzustellen, dass Talia nicht da war, oder irgendwelche allzu aufmerksamen öffentlichen Zeugen, aber Ryan blieb trotzdem nahe bei ihr. Drückte ihr eine Hand auf den unteren Rücken. Streifte mit den Fingern über ihren Arm, und immer, bevor er sie küsste, ließ er eine Hand über ihre Wange gleiten, seine Augen funkelten, als wäre er ausgesprochen erfreut, sie hier zu entdecken.

Zu wissen, dass sie Jahre ihrer Freundschaft hatten, und nun etwas Neues dazugekommen war ...

Das war eine Magie, die Madison nicht erwartet hatte.

Sie und Ryan hatten immer noch nicht besprochen, wohin die Dinge liefen, und welche Veränderungen sie an ihren Plänen vornehmen wollte, damit sie zusammen sein konnten. Aber gerade hatten sie genug auf dem Plan, darunter mussten sie Talias Geburtstagsparty-Dilemma lösen, ohne noch mehr hinzuzufügen.

Madison dachte sich, dass für ernste Unterhaltungen über das Daten und die Zukunft genug Zeit zwischen Weihnachten und Neujahr war.

Ein Tippen auf ihre Finger brachte sie zurück in die Gegenwart. Und in der saß sie im *Buns and Roses*, Yvette neben ihr, und bereitete die letzte Teilnehmerliste für das Nicht-ganz-Nussknacker-Event vor.

„Du hast Tagträume", scherzte Yvette.

Es hatte keinen Sinn, es zu leugnen. „Tut mir leid. Bist du bereit für die letzte Durchsicht?"

„Machen wir's."

Vorhin hatte Rose bei ihnen gesessen, um noch mal die Dokumente mit den Onlineaufzeichnungen über Spendengelder abzugleichen, und es war bis auf ein paar kleine Verwechslungen alles da gewesen. Dann hatte sie Kunden in der Hälfte des Ladens mit Blumen und Krimskrams gehabt, um die sie sich kümmern musste, sodass Yvette und Madison geblieben waren, um den Rest der Aufgabe zu erledigen.

Die Darstellerliste ließ sich leicht abhandeln, und dann ließ Madison Yvette das Drehbuch durchgehen, das sie ein letztes Mal aufgeschrieben hatte. Sie beide fanden, dass sie bis zum Mittagessen ein äußerst einfaches, äußerst amateurhaftes, aber auch äußerst witziges Event zusammengestellt hatten.

Madison schickte die E-Mails, während Yvette die Frau anrief, von der Josiah vorgeschlagen hatte, dass sie als Erzählerin auftreten sollte. Und dann gönnten sie sich ein Zimtbrötchen zur Feier des Tages, um sich für eine gut erledigte Aufgabe zu gratulieren.

In Yvettes Augen stand ein Lachen. „Also. Hast du irgendeine Vorstellung, wie Katzen tanzen? Damit ich meine Routine choreografieren kann?"

„Keine Vorschläge, nur dass ich äußerst interessiert daran bin, zu sehen, was du dir ausdenkst." Genauso wie Sonora, die andere Katze.

Die ältere Frau hatte ihren Wunsch bekommen. Was irgendwie ein ziemlicher Zufall zu sein schien ...

Wenn Madison gewollt hätte, hätte sie alles durchgehen und genau herausbringen können, wer für was gestimmt hatte. Aber wenn Sonora eine kluge Spende machen wollte, um sicherzustellen, dass sie mit der Rolle teilnehmen konnte, die sie wollte, wer war denn Madison, dass sie sich beschwerte?

„Ich nehme an", stimmte Yvette zu, „du wirst beschäftigt genug mit Ryan sein."

Ganz kurz dachte Madison, Yvette würde über den wilden Sex reden, den sie hatten, bis ihr klar wurde, dass Yvette sich auf ihre Rollen bei dem Gemeinde-Event bezog.

Sie spielten das Stoffpuppenmädchen und den Jungen, die magisch als Teil der Geschichte zum Leben erweckt wurden.

„Das war Josiahs Idee, und sie war gut", gab Madison zu. „Da ich diejenige bin, die die Show irgendwie abzieht, heißt das, wenn ich die meiste Zeit über auf der Bühne bin, dass ich diejenige bin, die improvisieren muss, wenn jemand vergisst, was er tun soll."

„Es wird sehr viel Spaß machen", sagte Yvette. Ihr Lächeln wurde fies. „Ich kann es kaum erwarten, Alex zu sehen. Ich hoffe, er bekommt kein Lampenfieber."

Madison lachte. „Also bist du diejenige, die dafür gesorgt hat, dass er ein Hund ist."

Yvette machte vor den Lippen die Geste eines Schlüssels, den sie drehte und wegwarf.

Sobald sie im Café fertig war, schaute Madison bei der Feuerwache vorbei.

Sie wurde von einem Chor aus Jubelrufen von den Freiwilligen begrüßt, während sie auf der Suche nach Ryan herumging. Erst die üblichen Kommentare, denn sie trug mal wieder den hässlichen Pulli – Ryan hatte ihn in die Waschmaschine gesteckt, und sie hatte ihn entdeckt, als sie gerade eine Ladung reinwerfen wollte.

Als nächstes kam Zustimmung zu der E-Mail, die alle offensichtlich schon geöffnet hatten.

„Gut gemacht."

„Ist es nur nach dem Äußeren gegangen, dass Mack als Ratte genommen wurde?", fragte jemand.

Charity stieß denjenigen mit dem Handrücken an, dann grinste sie, während sie nach hinten deutete, wo das Feuerwehrauto geparkt war. „Ryan und Mack sind da drüben."

Sie hielten beide in dem inne, was sie taten, als sie in Sicht kam. Ryan hatte sein leicht erheitertes *ich kann nicht glauben, dass du das getan hast*-Gesicht auf.

Mack schüttelte den Kopf. „Echt? Der Rattenkönig?"

Sie hielt die Arme unschuldig erhoben. „Deine liebende Öffentlichkeit hat gesprochen."

„Deine liebende Frau wird dir auf der Bühne den Hintern versohlen", fügte Ryan an.

„Zumindest wird das Üben Spaß machen", erklärte Mack. „Außerdem bin ich zumindest ein bedrohliches Nagetier. Du bist eine Puppe."

„Ach, ich hab dich auch lieb", sagte Ryan, bevor er sich an Madison wandte. „Ich schätze, das bedeutet, wir müssen etwas Übungszeit einplanen."

„Wir haben Zeit", versprach sie. „Heute dachte ich, ich würde unsere Kostüme zusammenstellen, falls dir das recht ist."

Er wedelte mit der Hand, dann hielt er inne, griff in seine hintere Hosentasche und zog seine Geldbörse heraus. „Da."

Madison schnaubte. „Süß, aber Nein." Sie wandte sich an Mack. „Falls du oder Brooke was braucht, während ihr euch vorbereitet, lasst es mich wissen."

„Machen wir."

An diesem Abend nach dem Ballettunterricht, als die Tänzerinnen die Zusage bekamen, dass sie auf der Bühne auftreten durften, war Talia so aufgeregt, dass es die kombinierten Bemühungen von Madison und Ryan brauchte, um sie zu beruhigen.

Der Spaß dabei, ihre Kostüme anzufertigen, half. Talia machte begeistert riesige Kreuzstiche mit dem Garn, während sie half, die Kleider zusammenzunähen, die Madison in einem Secondhandladen gefunden hatte.

Schließlich waren es nur noch sie und Ryan. So verführerisch es war, sich noch einmal aneinanderzuklammern, wie sie es das ganze Wochenende lang getan hatten, schienen sie beide zu verstehen, dass sie ein anderes Tempo vorlegen mussten, während Talia zu Hause war.

Ryan schaltete den Fernseher an und zog Madison neben sich auf das Sofa. „Morgen ist ein Feiertag. Wir werden uns das Zeug für den Auftritt ausdenken, das wir brauchen. Heute Abend will ich dich einfach nur festhalten."

Dagegen konnte Madison nichts einwenden. Sie rückte so nahe, dass sie ein Bein über seines legen konnte, und entspannte sich in seinen Armen. Mit verschränkten Fingern, die Hände auf ihrer Hüfte balanciert. Dicht genug, dass sich, als er sich herabbeugte und ihr einen Kuss auf die Schläfe gab, nichts sonst bewegte. Nur eine warme, gemütliche, vertraute Position, die sie bis ins Innerste lebendig fühlen ließ.

Ein Abend, der sich perfekt von dem Bauchweh erzeugenden Gelächter am nächsten Vormittag abhob, als sie begannen, ihren Stoffpuppentanz zu choreografieren.

Sie hatte keine Ahnung, dass ihr bester Freund null Talent hatte, um etwas anderes zu tun als stocksteif dazustehen wie ein Soldat. Nach dem x-ten Versuch, ihn dazu zu bringen, etwas anderes zu machen, als durchs Zimmer zu marschieren, machte sie sich Sorgen, dass sie etwas Drastisches würde tun müssen. „Vielleicht solltest du darüber nachdenken, dass du Götterspeise bist."

„Weil das etwas ist, was Leute regelmäßig machen?"

„So tun, als wärst du ein Tintenfisch? Ich weiß es – du bist ein Feuerwehrschlauch, den niemand hält."

Ryan machte noch einen Versuch mit seinem Stoffpuppen-Marsch und stolperte durch das Wohnzimmer. Er beäugte sie mit einem Hauch Empörung, als sie sich die Hand über den Mund legte und versuchte, ihre Erheiterung zu verbergen. „Was habe ich denn diesmal falsch gemacht?"

„Nichts. Nichts", behauptete sie. „Das mit dem Stolpern machst du sehr gut."

Seine Lippen zuckten. „Du bist die Hölle für das männliche Ego."

Seine Miene und seine Anmerkung ließen Madison aufgeben. Sie lachte, hielt sich den Bauch und arbeitete daran, wieder zu Atem zu kommen. Es dauerte eine Weile, was bedeutete, dass sie letztlich auf dem Boden saß.

Er setzte sich neben sie, seufzte schwer, als er ihr das Bein tätschelte. „Komm schon. Ich bin sicher, wir stehen das irgendwie durch."

Sie wischte sich die Tränen aus den Augen, rollte sich herum, damit sie seinen Arm fassen konnte. „Du musst dich *entspannen.*"

„Wirklich?" Sein Tonfall änderte sich völlig. Er wurde tiefer, in seinen Augen blitzte Interesse. „Muss ich das?"

„Aha." Madison drehte sich, bis sie zwischen seinen Beinen saß. Ließ ihre Hände seine Schenkel hinabgleiten, lehnte sich zu ihm und streifte mit den Lippen über seine Wangen zu seinem Ohr. „Jeder einzelne Muskel muss sich entspannen."

Er schüttelte den Kopf und drehte sich, damit seine Lippen über ihren waren. „Was du tust, macht mich hart. Ich sag ja nur."

„Ach, na ja, das ist vielleicht ein Problem." Sie drehte ihn auf den Rücken, die Hände zu jeder Seite seines Körpers aufgestützt. „Vielleicht müssen wir dagegen erst mal was unternehmen, und dann daran arbeiten, die richtigen Teile von dir in Götterspeise zu verwandeln."

Sie rückte ab, ließ die Handflächen über die weiche Baumwolle seines T-Shirts gleiten. Die Muskeln darunter waren alle angespannt – er war wirklich überall hart. Sie griff nach dem Taillenbund seiner Jogginghose, zog ihn zusammen mit seiner Boxershorts genau weit genug hinab, um ihn zu befreien.

Mit dem Blick auf seinen gerichtet, legte Madison die Finger um seinen Ständer. „Ich will das."

„Es gehört alles dir", sagte Ryan glücklich, das letzte Wort wurde zu einem Stöhnen, dass sie sofort den Kopf senkte und die Lippen um seinen Schwanz legte.

Sie bearbeitete ihn langsam. Neckte mit der Zunge das dicke, schwere Gewicht. Schloss den Mund und saugte fest, während sie nach oben ging. Hielt ihn am Ansatz fest, mit einem Griff, der auf und ab ging, immer ihren Lippen nach.

Die Anspannung in seinem Körper nahm zu. Die Hand an der Rückseite ihres Kopfes war immer noch sanft, noch während er sie ermutigte, langsam zu machen, tiefer zu gehen.

„Fuck." Er beugte sich leicht nach oben, seine beeindruckenden Bauchmuskeln arbeiteten hart. Seine Hände waren jetzt an ihren Wangen. „Kurz davor", warnte er.

Madison saugte noch fester, wartete darauf, dass sich Salz über ihre Zunge ergoss.

Dreimal nahm sie ihn noch, bevor er die Kontrolle verlor. Mit bebendem Oberkörper, seine Hüften schossen nach oben, seine Lippen flüsterten ihren Namen. Wenige Sekunden später lag Ryan ausgebreitet auf dem Rücken, atmete schwer, ein breites Lächeln stand auf seinem Gesicht.

Es war bestimmt grausam, aber das war genau, was sie zu sagen versucht hatte. Madison nahm ihn an der Hand und schob sich hoch, riss ihn mit sich. „Steh auf. Steh auf. Jetzt sofort."

„Was?" Ryan rollte sich herum, drückte eine Hand auf den Boden und stolperte nach oben. Mit der Jogginghose um die Knöchel schaute er sich um, als würde er sich fragen, woher die Panik kam. „Was ist ...? Ach, verflixt."

Sie trat vor, als seine Beine kurz einbrachen. Madison lächelte, während sie einen Arm um seine Taille legte und ihn stützte, bis er wieder im Gleichgewicht war. „Und das, mein lieber Freund, ist genau die Art Beinarbeit, die wir bei Stoffpuppen sehen wollen."

Ryan starrte sie kurz an. Schock, dann Verständnis, dann Erheiterung strömten von ihm aus. Er hielt inne, um sich die Hose hochzuziehen, dann nahm er sie in die Arme und drückte sie fest, während er sie im Kreis herum wirbelte und lachte. „Madison Joy. Du bist ein Millionentreffer."

14

Der Parkplatz war fast voll gewesen. Bis Ryan damit fertig war, sicherzustellen, dass auf der Feuerwache mit den Ersatzfreiwilligen alles für den Abend vorbereitet war, war es nur noch eine Stunde bis zum Auftritt.

Der offene Bereich des Gemeindezentrums von Heart Falls war bereits halb voll. Einige Leute plauderten, und eine Gruppe in der Ecke hatte spontan mit Weihnachtsliedern angefangen. Eine Horde kleiner Mädchen in Tutus und drei kleine Jungen in Tanzanzügen tänzelten und sprangen durch den Raum, ein riesiges Lächeln auf dem Gesicht.

Ryan sah ein halbes Dutzend Leute im Publikum, die hässliche Pullis zu tragen schienen – und er war nicht ganz sicher, was er mit dieser Entdeckung anfangen sollte.

Stattdessen begab er sich nach vorne, wo Rose an einem Tisch saß, eine Reihe hübscher Körbe waren aufgestellt, die kleinen Kisten vor jedem füllten sich langsam mit Verlosungsscheinen.

„Fast bereit?", fragte er.

Rose zeigte ihm einen gehobenen Daumen, dann wies sie über die Schulter zur linken Seite der Bühne. „Ich bin echt froh, dass deine Freundin eine artistische Ausstrahlung hat. Ich werde mich um die Spenden kümmern, und du kannst Madison und Josiah helfen, mit dem Chaos hinter der Bühne fertig zu werden."

Er versuchte zu ignorieren, wie sein Herz einen Schlag aussetzte, als sie *deine Freundin* sagte.

Oben an der kurzen Treppe begegnete ihm Josiah. Der Tierarzt vom Ort hatte bereits Bühnenerfahrung, obwohl er nicht viel darüber redete. Er war allerdings, wie Madison ihm beschrieben hatte, der perfekte Komplize, denn sie hatte kaum beschreiben müssen, was geschehen sollte, da hatte er es verstanden und eine Möglichkeit vorgeschlagen, wie man es besser und leichter machte.

Josiah schüttelte Ryan die Hand und grinste ihn dann an. „Ich mag deine Madison. Sie hat das echt gut gemacht, sich was Einfaches, aber Witziges einfallen zu lassen."

„Ich hoffe, alles läuft wie geplant", sagte Ryan. Er warf einen Blick zu Madison – die auf die andere Seite der Bühne gegangen war –, neigte den Kopf vor Josiah und verabschiedete sich.

Wenn man bedachte, dass eine Menge Lärm herrschte und ein stetiger Strom von Leuten zu ihr kam, blieb Madison sehr ruhig, cool und gefasst. Sie zwinkerte Ryan zu, dann wies sie eine Gruppe Teenager zum Musiksystem.

„Irgendwelche Aufgaben in letzter Minute, die ich übernehmen kann?", fragte Ryan.

„Auf jeden Fall." Sie nahm ihn an der Hand und zog ihn zur Seite des Raumes durch eine Tür.

Erst als sie sie geschlossen hatte, wurde ihm klar, dass sie in einem Wandschrank waren. Und dann konnte er nicht mehr sehen, was dort aufbewahrt wurde, denn sie nahm sein Gesicht in die Hände und zog ihn in einen glühend heißen, fordernden Kuss.

Sein Herz hämmerte, bis er den Kontakt zwischen ihnen abbrach. Maddy tätschelte ihm die Wange und griff dann hinter sich, um die Tür aufzumachen.

Sie waren zurück in der Menge, bevor Ryan mehr tun konnte, als innerlich in Flammen aufzugehen.

Sie grinste fies und deutete zur Seite der Bühne, wo sein Kostüm über einen Stuhlrücken gelegt war. „Mach dich bereit. Es ist fast Showtime.“

Wie war er davon überzeugt worden? Genau, das war *Madison*. Sie konnte ein Erdhörnchen dazu überreden, eine Immobilie neben einer Kojotenhöhle zu kaufen.

Überall waren vertraute Gesichter, aber Ryan blieb in den Schatten, wartete darauf, dass die Vorführung begann. Charity hatte Talia und die anderen Tänzer unter Kontrolle, darum war es jetzt Zeit, den Schabernack zu genießen, den Madison heraufbeschworen hatte.

Als die Bühne sich verdunkelte und es im Raum leise wurde, trat Madison neben ihn. Ihre Finger verschränken sich in seinen.

Die klare, scharfe Stimme der Leiterin der Grundschule von Heart Falls erklang über Lautsprecher. Ivy Stone mochte ja nicht gerne im Zentrum der Aufmerksamkeit stehen, aber versteckt, fern der Bühne, wo sie etwas sehen konnte, aber nicht gesehen wurde, war sie die perfekte Erzählerin.

Ein einzelnes Licht leuchtete auf die leere Bühne, und Ivy legte los.

„Willkommen bei der Nicht-ganz-Nussknacker-Vorführung in Heart Falls. Weil das eine magische Geschichte ist, wird euch auffallen, dass wir magische Helfer haben.“

Leute, die ganz schwarz gekleidet waren, liefen auf die Bühne. Einige brachten die Requisiten – zwei Stühle und einen Tisch. Die anderen hielten große Stücke Karton, die Fern Fields als Kulissen bemalt hatte. Die Helfer blieben auf der Bühne, standen reglos da, während sie die Kulissen an Ort und Stelle hielten.

„Fangen wir an. Es war einmal, dass eine Familie in eine wunderbare kleine Stadt zog. Sie kam gerade rechtzeitig zu den Feiertagen an, und ihre neuen Nachbarn brachten ihnen alle möglichen Geschenke, damit ihre Zeit in ihrer neuen Heimat etwas Besonderes wurde."

Die Musik schwoll im Hintergrund an, als Brad Ford – und seine Frau Hanna, die ihr sechs Monate altes Kind Drew trug – auf die Stühle mitten auf der Bühne gingen. Ein Strom von Leuten schloss sich ihnen an, jeder tanzte oder kam auf andere Art in Sicht. Manche gingen langsam, manche hüpften. Der Bürgermeister der Stadt, ein großgewachsener Mann mit einem hellroten Turban, tanzte mit seiner Frau herein, die einen schimmernden goldenen Sari trug.

Sie alle brachten bunt verpackte Geschenke, die sie auf den kleinen Tisch legten.

Ryan und Madison begaben sich auch auf die Bühne, gingen ein paar Schritte mit geraden Beinen, bevor sie fast zusammenbrachen, als hätten sie keine Knochen mehr. Schließlich sanken sie zu Boden an der Seite der Bühne, in der Nähe des gemalten Kamins. Kinder deuteten und lachten, und Ryans Freunde, die im Publikum sichtbar waren, reckten einen Daumen nach oben.

Madison hatte ihre Haare zu zwei Pferdeschwänzen rechts und links des Kopfes hochgebunden. Ryan hatte sie zu einem Iro zurückgegelt. Madison hatte eine leuchtend gelbe Jogginghose als lange Unterwäsche an, die sich von ihrem hellrosa Kleid abhob. Sie hatte auch für Ryan gelbe Hosen gefunden – *wer hatte die überhaupt gekauft?* – und eine rote Weste, die fast so übertrieben war wie ihr Pulli.

Die Kleider waren alle eine Nummer zu groß, und mit den ganz großen Stichen, die an vielen Stellen darauf gemacht waren, sahen sie aus wie zwei abgelebte, handgemachte Puppen.

Beide hatten sie schwarze Linien, die es wirken ließ, als wären ihnen Münder aufgestickt, mit hellroten Kreisen auf den Wangen und riesigen dunklen Sommersprossen. Ryan hatte sich gegen geschminkte Wimpern verwehrt, bis er gesehen hatte, wie es bei Madison aussah.

Es sah gut aus. Als wären sie zwei Wesen aus Stoff, die gerade von der Weihnachtsmagie erfasst wurden.

Er hatte sich auch von ihr Wimpern aufmalen lassen.

Ryan ließ seinen Körper fast zusammenbrechen, lehnte sich an Madison, während sie auf den nächsten Teil der Geschichte warteten. Die Lichter wurden leicht gedimmt, und alle auf der Bühne gingen weg, nahmen die Stühle, Tische und Geschenke mit. Nur die Leute, die die Kulissen hielten, blieben.

Während im Hintergrund die Erzählung weiterlief, gingen alle ersten Darsteller zu ihren Sitzen, die im Hauptraum für sie reserviert waren. So konnten sie sich zurücklehnen und den Rest der Show als Teil des Publikums genießen.

„Weil es Weihnachtszeit war, schwebte in dieser Nacht mehr Magie in der Luft als sonst. Die Stoffpuppen, die als Geschenk gebracht worden waren, erwachten plötzlich zum Leben.“

Sie waren dran.

Madison hielt ihm eine Hand hin, Ryan nahm sie, und sie standen beide auf. Sie fanden sich in das Drehbuch und die paar Zeilen ein, die sie hatten.

„Wie ist das möglich?“ Madison drehte sich langsam im Kreis, hob die Hände hoch, dann wackelte sie mit den Fingern, während sie mit großen Augen vor Freude umherschaute.

Ryan stolperte an ihre Seite und nahm wieder ihre Hand. „Mit Weihnachtsmagie ist *alles* möglich."

Sie begannen ihren Tanz. An den richtigen Stellen kam ein nettes Lachen auf. Ryan tat sein Bestes, um sich an all die Einzelheiten zu erinnern, die er und Madison eingeübt hatten, ohne sich von den anderen Dingen ablenken zu lassen, die sie während des Übens getan hatte, um diese weichen Knie genau richtig hinzubekommen.

Sie waren fertig und verbeugten sich flapsig zu anschwellendem Applaus.

„Dann kam plötzlich aus der Dunkelheit Gefahr!" Ivys Warnung entlockte ein paar jüngeren Mitgliedern des Publikums ein Kreischen. Abrupt erschien Mack Klassen auf der Bühne. Er hielt ein Schwert, das aus einer leeren Geschenkpapierrolle bestand, hoch in die Luft.

„Arrrh."

Gelächter erklang, das sogar noch lauter wurde, als Brad rief: „Du bist doch ein Rattenkönig, kein Pirat!"

Es dauerte einen Augenblick, bis die Menge wieder Luft holte. Die ganze Zeit drohte Mack Brad mit dem Finger und schüttelte den Kopf, als könne er es nicht glauben.

„‚O nein', sagte das Stoffpuppenmädchen zum Stoffpuppenjungen. ‚Man wird uns zerstören. Wer wird uns retten?'" Ivy hob und senkte die Stimme, während sie den Text der Puppen sprach. „‚Wir können uns selbst retten.',Nicht vor Zähnen und Klauen. Und nicht gegen so viele.'"

Mack hatte sich die Taekwondogruppe vom Ort angeschlossen. Die dutzenden Schüler trugen kleine Rattenohren, und an ihrer Kleidung waren Schwänze aus Seil angebracht. Während im Hintergrund rasante militärische Kampfmusik lief, führten sie all ihre Formen vor, dabei zogen sie die ganze Zeit ein finsteres Gesicht und bleckten die Zähne oder versuchten sonst irgendwie, wild auszusehen.

Sie beendeten es mit einer Verbeugung und sehr viel elterlichem Jubel.

Ivy hob die Stimme und führte die Ereignisse wieder weiter.

„‚Nein, gegen Zähne und Klauen braucht man mehr.‘ Es war eine tiefe Stimme, die durch das Haus schallte, und die Stoffpuppen schauten überall nach.

‚Wer hat das gesagt?‘ ‚Bist du gekommen, um uns zu retten?‘ ‚Bist du ein Soldat?‘“

Auf die Bühne kam Brooke geschlendert. Sie zuckte leicht mit den Schultern. „Nein. Was man hier braucht, in Alberta, ist die Rattenpatrouille.“ Sie wies mit dem Daumen auf ihre Brust. „Und ich bin die Oberrattenfängerin.“

Madison nahm wieder Ryans Hand und meldete sich zu Wort. „Es ist wahr. Wir hätten es wissen sollen.“

„Es gibt keine Ratten in Alberta.“

Sie nickten wie wild.

Das Publikum hatte wirklich Spaß, und als die Bühne geräumt wurde – die derzeitige Besetzung ging auf ihre Sitze am Rand – begann der Kampf zwischen dem Rattenkönig und der Rattenfängerin.

Mack und Brooke hatten offensichtlich Spaß damit gehabt, ihre Szene zusammenzustellen. Sie stießen vor, sie parierten. Sie jagten einander, Mack ihr nach, dann Brooke ihm. Plötzlich, während der Rattenkönig weiterhin im Kreis herumlief, blieb die Rattenfängerin stehen und kratzte sich am Kopf.

Sie ging zur Seite und hob die Hände, als hätte sie eine Idee gehabt. Dann holte sie tief Luft. Und noch einmal, als würde sie sich zum Kampf bereit machen. Sie übte ein paar Schwünge mit dem Schwert, schüttelte den Kopf und versuchte es noch einmal.

In der Zwischenzeit wurde dem Rattenkönig klar, dass er

nicht mehr gejagt wurde. Er drehte sich um, kroch langsam vorwärts, das Schwert erhoben, bereit, zuzuschlagen ...

Die Kinder im Publikum riefen Warnungen mit voller Lautstärke. Während sie auf und ab sprangen, deuteten sie auf den Rattenkönig und winkten der Rattenfängerin zu.

Brooke drehte sich genau rechtzeitig herum, ihr Schwert traf das von Mack ohne ein Geräusch – da sie ja aus Karton bestanden. Tatsächlich drehte sich das von Mack und wurde in der Mitte durchgebogen, sodass es herabhing.

Mack schaute traurig auf sein Schwert, bevor er aufschaute und rief: „Klirr.“

Brooke schnaubte und richtete sich dann auf. Sie rief: „Klong.“

Bis der Kampf vorüber war, lag der Rattenkönig auf dem Rücken, die Arme zur Decke gesteckt, die Füße in der Luft. Brooke stellte einen Fuß auf seine Brust und hob das Schwert triumphierend in die Luft.

Das Publikum brüllte vor Lachen, als das zweite Schwert auch zu einem verbogenen Schlamassel zusammensank.

Als die schweigenden Leute im Hintergrund den Rattenkönig wegzogen, der dabei zum Abschied winkte, kamen Madison und Ryan nach vorn und schüttelten Brooke die Hand.

Ivys Erzählung ging weiter.

„‚Danke, dass du uns gerettet hast‘, sagten die Stoffpuppen höflich. Die Rattenfängerin warf den Kopf in den Nacken und lachte. ‚Gern geschehen. Ich habe immer Zeit, um andere zu retten. Ich mag auch Gesellschaft. Ich wohne in einer magischen Scheune‘, sagte sie zu ihnen. ‚Wenn ihr mich besuchen kommen wollt, begleitet mich.‘“

Brooke lief um den vorderen Rand der Bühne, Madison und Ryan folgten ihr. Die Leute im Hintergrund änderten die

Bilder zu Scheunenpfosten und Pferdeboxen, zusammen mit zwei echten Heuballen im Vordergrund.

„Als sie die magische Scheune betraten, waren die Stoffpuppen erstaunt, während das Magischste überhaupt geschah", verkündete Ivy. Erheiterung drang durch ihre Stimme. „Die Oberscheunenfee kam mit ihrem ganzen Feenhof, um sie in Empfang zu nehmen."

Dustin Stone trat königlich auf die Bühne.

Begleitet von Talia, Emma und den restlichen kleinen Tänzern, war dieser Mann der jüngste der Stone-Brüder. In den frühen Zwanzigern, mit robustem Körperbau und dunklen Haaren, trug er ganz schwarz, zusammen mit einer Silberweste und Silberstoff, der ihm um die Handgelenke und die Knöchel seiner Cowboystiefel gewickelt war.

Eine silberne Tiara war auf seinem schwarzen Cowboyhut festgedrückt.

Madison lehnte sich vor und flüsterte so leise in Ryans Ohr, dass man keine Angst haben musste, jemand könne mithören, besonders nicht mit dem riesigen Applaus und der Lautstärke des Gelächters, das bei Dustins Auftritt durch den Raum schallte. „Seine Brüder haben in allerletzter Sekunde tausend Dollar über das nächste Gebot gesetzt, um sicherzustellen, dass er gewinnt. Seine Nichten haben die Kostüme gemacht und einen Tanz choreografiert. Er ist der Hit."

Seine gut gelaunte Akzeptanz der Rolle war eindeutig zu sehen, besonders, als er hinter sich griff und einen silbernen Stab in die Luft hob. Seine Nase ging nur ganz leicht hoch, als würde er königlich gestatten, dass die anderen an seiner Großartigkeit teilhatten.

Zweimal wedelte er mit dem Stab. „Feen – ich befehle euch, den Willkommenstanz zu machen!"

Dustin trat zurück, und die kleinen Tänzer rannten alle herbei, um ihre Positionen einzunehmen. Talias Augen funkelten, als sie und ihre Freundinnen sprangen und Pirouetten machten und eine wunderbare Zeit als Feen hatten. Ryans Herz war für sie von Glück erfüllt.

Dann kam Gelächter in seinem Bauch auf, denn als die Ballettgruppe fertig war, legte Dustin los. Mit der Hilfe seiner Nichten neigte er sich und wankte und ging dann auf die Spitzen seiner Cowboystiefel, so gut er konnte.

Dustin hielt die Arme zur Seite ausgestreckt, beäugte das Publikum vor ihm. Er drückte sich einen Finger an die Lippen, und die Menge wurde still.

Ein weiterer Augenblick mit Fanfaren, und dann wirbelte in einer raschen Bewegung Dustin im Kreis herum, komplettierte eine ziemlich gute Pirouette. Dann sank er zu einer zusammengekauerten Haltung mit ausgestreckten Armen wie ein Zirkuskünstler zusammen. Er wandte der Menge den Rücken zu und wand sich, um die Flügel, die an seiner Weste angebracht waren, zum Wackeln zu bringen, und der ganze Laden prustete.

Die restliche Vorstellung war genauso witzig, darunter tanzende Kühe, die eine Cancan-Reihe bildeten, und hüpfenden Ziegen. Und ja, Ashton war auch auf der Bühne.

Er hatte sich einen längeren Bart als sonst zugelegt, und fellige graue Ohren, und ihr Tanz schien zu beinhalten, dass man die Füße hochriss und wild um sich trat. Als sie allerdings in einem hohen Turm endeten und so taten, als würden sie auf den Rücken der anderen stehen, kamen laute zustimmende Rufe auf.

Yvette war eine tanzende Katze, zusammen mit Sonora und ein paar weiteren Frauen. Dann kamen die Hunde heraus, und ihre Tanzszene schien daraus zu bestehen, im Kreis zu rennen und die anderen Tänzer zusammen zu treiben. Alex war da. Genauso Josiahs Frau Lisa, die ihr kleines Baby Zoe in einer Tragehilfe auf der Brust trug. Ein kleiner Terrier folgte ihr auf dem Fuß wie ein winziger Schatten und bellte jedes Mal, wenn Lisa mit den Fingern schnippte.

Ryans Lieblingsauftritt waren allerdings die Kanadagänse, die einen Mountie-Kreistanz aufführten und die ganze Zeit *Tschuldigung, Tschuldigung, Tschuldigung* murmelten, während sie aneinanderstießen.

Als der letzte Tanz fertig war, hatte Ryan Bauchweh, weil er so gelacht hatte.

„Aber wie alle magischen Tage musste auch dieser einmal enden. Die Stoffpuppen verabschiedeten sich von ihren neuen Freunden in der Scheune und begaben sich zurück zum Haus."

Die letzten Darsteller verließen die Bühne, die Leute im Hintergrund änderten die Kulissen, und Brooke führte Madison und Ryan zurück in das Haus und neben den Kamin.

„‚Adieu', sagte die Rattenfängerin. ‚Frohe Weihnachten und danke, dass ihr zu Besuch wart. Ich glaube, die Magie lässt bald nach.'"

Sie umarmten sich alle, dann ließen sich Maddy und Ryan wieder auf dem Boden nieder, während Brooke die Hände in die Luft warf. Die Lichter gingen aus.

Als die Lichter wieder angingen, war Brooke weg. Nur ein dumpfes Geräusch erklang, und etwas im Hintergrund fiel um. Brookes gemurmeltes *Autsch* war laut genug, dass die meisten Leute es hörten.

„‚Glaubst du, wir werden sie jemals wiedersehen? Oder die magische Scheune besuchen?', fragte das Stoffpuppenmädchen. ‚Ich glaube schon', sagte der Puppenjunge zu ihr. ‚An Weihnachten kommt immer Magie, und manchmal, wenn man es wirklich will, bleibt sie das ganze Jahr lang.'

Und damit schließt unsere Vorstellung des Nicht-ganz-Nussknackers."

Madisons Finger waren in seinen verschränkt. Ryan hatte

den anderen Arm um ihre Taille gelegt, und sie lehnten sich aneinander, gemütlich und behaglich. Perfekt und richtig, und Ryan wollte so bleiben. Obwohl er angezogen war wie eine Stoffpuppe. Obwohl sein Gesicht geschminkt war.

Er war bei Madison, und das machte es perfekt.

15

Der ganze Haushalt brummte in den Tagen nach dem Auftritt. Talia hatte von der Schule frei, was bedeutete, Madison konnte sich hinein stürzen und ganze Tage mit dem liebenswerten kleinen Mädchen genießen.

Ryan beharrte darauf, dass Madison nicht Babysitten musste. „Alles mit Laura ist noch eingerichtet", rief er ihr in Erinnerung. „Und du scheinst eine Bande von Frauen gefunden zu haben, mit denen du Unheil stiften kannst. Du solltest Zeit mit ihnen verbringen."

„Das mache ich auf jeden Fall", versprach Madison. „Aber ich genieße auch die Zeit mit Talia."

Der Tag nach dem Auftritt war Ryans freier Tag, was bedeutete, dass man sich darauf stürzen musste, dass Problem mit Talias Geburtstag zu lösen.

Da sie sich im Lauf der Jahre mit ihren jüngeren Brüdern herumgeschlagen hatte, dachte Madison, dass wahrscheinlich ein paar Tränen und etwas Groll dazugehören würden, während sie sich ihrem Ziel näherten. Mit diesem Gedanken holte sie einige riesige Haftzettel heraus, die bunt gefärbt waren. „Also gut, Kleine. Bist du bereit?"

Ryan spülte ab, aber er rief über die Schulter: „Lasst noch etwas Platz für mich. Ich habe auch Ideen."

Talia schaute den Stapel aus Stiften und Papier argwöhnisch an. „Das sieht aus wie Hausaufgaben."

Ein Kichern kam von Madison. „Bist du sicher, dass du nicht mehr mit meinem kleinen Bruder geredet hast?"

„Seit letzter Woche nicht mehr", behauptete Talia.

Wenn man bedachte, dass bis zum Geburtstag des kleinen Mädchens nur noch dreimal geschlafen wurde, war sie erstaunlich ruhig geblieben, aber als sie die ganze Sache anfing, indem sie ihr Hauptargument wiederholte, wurde klar, dass sie nicht nachgab. „Ich will meinen Geburtstag an meinem Geburtstag. Bitte, Daddy?"

Ryan nickte. Er trocknete sich die Hände ab, dann nahm er sich einen riesigen Haftzettel und schrieb in großen Buchstaben: „Talias Geburtstag wird am 25. Dezember gefeiert." Er riss das Blatt ab und reichte es ihr. „Kleb es an die Wand, so hoch du kommst. Das ist unser Ziel. Alles darunter sind Ideen oder Möglichkeiten."

Madison lehnte sich in dem Sessel zurück. „Wow. Ich muss nicht mal hier sein."

„Doch, musst du", beschwerte sich Talia, während sie zurück zum Tisch lief und Madison am Arm packte.

„Ups. Tut mir leid, Süße, ich habe nicht davon gesprochen, dass ich gehe. Ich habe von deinem Daddy gesprochen, der genau weiß, was man mit den Notizzetteln macht."

„Maddy, nach all der Zeit, in der du mich mit dieser Methode lernen und brainstormen hast lassen, wird das niemals wieder ausgelöscht", sagte Ryan trocken.

Am Ende des kleinen Austauschs saß Talia auf Madisons Schoß. Der Geruch des kleinen Mädchens und die Art, wie sie mit der Hand über Madisons Arm rieb, sorgten dafür, dass die Hoffnung in ihrer Brust sich noch weiter entfaltete.

Madison war ziemlich sicher, dass sie sich in Ryan verliebt hatte. Aber sie war völlig sicher, dass Talia ihr das Herz von dem Augenblick an gestohlen hatte, als sie ins Haus gekommen war.

Es war Zeit, sich zu konzentrieren. „Was für Dinge würden denn deinen Geburtstag zu etwas Besonderem machen?"

In den nächsten zwanzig Minuten schrieben sie alles vom Einfachen bis zum Albernen auf. Das bedeutete, dass sie eine Menge Zeit mit Lachen verbrachten und Talia die Augen verdrehte, als ihr Daddy Sachen aufschrieb wie „auf Kängurus reiten", und sie an die Wand klebte.

Aber es machte sich Aufregung breit, zusammen mit der perfekten Lösung, als Ryan mitten in einer Google-Suche innehielt. „Ich glaube, ich hab's."

Talia lief an seine Seite und las mit seiner Hilfe den Artikel, in dem stand, dass es in manchen Kulturen das Geburtstagskind war, das Geschenke ausgab.

Talia dachte kurz nach. „Wenn wir Dinge für meine Freundinnen machen, und wir zu ihnen nach Hause kommen, dann stören wir doch nicht ihr Weihnachten mit ihrer Familie. Vielleicht?"

Sie wandte sich mit großen Augen zu Ryan und schaute dann hinüber zu Madison.

Wenn sie Stunden am Telefon mit allen Freundinnen von Talia verbringen musste, um einen Terminplan zu finden, der funktionierte, sollte es so sein.

Während Ryan und Talia an der Liste der Leute arbeiteten, die sie wirklich zum Feiern dabei haben wollten, ließ sich Madison ein paar Ideen für einfache Geschenke einfallen, bei denen Talia sich am Basteln beteiligen konnte.

In der Mitte von alldem rief ihr Bruder an. Madison glitt

vom Tisch und stellte sich ans Fenster, schaute hinaus über den schneebedeckten Hof. „Hey, Kyle."

„Hey, Mad. Ich wollte dich wissen lassen, dass die Geschenkbox angekommen ist, die du für Mom bestellt hast. Ich habe sie abgelenkt, und Joe hat sie eingepackt und unter den Baum gestellt."

„Danke, ihr zwei, das ist toll." Sie konnte sich die Weihnachtstage zu Hause bestens vorstellen. Den vertrauten Schmuck, ihre Mom, die die schicken Plätzchenausstecher herausholte, die nur zu dieser Jahreszeit benutzt wurden. „Ich werde euch Chaoten vermissen", gab Madison zu.

„Ich vermisse dich auch. Klingt nur so, als hättest du eine tolle Zeit bei deinem Freund."

„Auf jeden Fall. Heute planen wir eine Geburtstagsparty." Madison schaute hinab, um feststellen, dass Talia vor ihr stand, die Hand ausgestreckt. „Ja?"

„Ich will mit deinem Bruder reden. Bitte?" Talia legte die Hand hinter den Rücken und stand da, während sie teuflisch süß aussah.

Madison lachte. Vor einer Woche hatte Talia sie dabei erwischt, wie sie mit Joe geplaudert hatte, und hatte das Telefon übernommen. Am Ende waren sowohl Joe als auch Kyle am Lautsprecher gewesen und hatten Talia Geschichten erzählt und das kleine Mädchen zum Kichern gebracht.

Es hatte Madison das Herz umgestülpt, das zu hören.

Daher war sie jetzt ziemlich sicher, was für eine Antwort sie von ihrem Bruder bekommen würde. „Hey, Kyle. Talia würde gern wieder mit dir reden. Hast du Zeit?"

„Klar. Sie ist eine Süße."

„Das ist sie. Ich hab dich lieb, Bro."

Talia nahm das Handy sehr höflich entgegen, und dann trat sie zur Seite und begann sofort all die Pläne ihres

Wandergeburtstages zu erzählen, der am ersten Weihnachtsfeiertag stattfinden würde.

Madison kehrte zum Tisch zurück und setzte sich neben Ryan.

Er ließ die Hand über ihre gleiten und drückte sie. Dicht bei ihr, verbunden. „Du hast gute Kinder aufgezogen."

„Du machst es auch nicht schlecht", sagte sie und wandte sich zu ihm. Sein Gesicht so nahe, sein Körper gleich da. Es wäre so leicht gewesen, sich vorzubeugen und ihre Lippen auf seine zu drücken. So richtig, doch es war ihr nicht gestattet.

Aufregung sprudelte aus Talia heraus, während sie zurück dorthin zischte, wo sie saßen, und das Handy Madison reichte. „Kyle hat eine Idee", brüllte sie beinahe.

Madison ging wieder zu ihrem Bruder. „Was ist los?"

„Falls es hilft, Talia sagt, sie braucht Geschenke, die sie all ihren Freundinnen bringt. Weißt du noch, als wir Kekse im Glas gemacht haben? Alle, denen wir sie geschenkt haben, haben sie geliebt, und Joe und ich hatten eine Menge Spaß, als wir sie gemacht haben."

Es war perfekt. „Kyle, du bist ein Genie."

„Natürlich bin ich das. Ich wurde doch von der besten großen Schwester der ganzen Welt aufgezogen."

Talia tanzte durch das Zimmer, während Madison Ryan die Idee vorstellte.

Es war Ryan, der einen weiteren genialen Schachzug hinzufügte. „Wenn du es nicht für komisch hältst, dass Leute helfen, ihre eigenen Geschenke herzustellen, könnte Talia Emma und Crissy einladen, damit sie rüberkommen und die Keksdosen verzieren."

Und darum war am Mittwochnachmittag das Haus voll mit Talias Freundinnen für eine Nicht-Geburtstagsfeier, eher schon ein die Feier vorbereitendes Ereignis. Was sich eigentlich nicht groß von einer Geburtstagsfeier unterschied, aber Talia war glücklich, und das machte Ryan glücklich.

Was Madison dazu brachte, ihm direkt gleich erzählen zu wollen, dass sie vorhatte, niemals mehr zu gehen.

Sie richteten Arbeitsplätze rund um die Kücheninsel ein. Ryan übernahm die schwierige Aufgabe, Mehl, Salz und Backpulver unten in das Gefäß zu geben. Dann reichte er es weiter an Talia, die Schokostückchen und Zucker hineingab. Crissy fügte die Nüsse hinzu, und Emma schloss es mit Kokosnuss ab.

Am Ende der Produktionslinie verschloss Madison die Gläser mit einem festlichen Stück Stoff, das sie gefunden hatte, mit Ballons darauf. Ein Stück Schleife rund um den Hals enthielt die Anweisungen für das Mischen und Backen.

Als die Mädchen wegliefen, um in Talias Zimmer zu spielen, trat Ryan hinter Madison, ließ die Hände über ihre Hüfte gleiten und zog sie zurück an seinen Körper. Eine volle Umarmung von hinten, während sie einfach dastand und sie leise wiegte. Seine Wange an ihrer, während sie die Sammlung von Gläsern auf dem Tisch bewunderten.

„Danke, dass du eine weitere besondere Erinnerung für meine Tochter geschaffen hast." Ryan streifte mit den Lippen über ihr Ohr.

„Das hat auch gute Erinnerungen für mich geschaffen", erklärte Madison.

Es war verführerisch, sich umzudrehen. Sich fest in seine Umarmung zu legen und zuzugeben, was sie empfand. Stattdessen stand sie da und nahm den Augenblick der Dankbarkeit auf, den er ihr anbot. Die Verbindung zwischen zwei guten Freunden, die Erinnerungen für ein kleines Mädchen schufen.

Am Weihnachtsfeiertag ging der Spaß weiter.

Während Talia darauf bestand, dass es ihr Geburtstag war,

standen an diesem Vormittag mehr als nur Geburtstagsgeschenke auf dem Tisch.

Madison zuckte mit den Schultern. „Ich hatte ein paar Dinge dabei."

„Und ich hatte auch bereits etwas ausgesucht", gab Ryan zu.

Talia beugte sich vor, ihr Interesse wurde größer, als ihr ihr Name auf einem der Päckchen auffiel. „Mir macht es nichts aus, Weihnachten mit meinem Geburtstag zu teilen."

Ryan lachte, bis er Tränen vergoss, als eine Schachtel mit seinem Namen von Madison, die viel zu klein war, als dass sie ihn argwöhnisch gemacht hätte, letztlich nur einen Notizzettel enthielt, auf dem stand „unter den Tisch". Er schaute nach und stellte fest, dass sie den Pulli mit etwas robustem Klebeband an der Unterseite befestigt hatte.

Das Ausliefern von Talias Geburtstagsgeschenken dauerte länger, als Madison erwartet hatte. Zum Glück war Ryan dazwischen gegangen und hatte das Planen übernommen, denn Madison hatte angenommen, sie würden an die Tür gehen, Talia würde *alles Gute zum Geburtstag* rufen und erklären, was sie tat, dann würden sie gehen.

Madison hatte die Tatsache vergessen, dass anders als ihre Brüder – die sich darauf konzentriert hätten, die Liste abzuarbeiten – Talia ein Schmetterling des gesellschaftlichen Lebens war. Ryan plante die Besuche, wann immer ihre Freundinnen gesagt hatten, sie würden eine Pause in den eigenen Weihnachtsfeierlichkeiten machen, was bedeutete, überall, wo sie anhielten, wurden sie auch eingeladen, um etwas zu trinken oder eine Leckerei zu essen. So viel gutes Essen und so viele wunderbare Leute.

Hanna und Brad hatten ein Lagerfeuer in ihrem hinteren Garten, darum blieben sie dort, um ein Marshmallow zu rösten und S'mores zu machen. Die Augen des kleinen Drew waren so groß wie die Flammen, die vor ihnen flackerten.

Draußen auf der Silver Stone Ranch war Emmas erweiterte Familie auf der Koppel beim Reiten. Emma und ihre große Schwester Sasha brachten Talia sofort zum Ziegenverschlag, wo immer wieder lautes Gelächter erklang.

Es war fast fünf Uhr, als Ryan, Talia und Madison nach Hause kamen, und Talia hüpfte immer noch auf und ab. „Jetzt ist Abendessen. Ja?"

Ryan wuschelte ihr die Haare und grinste. „Ja. Es ist Zeit für deine Geburtstagspizza."

Es war auf so viele Arten unweihnachtlich, doch alle Kleinigkeiten waren da, die Madison für ihre eigene Feier brauchte. Sie redete mit ihrer Mom und ihren Brüdern. Sie hatte Halt gemacht und alle ihre neuen Freundinnen besucht.

Sie hatte beobachtet, wie Talias Augen vor Glück funkelten, als sie die Einmachgläser mit der Keksmischung an all die besonderen Leute in ihrem Leben weitergegeben hatte, darunter ihre Ballettlehrerin und „Miss Sonora, die sich um die ganzen Welpen kümmert."

Und als Talia ins Bett ging, erwischte Ryan Madison an der Hand und zog sie in sein Schlafzimmer, wo er die Tür absperrte und ihr dann ein weiteres ganz wunderbares, sehr wertgeschätztes Geschenk machte.

Er öffnete die Knöpfe des roten funkelnden Pullis und legte ihn sorgsam auf den Stuhl. „Ich würde nicht wollen, dass dem was passiert. Ich bin mir ziemlich sicher, den trägst du zumindest noch einmal mehr in diesem Monat."

Madison lächelte, während er näherkam und ihre Lippen zueinander brachte, Verbindung und Verlangen trieben sie an. Er zog ihre Kleider aus, und seine, und holte sie auf seine Matratze. Arbeitete sich an ihrem Körper nach unten, dann neckte er sie, bis sie vor Verlangen bebte.

Er rollte sie auf sich, reichte ihr ein Kondom und ließ sie übernehmen. Was wirklich gut war. Perfekt sogar.

Sie nahm sich Zeit, seinen Körper zu erkunden. Küsste und leckte und wertschätzte jede seiner muskulösen Kanten. Brachte das Kondom ganz langsam an, sodass seine Oberschenkelmuskeln schon fast bebten, bis sie sich über ihm aufrichtete und sich wiegend auf seinem harten Schwanz niederließ.

Ein Zentimeter. Noch einer. Langsam brachte sie sie zusammen. Die Hände in seine Brust gepresst, seine Finger bohrten sich in ihre Pobacken, während er vor Verlangen bebte.

„Das fühlt sich so gut an." Die Worte entschlüpfen ihm, tief und rau.

„Es fühlt sich gleich noch besser an", versprach sie. Sie erhob sich ganz langsam, ging wieder nach unten. Wurde immer wieder erfüllt und geleert. Machte schneller, während das Verlangen anstieg und seine Hände die Kontrolle übernahmen. Halfen, sie in Position zu halten, während er nach oben in sie hinein stieß.

Ryan ließ eine Hand nach vorne gleiten, zwischen ihre Beine. Streichelte sie dort, wo er in ihren Körper eindrang, intim und unfassbar gut. Seine Finger wurden feucht, und er rieb die Feuchte über ihre Klitoris. Rieb hart genug, dass es kein Halten mehr gab, kein Langsamerwerden.

Lust legte sich um sie beide und explodierte. Helle Lichter glühten auf wie Feuerwerk an den Rändern ihres Blickfelds.

Sie fiel nicht. Sie war gelandet.

Madison hatte sich in ihren besten Freund verliebt, und besser werden konnte das nur?

Wenn es ewig dauern würde.

16

———

Weil sie den Freitag als Talias besonderen Tag genutzt hatten, bedeutete der Samstag einen Ausflug nach Black Diamond zu einem Festmahl mit seinen Eltern. Außerdem plante Talia für einen erweiterten Besuch ein paar Tage mehr.

Seine Tochter zerrte Ryan zu einem Privatgespräch in ihr Zimmer, während sie ihre Tasche für den Ausflug packte. Während sie ihren ernsten Kleine-Mädchen-Blick auf ihn richtete, verschränkte sie die Arme vor der Brust. Ein Spiegelbild von ihm. „Ich will bei Nâinai und Yéyé bleiben, aber ich will auch hier bei Madison bleiben."

„Ich weiß. Nur dass deine Großeltern sich auf die Zeit mit dir gefreut haben."

Talias Unterlippe bebte, und sie seufzte schwer. „Ich freue mich drauf, bei ihnen zu bleiben, aber mir ist nach Weinen."

„Ach, meine Kleine." Ryan zog sie in die Arme und hielt sie fest. Talia, der Teenager, war gleich um die Ecke. Er würde eine göttliche Eingebung brauchen, um den kommenden Sturm zu überdauern, und doch konnte er es nicht erwarten.

Zu erfahren, zu wem dieses zarte, doch mutige Kind heranwachsen würde, fand er immens spannend.

Bis er und Madison sich bereit machten, nach Black Diamond aufzubrechen, lächelte seine Tochter wieder. Ihm fiel auf, dass sie sowohl ihm als auch Madison gleich lange, besitzergreifende Umarmungen gab, bevor sie aufbrachen.

Er musste zustimmen. Madison gehen zu lassen, wenn es Zeit wurde, würde für ihn und Talia die Hölle sein.

Ryan und Madison kehrten nach Heart Falls zurück und stürzten sich in eine sehr ausgiebig begeisterte Samstagabendmenge im Rough Cut.

Da er Talia nicht abholen musste, wurde Sonntag ein Tag, an dem er wieder Luft holen konnte. Madison verschwand ein paar Stunden mit ihren neuen Freundinnen. Als sie zurückkehrte, glühten ihre Wangen vor Kälte.

Sie hatte auch einen Schneeball in ihrer Hand versteckt, den sie ihm hinten ins T-Shirt steckte, wenige Sekunden, nachdem sie zurück ins Haus gekommen war.

Er rächte sich, indem er sie gleich dort nackt auszog und auf dem Boden des Wohnzimmers nahm. Ihr Lachen verlegte sich auf Stöhnen und Lustschreie, die von den Wänden seines Hauses widerhallten.

Bei jeder Gelegenheit, die sich bot, hatte Ryan sie in seinem Bett und seinen Armen, da er sich keine Sorgen machen mussten, dass Talia bei ihnen hereinplatzen würde.

Der Sex war großartig, aber interessanterweise stellte Ryan fest, dass er Madison einfach nur lange Augenblicke festhielt, hinter ihr in der Küche herantrat, sie unterbrach, als sie ihre Jacke anzog. Sich im Bett um sie legte, die Beine unmöglich ineinander verschränkt. Als würde es ihm irgendwie helfen, die Verbindung zwischen ihnen abzuspeichern, um zu überleben, sobald sie weg war.

Ein dutzendmal hatte er den Mund geöffnet, um zu fragen, ob sie es sich überlegen würde, ihre Pläne zu ändern. Hierzubleiben und in der Nähe zu wohnen, anstatt ans andere Ende des Landes zu ziehen.

Jedes Mal unterbrach sich Ryan. Das wäre nicht richtig. Das hatte sie schon einmal gemacht, ohne dass jemand gefragt hatte. Einfach alles aufzugeben, wofür sie gearbeitet hatte, um anderen etwas zu geben, und obwohl sie gesagt hatte, es wäre das, was sie wirklich gewollt hatte, weigerte er sich, sie wieder in diese Lage zu versetzen.

Er steckte den hässlichen Pulli in die Chipskiste in der Vorratskammer, weil er hoffte, bevor sie sich verabschiedete, würde sie eine letzte lachende Entdeckung machen.

Einen letzten Besuch mit ihrer süßen, wilden Tradition, und er ließ die Traurigkeit aufsteigen, fühlte aber auch Zufriedenheit, weil er tat, was richtig war. Er würde sie vermissen. Talia würde sie vermissen. Aber Madison hatte eine Gelegenheit verdient, aufzublühen.

Am Montag hatte er einen vollen Einsatztag auf der Feuerwache. Madison hatte sich ihm diesmal nicht angeschlossen. Ryan musste zugeben, dass er irgendwie mit dem falschen Fuß aufgestanden war. Was auf so vielen Ebenen falsch war.

Er hatte Zeit allein mit Madison, und doch saß er da, grummelig wie ein Bär, dessen Honig man geklaut hatte. Es war einfach nicht richtig.

Alex kam in den großen Gemeinschaftsraum der Feuerwache, warf einen Blick auf ihn, dann ließ er sich mit einem Grinsen auf einen Stuhl in der Nähe fallen. „War in deiner Weihnachtssocke nur ein Stück Kohle?"

Ryan blinzelte. „Was?"

„So traurig." Mit einem Kopfschütteln stand Alex auf und

ging zum Kühlschrank, kehrte mit zwei Wasserflaschen zurück. Er stellte eine vor Ryan, dann öffnete er seine eigene und nahm einen langen Schluck, bevor er mit der Oberseite auf Ryan zeigte. „Dich hat es ganz schlimm erwischt."

Okay, jetzt zwar Ryans Grummeligkeit vorbei, und er war richtiggehend angepisst. „Hör auf mit diesem kryptischen Unsinn."

„Hey, du musst doch nicht gleich giftig werden. Ich meine es ernst. Obwohl ich schätze, man sollte es sagen, dich hat es richtig *gut* erwischt."

„Alex, ich tu dir noch weh." Ryan sagte das so gemäßigt wie möglich, selbst als er darüber nachdachte, ob aus irgendeinem Grund ein ausgewachsener Faustkampf vielleicht das war, was er gerade jetzt brauchte.

Die Miene seines Freundes veränderte sich. Erheiterung stahl sich davon und wurde durch … Verwirrung ersetzt. „Sag mir, dass du klüger bist als das. Sag mir, dass du nicht ignorierst, dass du in Madison verliebt bist."

Ein trockenes Lachen kam von Ryans Lippen. „Wie bitte?"

„Du weißt schon, die kurvige Rothaarige, die im letzten Monat dein Schatten war? Die Frau aus einer Vergangenheit, die jeden deiner Tage aufhellt. Und so weiter und so fort, blablabla."

Wäre die Wasserflasche nur ein wenig leerer gewesen, hätte Ryan sie Alex an den Kopf geworfen. „Hör auf mit dem Unfug. Madison und ich sind nicht verliebt."

„Tut mir leid, das ist kein Unfug." Alex zuckte mit den Schultern. „So ein guter Schauspieler bist du nicht. Ich weiß, dass ihr beiden seit mindestens ein paar Wochen miteinander ins Bett geht. Du läufst mit einem Riesengrinsen herum, anstatt Mr. Ruhig, Cool und kaum Lebendig zu sein."

Es ging seinen Freund nichts an, aber aus irgendeinem Grund musste Ryan zugeben, dass dieser Teil stimmte. „Ja, wir haben Sex. Tollen Sex, was, wie ich mich erinnere, du gerade derzeit nicht genießen kannst."

„Aua, ein Tiefschlag, Mann." Aber Alex grinste immer noch. „Also hüpfen die Hormone so sehr herum, dass du ignorierst, was für andere Sachen passiert sind und sich gefügt haben, während du anderweitig beschäftigt warst ... Und dieses *beschäftigt* kannst du interpretieren, wie immer du willst."

„Wir sind nicht verliebt", behauptete Ryan, der jetzt wirklich verärgert war. „Liebe trifft einen hart und fest und macht einen schwindlig und vernebelt ..."

Alex schnitt ihm mit einem Schnauben das Wort ab. „Du hast Glück, dass du nicht von einem Laster erwischt wurdest, wenn das erste Verlieben bei dir so gelaufen ist."

„Es gibt nichts außer das erste Mal", wiederholte Ryan. „Sage ich dir doch."

„Ja, stimmt." Alex funkelte ihn inzwischen an. „Weißt du was? Lüg dir doch vor, was du willst, aber vielleicht solltest du an Madison denken. Wenn man bedenkt, dass sie deine beste Freundin sein soll, solltest du sie echt nicht so behandeln."

„Ich bin nicht verliebt ..." Ryan brach seinen Satz in der Mitte ab. Denn ja, so schlimm war es. Er brüllte seinen Freund an, während es in seinen Eingeweiden zog und alles, was er wollte, war, Maddy in die Arme zu nehmen und ihr zu sagen, dass sie bei ihm bleiben sollte. Die Sache machte ihn innerlich ganz durcheinander, aber irgendwie würden er und Madison es hinbiegen.

Verdammt. Ryan hatte das Letzte laut ausgesprochen, und jetzt starrte Alex ihn an. Seine Miene war wie ein Urteilsspruch.

„Ha – es ist schwer, was hinzubiegen, wenn die Frau über tausend Kilometer von dir weg ist." Mitgefühl zeigte sich auf Alex' Gesicht. Er hob das Kinn. „Hey. Es tut mir leid. Vielleicht sehe ich etwas, das nicht da ist, denn ich weiß, dass ich derzeit nichts mit jemandem anfangen kann, an dem ich Interesse habe. So viel Interesse, dass ich hoffe, es könnte in die Ewigkeit führen, aber mir sind die Hände gebunden. Dir nicht."

Das Argument reichte, um Ryan vom Leugnen in eine Spirale der Wahrheit zu schicken. Er wusste, er wollte, dass Madison blieb. Das hatte er doch schon vor sich zugegeben.

War es ... *Liebe?*

Alex räusperte sich. „Na ja, jetzt, da ich jedes Fettnäpfchen mitgenommen habe, lass mich mal so enden. Vielleicht weißt du nicht, dass du dich verliebt hast. Vielleicht weißt du nicht, ob sie sich in dich verliebt hat, aber eines kann man nicht ignorieren. Es ist leichter, so Zeug rauszubringen, wenn man in derselben Gegend lebt."

Sein Freund erhob sich, blieb lange genug stehen, um Ryan eine Hand auf die Schulter zu legen und fest zu drücken, bevor er zurück zur Rückseite der Wache ging.

Ryan konnte sich nicht bewegen. War er ... verliebt ... in Madison Joy?

Er schüttelte den Kopf. Das konnte nicht sein. Er hatte sich schon mal verliebt, und das war überhaupt nicht so gewesen. Diesmal hatte es keinen Ansturm der Energie gegeben, kein Plappern oder ihr jeden Augenblick in die Augen schauen zu wollen ...

Es war nicht dasselbe, wie es mit Justina gewesen war. Vielleicht sollte er Madison fragen, ob sie wusste ...

Ryan sank wieder in seinen Stuhl. Genau. Madison fragen. Seine erste Reaktion war keine so gute Idee.

Die Warnsirenen gingen oben los, und alle mentalen Verrenkungen wurden zur Seite geschoben, weil ein Noteinsatz anstand.

Die Stunden vergingen, während sie daran arbeiteten, ein Feuer auf einer Ranch in der Nähe in Schach zu halten. Das

Außengebäude, das in Flammen aufgegangen war, war alt und wacklig, und viel zu nahe an der neuen Scheune voller Tiere.

Eisiger Wind und ein Löschwagen ergaben einen eiskalten Kampf, in den sich höllische Hitze mischte, während sie zwischen den Flammen unter dem Außenbereich hin und her eilten, und dem Besitzer halfen, die Tiere außer Gefahr zu bringen.

Ryan hatte keine Zeit, um abgelenkt zu werden, aber seltsamerweise war der Frieden, den er spürte, jedes Mal, wenn er sich Madison zu Hause vorstellte, wie sie auf ihn wartete, das, was durch seinen dicken Schädel drang.

Es war nicht die aufgeregte, sprudelnde Liebe wie beim ersten Mal, aber es war auf jeden Fall mehr als Freundschaft.

In dem Augenblick, als er zurück zur Feuerwache kam, schnappte er sich sein Handy.

Es wartete eine Sprachnachricht von Madison. Irgendwo zwischen ihrem Handy und seinem Empfang hatte sich die Nachricht in Müll aufgelöst.

„… Schwierigkeiten. Keine Sorge, ich kümmere … Bin jetzt unterwegs. Habe von dem Feuer gehört … später.“

Ryan starrte auf das Handy, er war schockiert. Unterwegs? Sie brach jetzt auf? *Was zum Henker?*

Er schob sich an Alex vorbei. „Tut mir leid. Ich kann nicht zum Aufräumen bleiben. Ich muss los.“

„Äh.“ Alex erwischte ihn am Arm. „Hey, alles in Ordnung?“

„Nein, aber das wird es.“ Das musste es.

Ryan versuchte es dreimal mehr auf dem Weg nach Hause, und jedes Mal ging der Anruf auf die Mailbox, und er legte auf.

Ihr Auto war nicht in der Zufahrt. *Scheiße.* Sie sollte doch erst in ein paar Tagen losfahren. Wie sollte er das hinkriegen, wenn sie nicht da war, um ihm zu helfen?

Er stellte das Auto auf Parken, rief sie noch einmal an, aber diesmal ließ er eine Nachricht zurück.

„Maddy, wenn du das erhältst, ruf mich an. Ich weiß, du hast Pläne, aber ich liebe dich." Er schnaubte in sein Handy. „Das war ich, wie ich ganz subtil überhaupt nicht mit der Tür ins Haus falle, aber es stimmt. Ruf mich an, wenn du für die Nacht Halt machst. Lass mich kommen und mich dir anschließen, damit wir darüber reden können. Bitte lass mich eine Möglichkeit finden, um es so einzurichten, dass wir zusammen sind und du trotzdem noch deine Träume bekommst. Ich liebe dich, Madison Joy. Ich brauche dich in meiner Welt."

Er wollte nicht auflegen. Also saß er einfach nur da und starrte das Handy an, bis die Nachricht aufhörte, aufzuzeichnen.

Irgendwie schaffte er es zur Eingangstür, schob sie auf, und ...

„Daddy!" Talia prallte in ihn hinein wie eine Bombe, drückte ihn fest und schob ihn dann mit einem angeekelten Geräusch von sich. „Du stinkst echt."

„Alles in Ordnung?" Es war Madison.

Es ... war *Madison?*

Sie war da, in seinem vorderen Eingangsbereich, mit leuchtend lila Socken an den Füßen, der hässliche Pulli war auch da. Das ganze Haus war erleuchtet und roch nach Pumpkin Spice.

Ryan küsste sie. Nahm sie an der Hand, riss sie an sich, und legte alles, was er spürte – selbst wenn er es nicht benennen konnte – in die Bewegung.

Direkt vor Talia, die wie verrückt kicherte.

Als er sie endlich losließ, beäugte Madison ihn vorsichtig. Ihr Blick huschte zu Talia und dann zurück, bevor sie die Nase rümpfte. „Du stinkst wirklich."

O Gott. Ein Lachen wollte heraus, weil sie noch da war, aber …

„Was ist passiert? Warum ist Talia zu Hause?"

„Yéyé ist krank geworden, Daddy." Talia ließ ihre Hand in seine gleiten und zog daran, um seine Aufmerksamkeit zu bekommen. „Madison ist gekommen und hat mich abgeholt."

„Ich habe dir eine Nachricht hinterlassen", sagte Madison. „Deinem Dad geht es gut. Seine Blutwerte sind hochgeschossen oder so was, darum wollten sie ihn über Nacht im Krankenhaus behalten, zur Beobachtung. Deine Mom hat angerufen und gefragt, ob ich Talia abholen könnte. Ihr geht es gut, aber sie wollte sich nicht um Talia genauso Sorgen machen müssen wie um deinen Dad. Ich habe angeboten, dass sie zu uns nach Hause kommen kann, aber sie wollte in der Nähe bleiben."

Ryans Puls kam langsam wieder in den Normalbereich. Er hielt Talias Hand und hatte immer noch einen Arm um Madisons Taille gelegt. „Okay. Okay."

„Du solltest mal duschen." Madison stieß ihn zum Schlafzimmer. „Echt."

„Noch nicht." Er würde das jetzt erledigen, bevor er die Gelegenheit verpasste. „Talia, ich muss mit Madison reden. Kannst du mal ein bisschen spielen gehen?"

Seine Tochter schaute zu ihnen auf, dachte einen Augenblick nach, dann fragte sie: „Wirst du sie wieder küssen?"

Madison schaute an die Decke hoch, ihre Lippen aneinandergepresst, als würde sie sich äußerst bemühen, nicht zu lachen.

„Denn wenn du sie küsst, solltest du echt erst mal duschen. Das sagt Crissys Mom, wenn ihr Daddy nach einem Feuer heimkommt."

Talia sagte es unverblümt, dann stahl sie sich weg ins

Wohnzimmer und ging zurück an das 3-D-Puzzle, an dem sie offensichtlich gearbeitet hatten, während sie gewartet hatten, dass er nach Hause kam.

Das war es. Das war zu Hause, nicht, weil es dort war, wo er wohnte, sondern weil es dort war, wo Talia war, und nun, wo Madison war.

Wenn er sie überzeugen konnte, zu bleiben.

Richtig oder falsch, er würde es tun. Irgendwie würde er eine Möglichkeit finden, sie glücklich zu machen.

Ryan zog Madison zum Gang, blieb in Sichtweite seiner Tochter stehen. „Ich muss meinen Boss mal damit aufziehen, was für Dinge vor kleinen Ohren ausgesprochen werden."

„Du hast mich geküsst." Madison ignorierte seine klugscheißerische Anmerkung und ging zum Hauptpunkt über. „Was ist los?"

Er zögerte eine Sekunde, bevor er sich hineinstürzte. „Du bist meine beste Freundin, du findest immer eine Möglichkeit, hinzubiegen, was kaputt ist. Ich brauche deine Hilfe."

Sie runzelte die Stirn. „Was ist kaputt?"

„Ich? Vielleicht?" Ryan nahm ihre Finger und drückte sie sich an die Brust. „Ich weiß nicht, wie ich dir sagen soll, wie ich empfinde, ohne dadurch vielleicht deine Pläne auf den Kopf zu stellen. Und ich will niemals der Typ sein, der dir deine Träume wegnimmt."

Ihre Wangen wurden rosa. „Was empfindest du denn?"

„Ich bin verwirrt, aber man hat mich in Kenntnis gesetzt, dass alle Anzeichen da sind." Ryan holte tief Luft. „Ich bin in dich verliebt, Madison Joy."

Ihre Augen wurden groß und ihr Lächeln ebenso – nicht nur die Lippen, sondern ihr ganzes Gesicht und ihr ganzer Körper – strahlten vor Glück. „Das ist äußerst passend, denn wie es der Zufall so will, habe ich mich auch in dich verliebt, Ryan Zhao."

Ein kleiner Körper rauschte zwischen sie hinein. Talia, die nicht mehr auf der entgegengesetzten Seite des Raumes war, sondern sich sowohl an seine als auch Madisons Beine klammerte. „Bleibt Madison? Bleibst du?"

Die Worte waren gedämpft, da Talia ihr Gesicht an sie drückte, aber deutlich genug zu verstehen.

Ryan setzte an: „Wir waren noch nicht fertig mit dem Reden ..."

„Ja, ich bleibe." Madison beugte sich hinab und umarmte Talia, gab ihr einen Kuss auf die Nase. „Jetzt, bitte, dein Daddy und ich brauchen Zeit, um unter Erwachsenen zu reden. Ich verspreche, wir werden dir alles sagen, was du wissen musst, wenn wir fertig sind."

„Okay." Talia schlang die Arme um Madison in einer erdrückend festen Umarmung. „Ich bin froh, dass du bleibst."

Als sie wieder allein waren, zog Ryan Madison an sich. Er hatte keine Wahl, er musste sie einfach festhalten.

„Du hast einen Job woanders", rief er ihr in Erinnerung.

„Es war ein Job, den sie mir gegeben hatten, weil mein letzter Job nicht mehr verfügbar war. Ich scharre nicht mit den Hufen, um loszuziehen, oder folge einer traumhaften Gelegenheit. Ich erkläre dir mehr, aber ich bin ziemlich sicher, ich kann den Barkeeper vor Ort davon überzeugen, mich einzustellen, falls ich beschließe, dass ich das tun möchte." Madison strich mit den Händen über seine Brust, als könne sie nicht glauben, dass sie hier waren und einander festhielten.

„Ich dachte, du wolltest einen Neuanfang. Ein brandneues Leben."

Sie lachte leise, schüttelte den Kopf. „Wofür hältst du das denn? Mich in dich zu verlieben, nach Heart Falls zu ziehen. Freunde zu finden, helfen, Talia aufzuziehen. Das sind alles neue, wunderbare Abenteuer, die ich erleben *möchte*. Ganz perfekt gewöhnliche Sachen, die außergewöhnlich sind, weil sie für mich das Richtige sind. Für uns."

„Echt?"

„Echt." Sie stellte sich auf die Zehen und drückte ihm einen Kuss auf die Lippen. „Bitte, geh duschen."

Er grinste. „Tut mir leid."

17

An diesem Abend, nachdem Talia überzeugt worden war, dass Schlaf keine optionale Aktivität war, führte Ryan Madison in sein Zimmer und verschloss die Tür.

Sie beäugte ihn. Es schien, wenn er es sich einmal überlegt hatte, war es ihm möglich, äußerst entschieden zu sein. Trotzdem ...

„Nein." Er führte sie an die Seite des Bettes. Diejenige, dass sie, wie sich herausgestellt hatte, für sie beide gekauft hatte. „Wir warten nicht. Talia hat genug Freundinnen mit zwei Eltern, um zu wissen, dass Leute, die einander lieben, miteinander ins Bett gehen."

„Kein Problem. Nur eine Vorwarnung, dass ‚miteinander ins Bett gehen' zu Fragen führen wird, die in den nächsten paar Jahren etwas detaillierter werden, und ich habe das mit den Blümchen und Bienchen bereits einmal erklärt. Doppelt."

Ryan kam näher und öffnete ihre ersten Knöpfe. „Dann bist du bestimmt eine tolle Assistentin, wenn es nötig wird."

Gerade hier und jetzt brauchte Ryan null Assistenz. Er nahm sich Zeit, zog sie beide aus und schraubte das Verlangen zwischen ihnen hoch. Sie war schon einmal gekommen, bevor er sie auf seinen Schoß zog und miteinander verband.

Vertraut. Das war dieser Akt. Außerdem süß, aber schmutzig, verlangend und quälend und vertrauensvoll. Und im Innersten immer lachende Freundschaft.

Die Lust erreichte ungeahnte Höhen, als Ryan sie auf die Matratze rollte und sich wieder in sie schob. Madison packte die Bettlaken und stieß ein leises Stöhnen aus.

„So gut", hauchte er, dann hielt er kurz inne, setzte einen Herzschlag lang aus. „Ach, verdammt, zu gut."

Sein Blick wich niemals von ihrem, aber die Anspannung in seiner Miene sagte ihr, dass er kurz davor stand. Sie auch. Madison zog sich um ihn zusammen und beobachtete, wie er über den Abgrund ging. Einen Augenblick später schloss sie sich ihm an, die Lust wogte durch sie hindurch. Das war ihr bester Freund, ihr Liebhaber.

Ihre Liebe.

Beide lagen sie anschließend auf dem Rücken, die Bettlaken völlig zerknittert. Die Tagesdecke lag auf dem Boden, ein Teil hing gerade noch an der Ecke der Matratze.

Zwischen ihnen waren ihre Finger verschränkt.

Madison rollte sich herum, bewunderte den schmalen, muskulösen Körper des Mannes, mit dem sie vorhatte, den Rest ihres Lebens zu verbringen.

Was vor ein paar Stunden noch nicht der offizielle Plan gewesen war.

Sie strich mit einer Hand über seinen harten Oberschenkel. Weil sie es wollte, weil sie es konnte. „Morgen gibt es eine Menge zu tun. Nach deinem Dad sehen. Ich werde meinen Arbeitgeber anrufen und sagen müssen, dass ich kündige."

„Mit meinen beiden Eltern reden. Und deiner Mom. Und deinen Brüdern."

„Was sollen wir ihnen sagen?"

„Dass wir uns wahnsinnig lieben, und wir werden heiraten, also sollten wir einen Termin ausmachen."

Madison blinzelte. „Heiraten?"

Ryans Lächeln war leicht dreist, aber sehr befriedigt. „Wenn es passt, dann passt es."

Na ja, dem konnte sie zustimmen, aber ...

Sie beäugte ihn. Seine ganze lange, sexy Gestalt, die kaum von einer Decke bedeckt war. „Du weißt, manchmal ist es gut, zu fragen, bevor man überall mit Ankündigungen rausplatzt. Nur für den Fall."

Er strich mit den Fingern ihren nackten Arm hinauf und hinab, seine Handknöchel liebkosten wie nebenbei die Seite ihrer Brust. „Okay. Du hast recht."

Sie wartete. Aber er sagte sonst nichts.

Ein Grinsen trat auf ihr Gesicht. „Du willst, dass *ich* einen Antrag mache? Oder willst du einen schicken Abend veranstalten und es dann machen? Ich frag mich nur, denn dieses *okay* hat mich etwas aus der Bahn geworfen."

Ryan nahm ihre Finger an den Mund. Küsste ihre Handknöchel, dann sprach er leise. „Diese Weihnachtstage waren eine Enthüllung nach der anderen für mich, und du musst wissen, dass ich dankbar bin."

„Reden wir noch davon, dass wir uns verloben?"

„Ein bisschen." Er richtete sich auf und nahm sie mit sich, ihre Hände zusammen. Immer noch nackt wie die Wahrheit, die sie teilten. „Ich dachte, Traditionen wären da, um uns glücklich zu machen. Aber du hast geholfen, indem du die Traditionen auf jeder Ebene durcheinandergebracht hast."

Sie wollte lachen, aber seine Miene war so ernst, dass sie es zurückhielt.

Ryan schüttelte den Kopf und hob die Hand, zwei Finger in der Luft. „In nur einem wilden Ansturm hast du einen

Ballettauftritt und eine Spendenaktion verbunden. Der Nicht-ganz-Nussknacker war perfekt für unsere Gemeinde und hat eine Menge Geld in kurzer Zeit eingebracht. Der Hope Fund ist voll fürs kommende Jahr, weil du die Tradition vermasselt hast."

Er hob noch einen Finger. „Talias nicht traditionelle Geburtstagsparty. Mir hat unsere Weihnachtsgeburtstagsfeier dieses Jahr mehr gefallen als in irgendeinem Jahr, seit Talia geboren war." Noch ein Finger. „Du hast mich ein Bett kaufen lassen."

Dieses Mal entwischte ihr ein Lachen. „Betten sind nicht traditionell?"

„Eigentlich war es da umgekehrt. Worauf ich geschlafen habe, war nicht traditionell. Das Einzelbett war lange Zeit das Richtige für mich für. Aber hier muss ich etwas beichten." Er schaute ihr in die Augen. „Ich glaube, ein Teil des Grundes, weshalb ich nie ein neues Bett gekauft habe, war, dass ich weiterziehen musste. Wollte ich etwas, wo ich eine Liebhaberin hinbringen konnte? Eine potenzielle Liebste? Dafür war ich nicht bereit."

Jetzt war sie zwischen Tränen und Gelächter hin- und hergerissen. „Justina wird immer ein Teil unseres Lebens sein."

„Ein guter Teil", stimmte er zu. „Aber sie wäre die erste, die mir sagt, dass du diejenige bist, auf die ich mich jetzt konzentrieren muss. Lebend und sexy, und so bereit, anderen etwas zu geben – mir gibst du Hoffnung."

Dieses Gefühl brachte ihr Herz zum Hämmern.

Sie nahm seine Hände und drückte ihm einen Kuss auf die Finger. „Meine Vertraulichkeitsvereinbarung – nun, da wir offiziell *wir* sind, kann ich es sagen. Ich habe meinen Boss dabei erwischt, wie was auf die Seite schafft. Ich habe eine Möglichkeit gefunden, es den Barbesitzer wissen zu lassen, und das hat eine Menge Zeug ausgelöst, und im Grunde hat es dazu geführt, dass der CEO mir meine Ablösesumme plus drei Monate Gehalt und einen Job in Toronto gegeben hat."

„Um dich aus dem Scheinwerferlicht zu bringen?"

„Er schließt den Laden sechs Monate lang und fängt mit einer ganz neuen Mannschaft wieder an."

„Wow." Ryans Miene war reine Verwunderung.

„Schon, oder? Reiche Leute machen echt komische Sachen." Sie musste es sagen. „Und einsame Leute machen Dinge, die nicht so weitergehen können. Nicht, wenn wir alles hinbiegen wollen, was in deinem Leben falsch läuft."

Er zögerte. „Okay?"

Sie streifte mit ihren Lippen erst seine, um die Schärfe aus den Worten zu nehmen, die sie trotzdem noch sagen musste. Das, was sie gespürt hatte, das falsch war, als sie versucht hatte, Ryans Leben zu verstehen, war endlich klar geworden. „Du hast kein neues Bett gekauft, weil du nicht bereit warst, weiterzuziehen. Und du hast die Tage mit Aktivitäten gefüllt, die du liebst, aber bis zu einem Punkt, an dem es keinen Platz mehr gibt, um zu merken, wie still deine Welt ist."

„Hast du jemals meine Tochter kennengelernt? Still ist kein Wort, das ich benutzen würde." Aber er nickte, als sich Verständnis breitmachte. „Zwei Vollzeitjobs weiter zu betreiben, wird nicht mehr funktionieren, oder? Ich will Zeit mit dir, mit Talia, und als Familie."

Frieden stellte sich ein. *Endlich.* Außerdem war es an ihr, es zu sagen. „Okay."

Er grinste und zog sie zu sich.

Madison hielt ihn auf. „Also können wir noch mal zurück zu diesem Kommentar mit dem Heiraten?"

„Wenn wir beschließen, dass es das Richtige ist. Der letzte traditionell aufgezogene Kern von mir sagt Ja, aber ich werde dich nicht weniger lieben, wenn wir die Zeremonie auslassen. Wir sollten die Teile des Heiratens nehmen, die wir wollen, und sie mit Freude begehen. Wir werden so oder so rausfinden, wie man eine Familie wird. Mein Job, deiner. Was wir letztlich tun, ist vielleicht nicht dasselbe wie bei anderen Familien, aber es wird das sein, was für uns richtig ist, und darauf kommt es an."

Für sie klang das perfekt.

„Traditionen herausfordern, aber nicht wegwerfen, ohne etwas Besseres an ihre Stelle zu setzen." Sie beugte sich zu ihm, neigte sich zu einem weiteren Kuss herab. „Ich glaube, das können wir tun."

„Ich weiß es." Ryan rollte sie unter sich, sein Grinsen wurde größer. „Wir sind normale Leute, die außergewöhnliche Dinge tun. Damit werden wir zu den Helden unserer eigenen Geschichten."

Sie kicherte. „Das war echt kitschig."

„Stimmt trotzdem."

Er beugte sich hinab und küsste sie. Das eine, dem sie sich total anschließen konnte?

Ihre Zukunft würde außergewöhnlich sein.

EPILOG

15. November, ein Jahr später.

Alex Thorne sank auf den Stuhl in dem kleinen Café in dem Städtchen, in dem er aufgewachsen war. Mit einem tiefen Einatmen und einem noch tieferen Ausatmen entspannte er seine Schultern und griff nach seinem Kaffee.

Er konnte endlich nach Hause gehen. Seinem neuen Zuhause.

Alex bedauerte nicht, dass er seiner Familie zu Hilfe geeilt war. Er bedauerte, dass er Yvette in Heart Falls hatte lassen müssen, ohne etwas davon zu sagen, was sie ihm bedeutete. Was er hoffte, dass sie ihm bedeuten konnte.

Jetzt, nachdem er so lange weg gewesen war, würde er in ein paar Wochen zurück in Heart Falls sein. Gerade rechtzeitig zu den Feiertagen, was bedeutete, es wäre für ihn ein perfekter Zeitpunkt, um den nächsten Schritt zu gehen, wenn es um Yvette ging.

Da seine Rückkehr bevorstand, schien es klug, ein wenig Vorarbeit zu leisten. In den letzten Monaten hatte er mit seinen

Freunden auf der Feuerwache und auf Silver Stone Kontakt gehabt. Keiner von ihnen hatte erwähnt, dass Yvette sich mit jemand anderem eingelassen hätte.

Himmel, Ryan war so direkt gewesen und hatte ihn regelmäßig auf den neuesten Stand gebracht, normalerweise mit einem „Schwing deinen Arsch hoch, bevor du sie verlierst"-Unterton in den Nachrichten.

Alex hatte keine Ahnung, weshalb er so auf den Gedanken von Yvette fixiert war, hatte es aber aufgegeben, zu versuchen, sich zu überzeugen, anderswo zu suchen. Genauso wie sein Vater vor ihm schien es, dass Alex sich verliebt hatte, und das war es dann eben.

Er wollte damit zwar nicht gruselig wirken, aber er hatte vor, Yvette davon zu überzeugen, dass sie zusammen gehörten. Was bedeutete, eine nicht so gruselige Art zu finden, sie wissen zu lassen, dass er zurückkam, und zwar, um sie sich zu holen ...

Tja, nein. Das klang trotzdem noch gruselig. Alex senkte den Kopf in die Hände und murmelte verärgert vor sich hin.

Er sah eine Ausstellung mit Weihnachtsgeschenken auf einem Regal in der Nähe, und langsam wuchs eine Idee heran ...

~

YVETTE WRIGHT LIEF über das Stück Land zu ihrem Briefkasten, ihre Aufmerksamkeit war hin- und hergerissen zwischen einer Textnachricht auf ihrem Handy aus der Arbeit bei der Tierklinik und einem E-Mail-Update aus dem Seniorenheim ihrer Großeltern.

Bestimmt schob sie das Handy in ihre Tasche und zwang sich dazu, sich umzusehen und den kühlen Wintertag zu genießen. Es würde bald Dezember werden, und irgendwann musste sie ja mal in Weihnachtsstimmung kommen.

Ihr Plan, sich in Heart Falls niederzulassen, war äußerst erfolgreich gewesen, auf so vielerlei Art. Sie liebte es, mit Josiah in der Tierklinik von Heart Falls zu arbeiten. Die Rancher vor Ort hatten sie willkommen geheißen – das war nicht immer der Fall, wenn alte Männer in der Landwirtschaft mit jüngeren Frauen interagierten, die sie dazu brachten, Geld auszugeben.

Ihre Großeltern hatten sie mit offenen Armen empfangen, und obwohl ihr Opa ständig zerbrechlicher und vergesslicher wurde, war Yvette froh, dass sie hier bei ihnen sein konnte.

Sie hatte Freundinnen und freiwillige Aktivitäten ... und sie war einsam.

Gedankenlos blätterte Yvette die Umschläge in ihrem Briefkasten durch. Rechnungen, Angebote, etwas, das nach ein paar übereifrigen Weihnachtsbriefen aussah. So brachte man also den Rest der Welt dazu, sich wie faule Säcke vorzukommen. Einer kam vermutlich von – ja, da war er – die Adresse ihrer Schwester.

Und ein Umschlag, übergroß und massig. Mit Blisterfolie, die den Inhalt schützen sollte. Adressiert an sie in einer schicken Schrift. Von ...

Alex Thorne?

Was um alles in der Welt?

Sie hatte in den letzten Monaten öfter, als sie es hätte tun sollen, an den grummeligen Cowboy gedacht. Die Tatsache war gelinde gesagt nervig. Sie hatten sich nie verstanden, immer gestritten ...

Sie hatte sich furchtbar zu ihm hingezogen gefühlt, die ganze Zeit dagegen angekämpft.

Was schickte er ihr?

Die Neugier gewann, und sie blieb gleich dort auf der schneebedeckten Straße stehen, um die Oberseite des Umschlags abzureißen und hineinzuschauen. Kein Papier.

Sie kippte ihn um, und ein kleiner, glänzender Gegenstand

fiel in ihre Hand. Ein Schlüsselring, mit einem kleinen Schlüssel an einer Kartonscheibe. Der Mini-Weihnachtsbaum an einem Ende der Kette hatte glitzernde Steine als Zierde. Es war süß und verspielt.

Es brachte sie zum Lächeln und dazu, den Kopf zu schütteln. *Alex, was hast du denn vor?*

Auf der Scheibe stand eine kurze, handgeschriebene Nachricht.

1. Dezember. Buns and Roses, 12:00 Uhr.

~

New York Times-Bestsellerautorin Vivian Arend lädt nach Heart Falls ein. Diese Weihnachtsgeschichten spielen in einem kleinen Städtchen in Alberta, Kanada, das sich in das sanfte Vorgebirge schmiegt. Es ist ein Genuss, dabei zu sein, wie jeder dieser Freunde das ewige Glück findet.

~

Weihnachten in Heart Falls
Ein Feuerwehrmann zu Weihnachten
Ein Soldat zu Weinachten
Ein Held zu Weihnachten
Ein Cowboy zu Weihnachten
Ein Rancher zu Weihnachten

~

Vivian lässt derzeit ihre vielen Serien übersetzen. Bitte besuchen Sie deren Website für alle aktuellen Informationen.
www.vivianarend.com/de

ÜBER DIE AUTORIN

Mit über 3 Millionen verkauften Büchern ist Vivian Arend eine *New York Times*- und *USA Today*-Bestsellerautorin von mehr als 70 zeitgenössischen und paranormalen Liebesromanen.

Ihre Bücher lassen sich alle einzeln lesen und haben keine Cliffhanger. Sie sind witzig, aber auch emotional, es gibt heiße Szenen und glückliche Enden. Für Vivian ist das der beste Job der Welt. Sie lebt in British Columbia, Kanada, zusammen mit ihrem langjährigen Mann – der Inspiration für alle Helden ist und ein bereitwilliger Gefährte auf Abenteuern aller Art.

www.vivianarend.com

www.ingramcontent.com/pod-product-compliance
Lightning Source LLC
Chambersburg PA
CBHW032033310726

48972CB00002B/646